KB152077

토시오 일러스트 와타누키 나오
를 들어
라스트 던전 앞 마을의 소년이
초반 마을에서 사는 듯한 이야기
3 vol.
© Nao Watanuki

……엥?
키쿄우
해결사 소녀.
로이드의 능력을 보며
놀라움의 연속!
저, 마을에서는 제일 약하지만……
요리 준비라면 맡겨만 주세요.

영차!
© Nao Watanuki

경치보다 옆모습을
계속 보고 싶답니다!
로이드와 셀렌이
맞선 데이트?!

읏후후~응
예쁜 호수네요
로이드 님
© Nao Watanuki

욕탕에서 꽃피는
걸즈 토크의 꽃♥

저희 호텔은
노천 온천도 완비했습니다!
© Nao Watanuki

목차 [CONTENTS]

사토토시오 일러스트 와타누키 나오
예를 들어
라스트 던전
앞 마을의
듯한
3 vol.
101
102

캐릭터 프로필

알카

전설 속 마을의 촌장. 로이드를 자기 자식처럼 아끼고 있다. 로이드의 호텔맨 모습을 자기 눈으로 보고자 또 다시 폭주하는 기색?

로이드 벨라돈나

전설 속 마을에서 자라 지나치게 강한 마을 사람. 요리와 청소에는 자신이 있다. 타고난 붙임성으로 접객업에서도 대활약?!

마녀 마리

이스트 사이드의 정보상은 세간의 눈을 속이기 위한 거짓된 모습. 정체는 아자미 왕국의 왕녀님. 로이드에게 여러 가지 의미로 콩닥콩닥?!

알란 리도카인

무훈을 자랑하는 귀족 자제.
로이드를 만난 뒤로
명성이 더욱 올라갔다.

리호 플라빈

돈 욕심 많은 솜씨 있는 용병.
요즘 들어 로이드의 언동이
저도 모르게 신경 쓰이는 기색.

셀렌 헴아엔

저주에서 구원받은 소녀.
운명을 바꿔준
로이드에게 홀딱♥

필로 퀴논

로이드에게 반한 격투가.
언니인 메나랑 같이
아자미 사관학교에 온다.

메나 퀴논

젊은 천재 마술사.
로쿠죠 학원을 관두고
로이드가 다니는 학교로 온다.

코바 라인

호텔의 지배인.
아자미 왕국의 퇴역 군인.
로이드를 고용하게 된다.

쇼우마

콘론 마을의 마을 사람.
'뜨거운걸.' 이 입버릇이며
마을을 떠나 여행 중이다.

스레오닌 리도카인

지방 귀족의 가주.
알란의 아버지이기도 하며,
어떤 목적으로 호텔에 왔다.

키쿄우

「해결사」 소녀.
호텔 종업원으로서
로이드에게 일을 가르친다.

프롤로그

아자미 사관학교의 학생 식당 안.

학생들이 화기애애하게 대화를 나누며 공복을 채우는, 그런 청춘을 엿볼 수 있는 공간에 안 어울리는 남자 두 사람이 테이블을 두고 마주 앉아 있었습니다.

한 명은 사관학교의 교관인 크롬 몰리브덴 대령.

네모진 몸에 손가락까지 굵직한 풍모의 남성이며, 전직 왕실 근위병장. 하지만 뜻밖에 요리도 가능하답니다. 맛은 미묘하지만요.

또 한 명은 40세 정도를 넘은 스킨헤드의 험상궂은 남성. 허름한 양복을 입고 있어서 외근 나온 영업 사원을 방불케 하지만 두르고 있는 분위기는 군인 같았습니다. 가만 보니 얼굴에 고생하며 생긴 주름 말고도 여기저기 베인 상처가 있어서, 수많은 수라장을 헤치고 온 것을 엿볼 수가 있습니다.

그런 두 사람이 마주 앉은 테이블. 위험한 거래라도 하는 건가 싶어서 학생들은 거리를 두고 있었습니다.

크롬은 등 근육을 뻗으면서 가볍게 인사를 했습니다.

"오랜만입니다, 코바 씨."

코바라고 불린 남성은 그 격식을 차린 인사에 어깨를 으쓱였습니다.

"그렇게 딱딱하게 굴지 마라. 지금은 그냥 장사꾼이야."

"아뇨. 군을 그만두셨어도 저한테 대선배라는 건 변함이 없으니까요."

그 크롬의 태도에 코바는 쓴웃음을 지었습니다.

"너도 여전하구나……. 뭐 좋다. 그래서, 요즘은 어떠냐?"

"코바 씨 덕분에 순조롭습니다. 왕녀님도 찾았고 국가 전복의 사건도 어떻게 수습이 됐습니다, 지금은 후진을 지도하는데 나날이 정진하고 있습니다."

휘유. 휘파람을 분 다음 코바는 어깨를 흔들며 기쁜 기색으로 웃었습니다.

"하하, 그건 다행이구만. 대체 어디에―― 이걸 묻는 건 관두는 게 좋겠군, 나는 이제 외부인이니까."

"외부인이라니 무슨 말씀을 하십니까? 선대 근위병장 코바 라민씩이나 되시는 분이……. 이것도 지방에서 정보를 모으거나 이것저것 도움을 주신 코바 씨 덕분입니다."

"아니아니, 대단한 일은 안 했잖나."

배포 좋게 말한 코바는 물이 든 잔을 비웠습니다.

"코바 씨는 최근에 어떻습니까? 아무래도 바빠 보입니다만."

"그래. 가도 주변의 호텔이 드디어 궤도에 올랐지. 식재료나 인재를 확보하느라 동분서주하고 있어. 군에 있을 때보다 몸이 축나는 것 같다."

호쾌하게 웃는 코바. 크롬도 따라서 웃었습니다.

"크하하. 호텔 지배인이든 근위병장이든 책임자라는 건 뛰어다녀야 하는 법이야. 정말이지 마흔다섯이나 되어서 매일 공부할 게 한가득하다."

"바쁜 건 좋은 겁니다. 소문이 자자하던데요. 호텔『레이요카쿠』는 좋은 여관이라고요."

"그래. 손님의 요구를 딱 맞추고 있으니까. 누가 뭐래도——."

그리고 코바는 호텔『레이요카쿠』에 관한 영업 토크를 전개하기 시작했습니다.

그의 말에 따르면 가도 변두리의 산간은 임업이 번성하고 있었던 곳인데, 인공 호수와 자연이 이루는 경관이나 숨겨진 온천은 아는 사람만 아는 명소였다고 합니다.

그러나 근처에는 행상인이나 운송업자를 노린 합동 여관 정도밖에 여관이 없고, 부유층이나 가족 손님을 노린 여관이 없었다고 합니다.

그것을 눈여겨보고 세운 고급 호텔. 기존의 여관과 손님층이 나뉘며, 오히려 관광산업을 발전시켜서 행상인도 늘어나 서로서로 윈윈이 되는 좋은 관계를 이룩한 것이 자랑이라고 합니다.

"그래서 말이다. 숨겨진 온천에서 끌어온 온천 같은 게 특히 평가가 좋아서…… 어이쿠, 말이 많았군. 이거 참 상인이 다 됐구만."

"온천인가요? 한번 가보고 싶군요."

"허어. 그러면 마침 좋은 이야기가 있다만."

코바는 기다렸다는 듯 테이블에 몸을 내밀었습니다. 치기가 어린, 마치 나쁜 짓을 권하는 악우 같았습니다.

몇 번이고 본 적이 있는 그의 표정에 크롬은 말을 고르면서 대화를 이었습니다.

"마침 좋은 이야기……라고요?"

"그렇게 경계하지 않아도 괜찮아. 잡아먹는 것도 아니다."

"코바 씨의 괜찮다는 말에 옛날에 제법 험한 꼴을 당했다 보니."

그러자 코비는 스킨헤드를 찰싹 두드리더니 한 방 먹었다는 표정을 지었습니다. 그 애교 있는 동작에 크롬은 어이가 없었습니다.

"아니아니, 별거 아니고, 이번 장기 연휴 때 말이다. 잠깐 그 호텔에서 일을 좀 도와줬으면 하는데…… 이래저래 일손이 부족해서."

"제가 말입니까?"

"그래. 일단 넌 요리도 할 수 있으니까……. 그리고 이쪽이 중요한 건데, 이름 있는 지방 귀족이 묵으러 오니까 호위로 실력 있는 녀석이 필요하다."

"호위…… 어째 뒤숭숭하군요."

코바는 얼음만 남은 빈 잔을 만지작거렸습니다. 달각달각 소리를 내면서 그는 난처한 어린애 같은 표정을 짓고 있었습니다.

"아아, 요즘 우리 호텔 주변에서 사람이 혼수상태로 발견되는 사건이 일어났단 말이다. 만에 하나 높으신 분한테 피해가 갔다간 귀찮아지지. 뭐 사소한 몬스터겠지만, 기껏 궤도에 오른 호텔에 이런 걸로 트집을 잡히고 싶지 않단 말이다."

과연. 크롬은 어려운 표정으로 고개를 끄덕였습니다.

“그래서 저한테 도움을 청하는 거군요……. 그런데 혼수상태입니까……?”

“그래. 생명력을 빼앗기는 모양이다. 피해자는 사흘 밤낮으로 드러누워 버리지. 몬스터인지 인간인지는 모르겠지만 영 으스스해서 말이야.”

코바의 이야기에 크롬은 짚이는 것이 있는 모양입니다. 턱에 손을 대고서 방금 생각난 것 같은 태도를 보였습니다.

“으~음? 그거 혹시 「트렌트」 짓일지도 모릅니다.”

“트렌트라고오? 그 동화 속에 나오는 나무 모습의 몬스터 말이냐?”

“저도 들은 이야기인데, 나무로 의태해서 뿌리를 박아 동물이나 여행자의 생명력을 빨아들인다고 합니다. 생명력을 빼앗긴 자는 혼수상태에 빠져서 사흘 밤낮으로 드러눕는다고…… 극히 드물게 산림에 자생한다고 합니다. 호텔 주변에 임업이 번성했었다고 하셨죠?”

코바는 스킨헤드를 찰싹 때리더니, 감탄한 기색으로 말했습니다.

“이거 참 박식해졌구나. 과연 학교의 교관이라고 해야 하나?”

“아뇨, 지금 아자미에서 트렌트를 불법재배한다는 소문이 돌고 있습니다. 대책을 세우려고 나라에서 생태 같은 걸 죽 가르쳐준 거죠.”

“과연, 나랏일도 단단히 잘하고 있다는 거구만. 훌륭하다. 그건 그렇고, 범인이 트렌트고 불법재배가 얽혀 있다면, 더욱이

네 힘이 필요하겠군.”

재차 일을 의뢰하는 코바. 크롬은 난처한 표정을 지었습니다.

“그러나…… 제가 호텔맨을 한다는 것은…….”

“부탁한다. 솔직히 무뚝뚝하고 미묘한 맛의 요리밖에 못하는 너지만, 그걸 보충하고 남는 전력이니까.”

참으로 나쁜 뜻 없이 웃는 코바에게 크롬은 게슴츠레한 시선을 보냈습니다.

“여전히 세심함이 없으십니다.”

“그렇게 생각하면 조금 더 붙임성을 길러 봐라. 요즘 시대에는 스마일이다, 스마일.”

입가를 억지로 끌어올리는 코바. 대조적으로 크롬의 입은 꾹 닫혔습니다.

“봐라. 좀 부탁한다. 손님한테 해가 되면 일이 커진단 말이다. 그것만은 어떻게든 피하고 싶거든……. 게다가 이번 장기 연휴에는 호텔이 예약으로 가득해서 누구라도 좋으니 손을 빌리고 싶다. 까딱해서 호텔 가이드의 별점이 떨어지는 건 싫단 말이지.”

“저처럼 무뚝뚝한 남자가 있으면 별점이 떨어지지 않을까요?”

여전히 못마땅한 크롬. 코바는 꽁해 있지 말라고 웃으며 어깨를 두드렸습니다.

“연휴니까 학교 일도 쉬지 않나? 그리고 학생 식당의 주인은 그만뒀다고 했었지……. 그러고 보니 지금은 이 가게 누가 하고 있는 거냐? 다른 업자가?”

"아아, 그건 말이죠――."

그때였습니다.

"――――크으으."

코바의 등이 뭔가에 반응한 것처럼 쭉 뻗었습니다.

손은 무의식적으로 가볍게 주먹을 쥐어 임전 태세가 되었습니다.

"뭐냐아……. 이 기척은."

쥐어짜낸 것처럼 목소리를 내지만, 그 목소리는 경종을 울리는 심장 소리에 뒤섞여 사라졌습니다.

쿵――쿵――쿵…….

스킨헤드에 땀이 스며 나오고, 살며시 김마저 피어올랐습니다.

마치 저도 모르게 몬스터의 서식지에 들어와 버렸다가 뒤늦게 그것을 깨달은 사람 같군요.

그런 그에게 천천히――.

"기다리셨습니다. 차 나왔습니다."

부드러운 미소를 지은 소년이 차를 가지고 다가왔습니다.

"으랏차아아아아!"

등 뒤를 내주었다. 그것을 깨달은 코바는 전력으로 등주먹을 날렸습니다.

죽이지 않으면, 죽는다.

바람을 가르는 둔탁한 소리가 식당 안에 울렸습니다.

그 등주먹을 코앞에서 피하는 로이드.

잔상마저 보이는 기민한 움직임.

전혀 넘치지 않는 차.
코바는 그 어마어마한 움직임에 숨을 삼키며 멍해졌습니다.
"…………헉! 뭐, 뭐냐 너는——."
제정신을 차린 코바의 절박한 목소리.
그에 비해 소년은 시원스러운 표정으로 대답했습니다.
"아, 로이드 벨라돈나라고 해요. 크롬 씨를 이어서 이 식당에서 일하고 있어요."
예의 바르게 인사하면서 아무 일도 없었던 것처럼 테이블에 차를 놓았습니다.
"죄송합니다, 무슨 체조라도 하고 계셨나요?"
"아, 으? 체조라고?"
현역을 은퇴했지만 지금도 어지간한 학생에겐 뒤처지지 않는다고 자부하던 코바는 혼신의 등주먹을 『체조』라고 하자 당혹할 따름입니다.
"로이드 군, 일단 리조또를 2개 부탁하지."
"아, 네! 알겠습니다, 크롬 씨!"
다시 한번 정중하게 인사를 하더니, 로이드는 발 빠르게 주방에 들어가 버렸습니다.
코바는 직립부동한 채 그 등을 멍하니 보고만 있었습니다.
"코바 씨, 앉으시는 게 어떻습니까?"
크롬이 익숙한 느낌으로 그에게 착석을 권했습니다.
말없이 순순히 앉는 코바, 무표정한 그와 대조적으로 크롬은 씨익 웃고 있었습니다.

) Nao Watanuki

"선대 근위병장이 왜 그러십니까? 시대는 스마일 아니었습니까?"

아까 일의 앙갚음이라는 듯 입가를 끌어 올리는 크롬, 그런 비꼬는 말도 신경 쓰지 않고 코바는 몸을 내밀며 캐물었습니다.

"뭐, 뭐냐아…… 저 괴물은!"

"로이드 군입니다. 사관학교의 학생이죠."

"거, 거짓말 마라! 저런 강자가 학생일 리가 없지 않나!"

나도 이런 식으로 동요했었지. 당황하는 코바의 모습에 쓴웃음을 짓는 크롬이었습니다.

"아뇨, 틀림없이 우리 학교의 학생입니다……. 다만 출신이 ── 어이쿠."

거기까지 말한 크롬은 입을 다물어 버렸습니다.

로이드의 출신지는 『콘론 마을』.

동화로 전해지는 영웅들이 모인 전설의 마을.

그가 그곳 출신이라고 말하면 실소가 나올 겁니다.

"응? 출신이 뭐라고?"

"아, 아뇨. 먼 시골 마을 출신이라 열심히 노력해서 좋은 군인이 돼 금의환향하려고 나날이 정진하는 착한 아이입니다!"

이 위화감은 대체 뭘까요? 99% 틀린 곳이 없는데 말이죠.

"그렇군. 고학생이었군. 멀리 떨어진 마을이라면 성가신 몬스터도 직접 쫓아내야 하겠지. 저 강함도 납득이 되는군."

그 추측은 대강 틀리지 않았습니다. 뭐, 몬스터라기보다 성가시기 짝이 없는 마왕 같은 녀석들이지만요.

쓴웃음 짓는 크롬과 감탄하는 코바. 그곳에 요리를 가지고 로이드가 나타났습니다.

"기다리셨습니다. 리조또 나왔어요."

김과 함께 토마토의 산미가 코를 간질입니다. 녹색 악센트를 더하는 파슬리, 요리의 색 배합이 참으로 근사하군요. 이건 분명히 맛있겠군. 코바의 눈이 그렇게 말하고 있었습니다.

스푼으로 떠서 입으로 옮깁니다.

한 입, 한 입. 토마토의 신맛과 쌀의 단맛이 뒤섞이며 절묘한 하모니를 연주합니다.

"마치 아코디언 연주자가 된 기분이군."

"코바 씨, 그건 또 무슨 말입니까?"

"무심코 기립박수를 하고 싶어진다는 소리야."

"코바 씨, 왜 일어서는 겁니까?"

황홀한 표정으로 미식 리포트를 하는 전직 상사가 크롬을 돌아보았습니다.

"크롬…… 저 소년을 나한테 빌려줄 수 없겠나?"

"로이드 군을 말입니까?"

코바는 고개를 끄덕였습니다.

"전투력도 좋고 요리도 근사한 완성도…… 그리고 마지막으로 저 접객력이다! 꼭 저 애를 고용하고 싶다! 알바비도 높이 쳐주겠네!"

"아니 그러나…… 저 한 사람의 뜻으로 결정할 수 있는 일이 아니라."

난처한 표정을 짓는 크롬의 네모진 어깨를 코바가 덥석 붙잡았습니다. 이거 참, 남자 밀도가 높은 그림이군요.

"이봐라, 부탁한다! 응! 일단 이야기만이라도! 응!"

"잠깐! 코바 씨! 아픕니다…… 그리고! 그렇게 말하면 이상한 오해를 받아요!"

"부탁한다! 뭐든지 할 테니까! 좋다고 안 하면 매일 쳐들어갈 거다!"

기분 탓인지…… 아니, 확실하게 아까보다도 주위에서 거리를 두는 걸 깨달은 크롬은 필사적으로 진정하라며 얼굴을 붉히고 연호했습니다. 그 표정은 역효과로군요.

결국 코바의 열의에 꺾인 크롬은 로이드를 설득하기 시작했습니다.

"괜찮아요. 예정도 없고 식당도 연휴 때는 쉬니까요."

이것을 로이드는 두 말 없이 승낙했습니다.

그리하여 크롬은 남색 의혹이 퍼지는 것을 어떻게든 억누르는 데 성공했습니다.

——이게 아니죠. 로이드의 호텔 아르바이트가 결정된 것이었습니다.

예를 들어 살인 현장에 흉기를 들고 있었다고 해서 의심하지 말라는 게 무리인 상황

아자미 왕국 사관학교. 이 나라의 내일을 짊어진 젊은이들이 밤낮으로 훈련에 힘을 쏟는 학사입니다.

휴식시간, 잡담 시간에 리호가 로이드 곁으로 다가갔습니다.

눈매가 안 좋은 삼백안과 날씬한 몸에 안 어울리는 투박한 미스릴제 의수를 달고 있어서, 어디를 어떻게 봐도 악녀란 인상의 여자애입니다.

그런 그녀가 로이드 옆에 앉습니다. 부드러운 인상의 그와 한 세트, 삥이라도 뜯으려는 걸까 싶은 그림이군요.

"여어, 로이드. 좀 물어보고 싶은 게 있는데."

"아, 네. 뭔가요?"

로이드가 읽고 있던 소설에 책갈피를 끼우더니 상냥하게 대답했습니다.

"아아, 미안. 책 읽고 있었구나."

"아뇨. 벌써 몇 번이나 읽은 거니까 신경 쓰지 마세요. 이 장면은 엄청 좋아해서 통째로 외울 정도니까요."

책 표지에 눈길을 주니 군인으로 보이는 사람이 고대 병기 같은 것과 싸우고 있는 그림이 그려져 있습니다. 몇 번이나 읽었는지 하드커버 가장자리가 닳았군요.

“군인이 나라를 위해서, 세상을 여행하며 악의 군단이랑 싸우는 이야기라아.”

“이 책을 동경해서 군인이 됐거든요. 제 바이블 같은 거예요…… 좀 어린애 같은 성서지만요.”

평소의 리호라면 이런 것을 신나게 놀리겠지만, 그녀는 구김살 없는 로이드의 미소와 말에 빠져 버렸기 때문에…… 쑥스러움을 감추고자 살짝 물든 볼을 긁적이면서 본론으로 들어갔습니다.

“아~ 그게. 이번에 연휴 있는 거 알지? 장기 연휴. 한가하면 나랑 어디 놀러 갈래?”

그녀는 곧 다가오는 장기 연휴 화제를 꺼냈습니다. 쑥스러운 기색인 그녀와 대조적으로 로이드는 살짝 우울한 표정이군요.

“죄송해요, 사실 아르바이트를 할 예정이라서요.”

“알바? 무슨 몬스터 토벌이야?”

“아니요. 제가 몬스터 토벌 같은 걸 갔다간 걸림돌이 되잖아요.”

“걸림돌이라…….”

리호는 쓴웃음을 섞으며 볼을 긁적였습니다. 이 소년의 뚝심 있게 낮은 자기평가와 까딱하면 몬스터는커녕 군대 한둘은 가볍게 해치울 수 있는 실력. 그 괴리에 기겁하지 않을 수가 없습니다.

이제 와서 말해 봤자 소용없지, 리호는 그런 느낌으로 가볍게 흘려 넘겼습니다.

"그러면 대체 무슨 알바인데?"

"저도 자세하게 듣지는 못했는데요. 커다란 여관 식당 일을 도와달라고 해서요."

이 소년이 일등 색싯감이란 것은 누구나가 인정하는 사실입니다. 열심히 급사 일을 하는 그의 모습을 쉽사리 상상한 리호는 유감스럽게 말했습니다.

"그렇구나. 그럼 하는 수 없지. 어른들의 놀이라도 가르쳐줄까 생각했는데."

그 찰나, 리호의 등 뒤에 싸늘한 공기를 두른 금발 소녀가 나타났습니다.

"————어머나, 여러분 안녕하세요?"

간담이 서늘해지는 음성을 뿜어낸 그 소녀에게 두 사람의 시선이 쏟아졌습니다.

그녀의 이름은 셀렌 헴아엔. 과거에 『저주받은 벨트 공주』라고 불린 지방 도시괴담의 당사자입니다.

풀리지 않는 저주받은 벨트를 로이드의 힘으로 극복한 지금은 그 로이드에게 경도된 이른바 얀데레입니다.

그녀는 언제나 휴일이 다가오면 신이 나서 로이드에게 데이트 신청을 하는데, 이번에는 다른 모양입니다.

"왜 그래? 셀렌 양. 평소는 두 눈을 부릅뜨고선 로이드한테 데이트를 신청하잖아……. 수법을 바꿨어?"

"아뇨……. 이번 연휴에, 집에서 호출을 받았어요……."

"어째서 그걸로 그렇게까지 풀이 죽는데."

리호의 물음에 셀렌은 머리칼을 헝클어뜨리면서 대답했습니다.

"기껏 연휴인데! 로이드 님과 러브러브 온천 데이트를 획책하고 있었는데! 그게 좌초되어 버렸답니다! 남의 예정을 뭐라고 생각하는 걸까요!"

디용디용. 허리춤의 벨트가 셀렌의 감정에 맞추어 꿈틀거립니다. 저주받은 벨트는 이제는 그녀 뜻대로 움직이는 아티팩트입니다. 들뜨기 시작하면 뭔 짓을 저지를지 몰라요.

"이 얘기 들었어? 로이드."

"아, 아뇨. 처음 들어요……."

"셀렌 양……. 너야말로 남의 예정을 뭐라고 생각하는 거야?"

흑흑흑, 주저앉아서 우는 셀렌. 전혀 안 듣는 모양인데요.

"아아, 이대로 고향에 남으라 할지도 모른다고 생각하니……."

"헤헤헤. 그러면 우리 학교생활이 평화로워지겠지."

"뭐, 최악의 사태를 상정하여 현장으로 화염병을 박스 단위로 발주했으니, 여차하면 주변 일대를 불바다로 만들고 도망칠 거랍니다."

"그거야말로 최악의 사태다. 그만둬."

평화란 것과 결코 양립될 수 없는 존재, 그것이 셀렌인 모양입니다.

"죄송해요. 그리고 저는 아르바이트가 있어서요……. 마음은 기쁘지만 아마 안 될 거 같아요."

로이드의 상냥한 말에 셀렌은 격하게 반응합니다. 로이드의

말은 아주 잘 들리는 모양이군요.

"마음이 기쁘다! 이콜 다음에는 꼭 같이 가고 싶다! 이콜 결혼하고 싶다!"

게다가 자기 멋대로 머릿속 변환까지 시행합니다.

그런 아크로바틱한 연상 게임을 하는 셀렌에게 리호가 찬물을 끼얹습니다.

"그건 너무 나갔어, 셀렌 양. 결혼이라니……."

"아뇨. 최근에 리호 씨의 분위기가 아주 약간 변한 것 같아서요……. 얼른 기정사실을 만들어 혼인신고서를 제출하고 싶었어요."

그렇습니다. 지난번 학생 마법대회 일로 리호는 살짝 로이드를 의식하고 있었습니다. 본인은 부정하고 있습니다만——.

"잠깐, 야! 노, 농담하지 말고……."

얼굴을 붉히면서 어쩐지 약한 기세로 반론하는 리호. 그런 식으로 반응하면 누구나 다 알죠.

"하지만 분명히 리호 씨 분위기가 변했어요. 어쩐지 귀여워졌다고 할까요……."

자연스럽게 결정타를 날려버리는 로이드. 리호는 있는 힘껏 리액션을 취했습니다.

"로, 로이드 너!"

"이건 시급히 손을 써야겠어요……."

셀렌의 어두운 표정과 적의가 리호를 향하고 있는 와중이었습니다.

"…………응."

누군가가, 뒤에서 로이드를 삭 붙들었습니다.

"피, 필로 씨!"

요전에 편입해온 무투가, 필로 퀴논입니다. 말수가 적고 금발 장신의 모델 체형 소녀지만 신체 능력은 로이드에 필적할 정도이며, 정신을 차리고 보면 기물 파손을 일으킵니다.

그녀는 눈썹 하나 까딱 않는 무표정으로 로이드를 끌어안고 풍만한 가슴을 밀어붙였습니다.

"뭐 하는 거야!"

"뭘 하는 거죠!"

"……당분간 스승님이랑 못 만나. ……그러니까 스승님 성분을 보충하는 중."

"스승님 성분이란 건 뭔데…… 그리고 언제부터 듣고 있었어?"

"…………로이드한테 말 거는 거 긴장되네. 하지만 셀렌이 선수 치기 전에 말해 둬야지. 아니, 데이트도 아니고. 그거야. 조금 친교를 다진다고 할까, 딱히 데이트도 아니고……부터."

"그거 수업 끝난 직후의 내 혼잣말이잖아!"

얼마나 살펴보고 있었던 거냐……. 기겁하는 리호 옆에서 셀렌이 어두운 눈동자로 그녀를 노려보았습니다.

"리호 씨이……. 당신 완전히 저를 따돌리고, 로이드 님과 데이트를……."

"아니라니까! 그리고 결국 거절했잖아! 무효야, 무효!"

"……나도 언니 일을 도와야 하니까 연휴 때는 같이 못 놀러 가……. 추욱."

평소에 감정을 안 드러내는 필로의 축 늘어진 음성이 방아쇠가 되었는지 여성진이 거기에 이끌려 풀이 죽었습니다. 다들 로이드를 너무 좋아하네요.

그런 장례식 빈소 분위기인 그녀들 뒤에서 명랑하게 한 거한이 끼어들었습니다. 신장이 2미터 가까운, 그야말로 무인 같은 남자. 자칭 로이드의 제자인 알란입니다.

"유감이구나, 여자 용병. 뭐, 데이트라는 건 몇 번이든 신청해서 상대의 가드를 무너뜨리는 걸로 시작된다. 풀 죽을 것 없어."

"왜 알란 씨가 그렇게 잘난 듯이 말씀하시는 걸까아……. 그리고 아니라니까! 나는 로이드한테 어른의 놀이를 가르쳐 주려고."

"정말이지, 무슨 이야기인가 했더니 로이드 공을 사악한 길로 이끌려는 이야기였다니……. 로이드 공! 이 여자 용병의 말을 듣고 따라가면 안 됩니다. 무슨 짓을 저지를지 모르니까요."

리호는 어깨를 으쓱거리고 새침하게 대답했습니다.

"말이 심한데에. 나는 그저 귀족님의 소양이기도 한 승마를 보러 가서 도착 순서를 간파하는 심미안을 단련하자고 생각한 것뿐이야."

속된 말로 경마로군요. 알란은 기가 막혀 말도 안 나옵니다.

"정말이지, 돈 내기라니……. 로이드 공이 아르바이트를 하는 게 다행이군……. 나는 연휴 가득 예정이 있으니까 지켜드릴 수가 없단 말이지……."

"알란 씨는 뭔가 예정이 있는 건가요?"

로이드의 소박한 의문에 알란이 갑자기 씨익 웃었습니다.

"후후…… 이거 참. 『본래는』 로이드 공의 일을 도우러 가는 것이 제자의 의무겠습니다만…… 아쉽게도 『빠뜨릴 수 없는 용건』이 있어서…… 이거야 참. 이거야! 참."

콧구멍을 넓히면서 말 구석구석에 '좀 들어주세요.' 라는 아우라를 팍팍 뿌리고 있군요.

"그렇군. 기분 나쁘니까 돌아가도 된다."

"여기서 돌아가라는 건 너무하지 않나! 너는 신경 안 쓰이냐!"

"아아, 신경 쓰이네. 그 싱글대는 얼굴, 불쾌하니까 돌아가 주라."

"신경 쓰인다의 뉘앙스가 달라, 신경 거슬린다는 뉘앙스다! 나한테 좀 흥미를 좀 가져 달라고."

알란을 배려한 로이드가 그에게 말을 걸었습니다……. 참 손이 많이 가는 제자네요.

"저기? 연휴에 무슨 용건이 있는 건가요?"

"이야~ 역시 로이드 공은 참 사람이 된 분입니다! 사실은 말입니다――."

기다리고 있었다는 듯 알란이 등을 쭉 펴더니 멋진 표정으로 말을 꺼냈습니다.

"저한테, 맞선이 들어왔습니다."

"그렇군, 기분 나쁘니까 돌아가도 돼."

"너무하지 않냐?"

즉답으로 내치는 리호. 알란은 슬픈 표정입니다.

"그러니까 나한테 흥미를 좀 가지라고! ……어이쿠 안 되지. 상대 쪽에서 직접 맞선 신청을 할 정도의 내가 막 나가는 여자 용병에게 일일이 짜증을 내선 안 되지."

알란의 농담에 리호는 삼백안을 험악하게 뜨고 그에게 접근했습니다.

"켁. 참 여유가 넘치십니다, 알란 씨. 맞선 정도로 들뜨기는."

"흥. 무슨 말이든 해 봐라. 맞선이 온다는 것은 용모가 아니라 알맹이를 인정했다는 증거니까."

"알맹이라아……. 그러면 돈 같은 거 필요 없겠네. 행복을 좀 나눠줘."

그렇게 말하며 리호는 홀쩍 알란의 지갑을 빼냈습니다.

"어이! 잠깐 기다려라! 그렇다고 그건 아니지!"

"뭐야. 남자는 알맹이라며. 겉보기랑 재력은 필요 없잖아."

"너! 그렇게 말하면서 지갑 알맹이를 꺼내려고 하지 마라!"

남자도 지갑도 알맹이는 중요하니까요.

알란의 지갑을 물색하는 리호, 옆에서 셀렌과 필로도 들여다봅니다.

"어머, 네 잎 클로버 같은 걸 넣어 뒀군요."

"…………의외로 소녀 취향."

"어이, 그만둬라!"

알란이 얼굴이 새빨개져서 부끄러워합니다. 굵직한 외모에 안 어울리게 알맹이는 소녀인 모양이군요.

"요즘 신이 나서 들떠 있으니까 이 클로버를 세 잎으로 만들죠."
"장난하냐. 그거 찾으려고 강변을 뒤지느라 얼마나 고생했는데!"
당황하는 알란을 곁눈질하던 리호가 로이드에게 질문을 시작했습니다.
"그런데 로이드. 네가 좋아하는 숫자 가르쳐 줘. 참고할 테니까."
"이 자식! 남의 지갑 알맹이로 경마를 할 셈이냐!"
"그러니까, 4랑 3이랑 7이네요."
"1, 2, 3위를 다 맞히라는 건가. 도전 정신 가득하구만."
"로이드 공! 대답해선 안 됩니다! 솔직하군요! 그건 멋지지만요!"
교실 안에서 알란의 절규가 울려 퍼집니다. 다른 학생은 힐끔 보기만 하고 늘 있는 일이라며 가볍게 흘려버립니다. 알란 놀리기는 일상다반사인 거군요.
이때 다섯 명은 알지 못했습니다. 제각각 행동하게 됐다고 생각했던 서로의 휴일이 뜻밖의 형태로 한데 모인다는 것을――.

이스트 사이드의 잡화점. 로이드의 하숙집에서는 가게 주인인 마리가 들떠서 홍차를 마시고 있었습니다.
뾰족한 모자에 검은색을 기조로 오리엔탈한 꽃무늬가 들어간 그야말로 마녀다운 차림새. 안경을 쓴 15세의 소녀입니다.
살짝 어른스러운 용모. 그녀가 그 나이처럼 보이지 않는 건 이래저래 고생이 있었기 때문입니다. 이스트 사이드는 로○캅이 없는 디트로이트, 배○맨이 없는 고담 시티, 세기말로 비유하자면 모히칸이 일반인에게 핫하 하고 나중에 일반인이 동료를 이끌고 와서 핫하로 답례하는, 그런 마음고생이 끊이지 않는다는 의미로 하트풀한 구역에 살고 있으니 터프걸이 될 법도 합니다.

그러나 그것뿐이 아닙니다. 요즘 그녀의 고생을 가속도적으로 늘리고 있는 것이…….

"마리야, 놀러 왔단다."

"푸후욱! 스승님 좀! 갑자기 옷장에서 나타나지 마세요!"

이 흑발 트윈테일의 땅꼬마, 알카입니다.

마리의 스승이며 인외마경의 마을인 콘론의 촌장. 그 용모가 아무리 시간이 지나도 변함이 없는, 이른바 로리 할망구입니다.

로이드가 여기 하숙하게 된 뒤부터 종종 순간이동으로 나타나서는 식사를 요구하거나 로이드에게 성희롱을 하거나 마리에게 사소한 저주를 거는 등등등 만행이 멈출 줄을 모릅니다. 얼추 *좌부동하고 정반대인 존재로군요.

"마리야, 차를 다오. 설탕 듬뿍에 우유 듬뿍으로."

마지못해 홍차를 내면서 마리는 알카에게 다가갔습니다.

"몇 번이나 말했잖아요. 깜짝 놀라니까 미리 좀 연락을 달라고요!"

"그보다도 말이다! 사관학교는 모레부터 연휴가 아니니! 이

---

* 좌부동: 집에 살며 복을 불러온다는 일종의 수호신 같은 요괴. 어린아이의 모습을 하고 있다.

제 슬슬 귀성…… 아니 이번에는 마을을 대표해서 어딘가 온천 여관에서 로이드와 정겹게…….”

관계자밖에 모를 법한 학교 연간 스케줄표를 당연하게 테이블에 펼치자 군데군데 빨간 원이 그려져 있습니다. 로이드의 휴일은 다 파악한 모양이군요.

“어째서 일정표를 가지고 있는 건가요…….”

알카는 그 물음에 눈을 게슴츠레 뜨며 대답했습니다.

“그야 네가 지난 며칠 들뜬 기색이었으니 말이다……. 뭔가 있을 거라 생각하여 사관학교에서 빌려온 거란다.”

“…………….”

마리의 식은땀이 멈추지 않았습니다.

“어차피 연휴니까 로이드와 계속 함께 있을 수 있다거나, 뭔가 핑계를 대고 쇼핑이라고 하며 데이트라도 하려고 생각했을 테지.”

“…………………..”

식은땀이 턱 끝에 맺혀 축축하네요.

“그래서 분위기 좋은 장소를 몇 군데 픽업하여 미리 보러 가지 않았니! ‘밤의 공원은 커플이 많으니까 분위기로 될지도 몰라.’ 같은 혼잣말을 해대는 건 뭐니?”

“제 행동을 감시하지 마세요! 한가한 건가요!”

“한가할 리가 없지 않니! 아주 바쁘단다! 꼭 그럴 때 방 청소 같은 게 잘되지 않니! 그거랑 같은 심리란다!”

“시험을 앞둔 중학생 같은 마음으로 남의 행동을 스토킹하지 마시죠!"

망상 데이트 사전 견학이라는, 마음이 충족되는 행동을 하고 다녔던 마리의 얼굴이 빨개졌습니다.

그리고 그 절묘한 타이밍에 로이드가 돌아왔군요.

"다녀왔습니다……. 아, 촌장님. 와 있었——."

"어서 오너라, 로이드! 아아아아 몰라보게 자랐구나!"

로이드가 말을 끝내기도 전에 로리 할망구는 그의 가슴에 다이브합니다.

"자라긴요……. 요전에도 만난 참이잖아요."

"무슨 말을 하니! 사내아이는 사흘 못 보면 눈을 부릅뜨고 살펴보라지 않니! 그러니 여기저기 구석구석 이것저것 눈을 부릅뜨고 보게 해 주지 않겠느냐!"

다 드러난 정욕을 질질 흘리는 로리 할망구의 목덜미를 마리가 붙잡아 떼어냈습니다.

"정말이지……. 범죄라고요……. 접객업 다음에 육체노동을 시키지 마세요."

"손님도 없는데 접객이라고 하는 것은 어떤지—— 꾸엑!"

마리는 알카를 아무렇게나 바닥에 내던졌습니다. 아무래도 정곡을 찔린 모양이군요.

"초대받지 못한 손님을 돌려보내는 것도 접객업이 하는 일이에요."

탁탁 손을 턴 다음, 마리는 지친 기색으로 의자에 앉았습니다. "어이쿠야." 하는 소리가 들릴 법한 60대 전반의 아저씨 같은 느낌으로 앉는군요. 정말로 지친 모양입니다.
그 모습을 걱정스레 바라보던 로이드는 마리에게 어떤 제안을 했습니다.
"수고하셨어요, 마리 씨. 마사지라도 해 드릴까요?"
자연스러운 배려, 부드러운 목소리, 격려하는 표정. 로이드의 다른 뜻 없는 순수한 상냥함을,
"정말? 해줘해줘!"
마리는 어린애처럼 기뻐하며 순순히 받아들였습니다.
"에헤헤. 그렇게 기뻐해 주시니까 기뻐요. 저, 마사지는 청소랑 요리 다음으로 특기거든요."
그는 유연하게 마리의 어깨를 주무르기 시작했습니다. 완급이 뒤섞인 피아니스트 같은 손놀림이군요.
클래식의 선율이 어깨부터 흘러드는 것 같은 편안함에, 군침을 흘리면서 눈을 감는 마리.
"아아, 기분 좋다아……. 헤에, 그렇구나……. 특기구나……."
"네, 이 마사지——."
명랑한 음성으로 로이드가 말을 이었습니다.
"알카 촌장님이 보증한 거니까요."
촌장이란 말에 불길한 예감이 든 마리는 눈을 부릅떴습니다.
다음 순간, 손가락이 쇄골, 그리고 엉뚱한 방향으로 달리기 시작했습니다……. 이건 안 됩니다.
"잠깐만! 스토옵! 어쩐지 스토옵!"
어깨 좀 다른 방향으로 손가락이 흐르기 시작하길래 마리는

무심코 일어섰습니다.

"에, 어? 왜 그러세요?"

"좀 기다려! 어쩐지 야한…… 게 아니라! 여러모로 잘못됐어! 마음의 준비가! 그런 건 미리미리——."

그러나 로이드는 순진무구하고 순박한 소년의 표정을 짓고 있었습니다. 엉큼한 생각을 하는 기색이 요만큼도 없어 보이는군요.

손가락과 표정의 갭에 흐트러지는 마리.

그때였습니다. 발치에서 꿈틀거리던 알카가 의미심장하게 팔짱을 끼고 일어섰습니다.

"그렇단다, 로이드. 그 마사지는 함부로 사용해선 안 된단다. 내 허가 없이, 아니 나를 위해서 사용해 줬으면 좋겠구나. 그걸 위해서 가르친 거니까."

그 로리 할망구의 말에 마리는 뭔가를 느꼈는지, 알카의 멱살을 붙잡아 들어 올렸습니다.

"당신입니까! 로이드 군한테 이것저것 가르친 사람이! 범죄잖아요! 빼박으로!"

마리에게 들어 올려지면서, 알카는 조금 미안한 기색으로 말했습니다.

"마리야, 들어다오……. 무구한 소년에게 이것저것 가르친다는 것은……. 오래 살고 볼 일이구나! 데헷!"

미안한 표정을 지은 다음, 함박웃음—— 얻어맞아도 어쩔 수 없을 정도로 얄밉군요.

© Nao Watanuki

"감상을 말하지 말고! 하다못해 변명을 해라! 그리고 반성해라!"

지당한 의견을 부르짖는 마리. 그런 그녀를 로이드가 무구한 눈동자로 바라보고 있었습니다.

"어, 그러면, 정말로 마사지는 안 해도 되나요?"

마리의 이성을 뒤흔드는 로이드의 속삭임.

그녀의 머릿속에서 천사와 악마가 말다툼을 시작했습니다.

천사 「이런 행위로 그와 관계가 진행되는 것은 좋지 않아요.」

악마 「하지만 위험한걸. 손가락이 훅 들어왔잖아. 그냥 몸을 맡기는 수밖에 없어.」

천사 「그리고 소년의 무구한 마음을 이용하여 관계를 발전시켜 봤자…… 앞으로 로이드 군과 사이가 오래 갈 것 같지는 않아요. 조용히 자연스럽게 얼어붙은 얼음은 녹기 어려운 법입니다.」

악마 「진짜 위험하지 않아? 기분 좋지 않아? 쩔지 않아!」

천사 「분명히 기분 좋고, 쩔 거예요. 하지만 말이죠——.」

악마 「진짜 변명만 해대는 거 엄~청 웃긴데! 괜찮을 거야. 기분 좋아——.」

천사 「그 순간, 저것과 동류가 될 텐데, 괜찮은가요?」 알카를 가리킨다.

악마 「죄송함다.」

——악마의 어휘력이 너무 부족하군요.

그리하여, 알카와 동류가 되기는 싫어! 마리는 그 마음으로 로이드의 유혹을 어떻게든 뿌리치고, 그를 방으로 보내 옷을 갈아입도록 권했습니다.

"저, 정말…… 로이드 군, 옷 갈아입고 오렴."

"아, 네. 그렇지. 마리 씨. 저 내일부터 사흘 동안 아르바이트로 집을 비울 테니까 잘 부탁드려요."

연휴 때 이것저것 계획을 세운 것이 한순간에 좌초되어 넋이 나간 마리. 멱살을 잡고 있던 알카를 툭 떨어뜨렸습니다.

"꾸엑."

자유낙하를 탐닉하고서, 알카는 얼굴부터 바닥에 떨어졌습니다.

"저기…… 로이드 군? 아르바이트?"

"네, 크롬 씨한테 부탁을 받아서요. 옛날 상사였던 분을 도와줄 수 없을까 하셨어요."

"크롬 죽인다……가 아니라. 그, 그럼 연휴에 통째로 없는 거니?"

마리의 어색한 미소에 로이드가 살짝 당황하면서 대답했습니다.

"그게, 어쩐지 굉장히 커다란 가게라서 청소가 어렵다고 하길래."

"청소 정도는 자기 손으로 못하는 걸까? 정말이지……."

부메랑입니다. 내버려 두면 접시나 냄비를 퍼즐게임처럼 쌓아 올리는 사람이 할 말은 아니죠.

"아, 그리고 제가 만드는 요리가 맛있다고, 그래서 밥도 만들어달라고 하셨어요."

"밥 정도는 자기가 만들어야지. 그 녀석은 대체 몇 살인고?"

이번에는 아래쪽에서 눈을 게슴츠레 뜨고 올려다보는 알카가 독설을 합니다……. 아아, 이것도 부메랑이네요. 1세기 이상 맛없는 밥 만드는 사람이 할 말이 아닙니다. 아니, 엑스칼리버를 식칼 대신 쓴다는 발상은 맛없는 밥 이전의 문제군요.

난처한 표정의 로이드는 그래도 꿋꿋이 대답했습니다.

"하지만 난처한 사람을 내버려둘 수는 없으니까요……. 제 목표인 군인은 그런 사람이라고 생각해요."

그렇습니다. 로이드는 좋아하는 소설에 나오는 「멋진 군인」을 동경해서 이 아자미 왕국에 온 것입니다.

"그러니까…… 그렇게 돼서, 내일 학교가 끝난 다음에 바로 갈 거예요."

그 경위를 알고 있는 알카와 마리는 로이드를 막을 말이 없었습니다.

"오냐. 그러면 나도 함께 그 가게로 인사를 하러 가야겠구나."

"가벼운 여행, 좋을지도 모르겠어요."

막을 말은 없지만, 따라갈 생각은 가득하군요.

재빨리 준비와 일정을 정하기 시작하는 두 사람……. 아, 벌써 갈아입을 옷은 준비 완료인지 지금은 트럼프 카드를 찾고 있습니다. 이럴 때 빼곤 안 쓰니까 금방 어디로 사라져 버린단 말이죠, 그거.

잡화점 바닥에 여행용 가방이 순식간에 준비됐습니다.
두 사람이 보람찬 미소를 짓고 있군요.
그것을 본 로이드는 송구한 표정을 지었습니다.
"죄송해요……. 저를 걱정해 주는 건 알겠지만, 솔직히 오지 않으셨으면 해요……."
오지 말라는 말을 들은 알카와 마리의 안색이 일변, 핏기가 싹 가셨습니다.
"어, 로이드 군…… 안 돼?"
"내가 싫어진 게냐? 로이드으!"
"그게 아니에요. 그저 주변 분들을 보고 있으면 저도 혼자서 노력해야 한다고 생각해서…… 두 사람이 있으면 분명 의지하고 말 거예요. 죄송해요."
뭐, 언뜻 보기에는 과보호하는 보호자니까요. 사실은 그저 로이드 의존증이지만요.
자신의 의지를 전달하고, 가볍게 고개를 숙인 로이드는 자기 방으로 돌아가 버렸습니다.
"마리야! 어째서 더 전력으로 반론 안 하는 게냐!"
"아니, 저렇게 진지하게 자기 일을 생각하는 애한테 어떻게 반론하겠어요."
볼을 긁적이는 마리, 알카는 절망한 나머지 바닥에 주저앉았습니다.
"이럴 수가 있느냐! 지친 몸을 치유한다는 명목으로 여행지의 인적 드문 초원에서 밤새 정겹게 알콩달콩할 수 있을 거라고 생각했는데!"

"반론 안 한 게 정답이었네."

눈을 게슴츠레 뜨는 마리에게 알카가 달려들었습니다.

"뭐든지 좋으니까 따라갈 이유를 생각 못할까! 괜찮겠느냐! 말해 버린다! 네가 이 나라의 왕녀라는 것을! 이 이스트 사이드에 못 살게 해줄 테다!"

"그건 이야기가 전혀 다르잖아요! 그만하세요! 자기가 좀 생각을 해보세요!"

아, 그렇지. 마리는 일단 이 나라의 왕녀입니다. 국가 전복범에게서 벗어나기 위해 신상을 감추고, 평화로워진 지금은 남모르는 곳에서 나라를 지탱하기 위해 이스트 사이드에서 잡화점을 운영하고 있습니다.

뭐 반쯤 로이드랑 같이 살기 위한 것이 목적이었습니다만…….

"끄으…… 내 계획이이……."

"좀 참아요. 이래저래 자신감이 부족한 로이드 군이 자립하기 위해서잖아요. 좋은 경향 아니에요? 요즘 들어서 남자다워진 것 같기도 하고요."

"뭐, 분명히 마을에 있을 때보다는 듬직한 느낌이 됐구나. 구헤헤."

알카는 한순간에 희색이 만면하더니, 바닥에 군침을 흘리기 시작했습니다. 이 빠른 전환이야말로 로리 할망구가 로리 할망구라는 증거라 할 수 있군요.

그리고 옷을 갈아입은 로이드가 부엌에 서려는 때였습니다.

"오늘은 어제 먹다 남은 거라 죄송하지만 카레예요……. 아, 그렇지. 마리 씨, 제가 없다고 통조림만 먹으면 안 돼요. 일단 내일 이것저것 만들어두고서 갈 거지만요."

"아, 넵."

"아아, 그리고 다 먹은 식기는 꼭 설거지해 주세요. 설거지하지 못하겠으면 물에 담가두기라도 하세요. 찌들면 씻기 힘들어지니까요."

"아, 넵."

"그럼, 밥 만들 테니까 테이블 닦아 주세요."

엄마처럼 못을 박더니, 로이드가 부엌으로 들어섰습니다.

"그래서, 누가 자립하기 위해서라고 했니?"

"……."

어쩐지 이래저래 자립하지 못한 건 자기라는 걸 자각한 마리는 말없이 꼼꼼하게 테이블을 닦았습니다.

호텔 『레이요카쿠』는 대륙 서쪽에 있는 로쿠죠 왕국과 동쪽 아자미 왕국을 잇는 상업가도의 딱 중간 지점에 있는 커다란 호수 옆에 있었습니다.

옛날 임업이 번성했을 때 산의 경사면에 심어둔 편백나무가 자연 속에 기하학적인 무늬를 그려내 보는 자를 끌어당기는 경관을 만들고 있었습니다. 숨겨진 명소. 요즘 식으로 말하면 밤의 공장을 라이트업한 것 같은 그런 거군요.

그리고 임업이 쇠퇴하기 시작하자 관광지의 색채가 짙어지기 시작했습니다. 일꾼들을 노리던 매점이나 식당은 관광객들을 노리는 선물 가게나 식당으로 변했습니다.

그러나 여관은 관광이라기보다 일꾼들이 하루 묵고 가는 곳밖에 없었고, 돈을 뿌리는 손님을 바라기 어려웠습니다.

그것을 간파한 것이 코바. 분명히 성공한다고 확신하고서 건설한 고급 호텔이 잭팟. 지금은 중류층부터 상류층이 찾아오며, 이윽고 정부 고관이나 대상인의 회담장으로 쓰이게 되었습니다.

그런 분들이 찾아오는 겁니다. 혼수 사건 따위가 일어나면 존속의 위기가 생길지도 모르니, 이래저래 이번 장기 연휴에 대비하고 있었던 겁니다.

"아니, 혼수 사건도 혼수 사건이지만, 일단 호텔을 제대로 굴려야지……."

호텔 입구에서 코바는 편백나무 숲을 바라보며 옛날 일을 돌이켜 보았습니다.

호텔『레이요카쿠』가 완성된 처음 무렵, 접객을 만만하게 보고 있던 탓에 제대로 굴러가지 않았던 것을 떠올렸습니다.

혀가 고급스러운 시끄러운 인종이나 술에 취해 트러블을 일으키는 인간……. 그런 고난을 뛰어넘어 궤도에 오른 경영에 트집을 잡히고 싶지는 않았습니다.

"사건 탓에 사람들이 빡빡하지만…… 그 애가 있으면 어떻게든 될 거야."

코바의 뇌리에 그 부드러운 미소를 짓는 소년, 로이드가 떠올랐습니다.

요리 솜씨는 물론이고, 특필할 것은 그 신체능력입니다. 그리고 그런 초인이면서도 아르바이트 부탁을 흔쾌히 들어준 호청년. 반대로 너무 순박해서 불안해지는 인상이었습니다.

코바는 로이드를 생각하면서 팔짱을 끼고, 아자미로 이어지는 호텔 앞 길을 바라보았습니다.

시각은 저녁, 기울어진 햇살이 코바의 두피를 비추었습니다.

그래요…… 시각은 저녁, 그것이 코바의 불안을 부추깁니다.

"정말로 오늘 오는 건가?"

내일 아침까지 오면 된다. 코바가 그렇게 말했지만 그 로이드란 소년은,

"아, 그러면 낮에 학교 끝난 다음 그대로 갈게요. 저녁에는 도착할 거예요."

라고, 참으로 간단하게 말해 버렸습니다.

처음에는 코바도 농담이라고 생각하여 웃었지만 크롬이 이 정도로 놀라지 말라며 진지한 표정으로 말했으니 그저 곤혹스러울 따름입니다.

반신반의. 자연스럽게 코바의 눈이 의심스러워졌습니다. 몸값을 끌어안고 유괴범을 기다리는 형사처럼 아자미로 이어지는 가도를 바라보았습니다. 살짝 높은 언덕에 있으니 저 멀리까지 잘 보이지만 그럴듯한 인물은 안 보였습니다.

"그렇지. 분명히 터무니없는 소년이지만…… 내가 잘못 들은 거겠지……. 파발마로 달려도 한나절은 걸릴 텐데."

역시 잘못 들었거나 농담이겠지. 그렇게 생각한 코바가 돌아서려는 찰나에,

"죄송해요, 늦었습니다."

"히이!"

등 뒤에서 갑자기 그 로이드 소년이 나타났습니다. 안 어울리게 새된 소리를 지르면서 코바의 심장이 경종을 울렸습니다.

"저기, 괜찮으세요?"

로이드는 눈썹을 찌푸리며 걱정스레 코바에게 물었습니다.

"그, 그래……. 그런데 어째서 호텔 뒤쪽에서 나타난 거지?"

전직 선대 근위병장인 자신이 등 뒤를 내어준 것, 애당초 어째서 등 뒤에서 나타났지? 끝없는 의문 등 여러 가지 감정이 뒤섞인 코바의 동요를 무시하고 로이드는 가볍게 대답했습니다.

"학교가 끝나는 게 조금 늦어져서요. 지름길로 숲을 가로질러 왔어요."

"응?"

지름길 같은 게 있었던가? 그렇게 생각하며 코바는 로이드의 손가락이 가리키는 방향을 보았습니다.

코바의 눈에 비치는 것은 깊은 산림, 녹음 짙은 산, 벼랑도 있었을 겁니다……. 이동하는 것마저 힘든 산악 지대. 몬스터도 잔뜩 있어서 로쿠죠 왕국의 위험지역으로 지정됐으며 침입도 어려울 겁니다. 가도도 이 산에 숨어 있는 몬스터를 경계해서 발전한 거니까요.

로이드는 조금 쑥스럽게 대답했습니다.

"가도를 달리면 조금 멀리 돌아가게 되길래 예의에는 어긋나지만 최단 거리를 똑바로……."

코바의 머릿속에 아자미부터 여기까지 오는 지도가 떠올랐습니다.

그리고 빨간 선을 직선으로 긋습니다. 지형을 무시하고 자를 대고서 사악.

가볍게 산을 4개 정도 넘어야 하는군요.

그리고 코바는 머릿속의 지도를 꾸깃꾸깃 구겨서 버렸습니다.

"그렇군! 수고했어! 내 호텔 『레이요카쿠』에 잘 왔다!"

그리고 생각하는 것을 포기했습니다. 그것을 들은 로이드가 정중하게 인사를 했습니다.

"아, 네! 로이드 벨라돈나입니다! 잘 부탁드립니다!"

예의 바른 로이드의 태도에 코바는 어느 정도 차분함을 되찾았습니다만,

(나는 터무니없는 애를 불러들인 걸지도 모르겠군…….)

그의 몸에 붙어 있는 몬스터의 털이나 나뭇잎을 보면서 코바는 그렇게 생각했습니다.

코바와 약간 거리감을 느끼면서도 로이드는 호텔로 안내를 받았습니다.

흘러넘치는 햇살과 풍부한 자연에 둘러싸인 그 격조 높은 건물은, 휴일을 근사하게 채색해 줄 것을 약속하는 분위기를 풍기

고 있었습니다.

그리고 입구. 몇 대의 마차가 서 있는 그 공간은 깔끔하게 청소가 되어 있어서 말똥 하나도 없었습니다. 향기 좋은 화단이 있어서 말의 냄새가 느껴지지 않는 구조였습니다.

이어서 실내. 극장을 방불케 하는 로비는 과연 교외의 호텔이라고 손님을 감탄하게 만듭니다. 도성의 서민가에는 이런 넓이를 볼 수가 없습니다. 널찍한 로비는 천장이 트여 있어서 고급감과 청결함이 넘치는, 그야말로 휴식 공간입니다.

그리고 입구와 프론트에는 경험이 풍부해 보이는 직원이 가족 같은 미소를 지으며 손님을 맞이하고 있었습니다.

그 밖에도 장식품은 한 올 한 올 셀 엄두도 못 낼 정도의 수제 융단, 필치보다도 사인에 눈이 뒤집히는 회화, 깨뜨렸다간 인생도 깨질 것 같은 항아리. 눈이 높은 귀족의 내빈들도 감탄할 라인업이었습니다.

"굉장해요! 이건 어쨌든지…… 굉장해요! 저는 이런 광경, 소설 같은 데서나 봤어요!"

너무나 호화로워서 나이에 걸맞게 깜짝 놀라는 로이드.

솔직하게 압도되는 소년다운 그의 언동에, 코바는 어느 정도 본래 상태를 되찾았습니다.

"그렇군. 그렇게 말해 주면 오너로서 참 기쁘지."

"괘, 괜찮을까요……? 이런 굉장한 곳에서 저 같은 시골뜨기가……."

"걱정 마라. 나랑 선배의 말을 잘 들으면 돼. 네 요리도 인품도 분명히 좋은 쪽으로 작용할 거야……. 그 차림이지만 얼른 일을 하나 맡기고 싶은데, 괜찮을까?"

"아, 네! 말 들을게요! 힘낼게요!"

코바는 로이드의 호청년다운 모습에 자연스럽게 웃음을 지으면서, 대욕탕으로 안내를 했습니다.

조금 길쭉한 복도를 걸어서 안내된 곳, 선선한 공기가 로이드의 몸을 감쌌습니다.

그의 눈앞에 장엄한 대욕탕이 펼쳐집니다.

우선 눈에 띄는 건 호화로운 『족욕탕』. 미지근한 온도의 온수로 채워졌군요. 발을 씻기 위한 욕조마저도 천연석을 잘라내 좋은 부분을 쓰고 있었습니다.

다음으로 천장. 2층 가옥이 쏙 들어갈 정도 높이로, 저 멀리 지붕에 난 창으로 김을 내보내고 있습니다.

그리고 헤엄칠 수 있을 정도로 넓은 욕탕. 그 중앙에 놓인 사자 조각은 처음 보면 무슨 유적인가 생각될 정도였습니다.

"굉장하네요! 저 이런 목욕탕은 처음 봤어요…… 응?"

그 사자의 발치에, 대걸레를 팽개치고 뭔가 잡지를 읽고 있는 여자애가 앉아 있었습니다.

웨이브가 들어가고 적갈색에 가까운 세미롱 머리칼. 향유라도 발랐는지 윤이 나고 곱슬은 아닌 모양입니다.

시선은 아래쪽을 향하고 있지만, 눈가와 입가에는 살며시 붉은 기운이 돌았고 눈썹도 잘 정돈한 용모를 신경 쓰는 여성. 그것이 로이드의 첫인상이었습니다.

크림색 원피스에 하얀 앞치마를 입은 종업원의 복장인데……
그러나 청소를 할 기색이 요만큼도 느껴지지 않았습니다.
"……흐~응. 지금은 하얀색이 유행이구나."
그녀는 아무래도 이쪽을 깨닫지 못했는지 열심히 손에 든 잡지를 넘겼습니다. 말로 짐작해 보면 패션 잡지인 모양이군요.
"저기?"
로이드는 설명을 요구하듯 코바를 보았습니다. 코바는 스킨헤드를 찰싹 두드리더니 성큼성큼 여성에게 다가섰습니다.
"인마! 또 땡땡이냐! 키쿄우!"
대욕탕 안에 코바의 노성이 울렸습니다. 키쿄우라고 불린 여성은 그제야 누가 온 걸 깨달았는지 황급히 잡지를 가슴팍에 밀어 넣고 대걸레를 잡았습니다.
"아, 아하하……. 고생 많으십니다, 오너!"
그녀는 한순간 어색한 표정을 지었지만, 곧바로 일하고 있었다는 느낌 가득한 표정을 꾸미며 인사를 했습니다.
"잡지 따위 읽고 있지 마라!"
"네? 잡지? 무슨 말이죠?"
"그 가슴팍에 있는 거다."
"에, 에이이. 이건 성장기라서 그래요."
기이하게 부풀어 오른 가슴에서 부스럭부스럭 소리가 들렸습니다.
"……."
"……."

바스락…….

그런 소리를 내면서 잡지가 땅에 떨어졌습니다. 코바는 눈을 게슴츠레 뜨고 잡지를 줍더니 난폭하게 움켜쥐었습니다.

"정말이지. 제대로 닦으라고 했잖냐! 잠깐 눈을 떼면 땡땡이를 치다니."

"그러니까 말씀하신 대로 갈고닦는 중이었다니까요, 아하하."

코바의 손에 있는 패션 잡지를 가리키는 키쿄우, 코바는 잡지를 땅바닥에 팽개쳤습니다.

"누가 네 패션 센스를 갈고닦으라고 했냐! 대걸레로 욕탕을 닦으라고 했지!"

키쿄우는 진지한 표정이었습니다.

"하지만 코바 씨……."

"뭐냐?"

"이런 지저분한 곳에 머리부터 처박히는 대걸레의 기분을 생각해 보신 적 있나요?"

"그런 말을 종업원에게 듣는 오너의 기분을 생각해 본 적 있니?"

노호 같은 변명들에 코바가 축 늘어졌습니다.

코바는 로이드를 힘없이 보더니 키쿄우를 가리키며 소개했습니다.

"저거, 네 선배인 키쿄우란 녀석이야. 여러 가지 일을 해 봤다고 해서 일 자체는 잘하는데, 아무래도 땡땡이치는 버릇이 있다…….”

손가락질당한 키쿄우는 처음에는 로이드를 눈치 못 챘습니다. 살짝 손을 들자 생긋 웃으며 고개를 돌립니다. 혼나고 있던 사람의 표정이 아니네요.

“나는 키쿄우. 지금 훈남 남친을 모집 중이야. 잘 부탁해 소년.”

“아, 로이드입니다. 짧은 기간이지만 신세 지겠습니다.”

인사하는 로이드를 보고 키쿄우는 팔짱을 끼더니 고개를 끄덕끄덕 움직였습니다.

“이거 참. 예의 바른 애구나. ……5년쯤 뒤가 기대되네.”

“너도 좀 로이드의 발끝만큼이라도 따라가 봐라……. 뭐 좋아. 선배답게 일을 제대로 가르쳐 주거라. 나는 주방에서 식재료를 체크하지……. 로이드 군, 이 여자가 땡땡이치면 확 걷어차도 된다.”

어깨를 늘어뜨리면서 코바가 물러갔습니다.

“이야. 오너는 참 힘들겠어. 책임도 져야지, 아랫사람도 보살펴야지…… 역시 높은 사람은 되지 말고 마음 편하게, 그리고 아주 약간 스릴 있는 인생을 즐겨야지 않겠어?”

“그게…….”

힘든 건 대부분 당신 탓이 아닐까요? 그 말이 목구멍까지 올라왔던 로이드였지만, 그것을 삼켰습니다.

그걸 아는지 모르는지 키쿄우는 명랑하게 로이드의 어깨를 두드렸습니다.

“그렇게 딱딱하게 있을 필요 없어, 소년. 나는 가볍게 키쿄우

씨라고 불러도 돼."

"아, 네."

그리고 그녀는 땅바닥에 널브러진 잡지를 주워 정성스레 펼치더니,

"그러니까 욕탕 청소 잘 부탁해~."

통째로 떠넘겼습니다.

"저기, 제가 전부 말인가요?"

설마 전부 맡길 줄은 몰랐던 로이드는 경악을 감추지 못했습니다.

"로이드 소년. 진정한 호텔맨은 말이야, 이럴 때는 이렇게 하는 거야."

키쿄우는 허세를 부리면서 거창하게 연기를 시작했습니다.

"선배는 앉아 있으세요! 이런 간단한 일은 후배인 제가 할 일입니다!"

혼신의 엄지 척으로 마무리하는 키쿄우. 멍해진 로이드에게 같은 동작을 요구했습니다.

"자, 해 봐."

"아, 네……. 이런 간단한 일으은! 후배인 제가 할 일입니다!"

"좋아! 근사하네! 너 호텔맨의 재능이 있어!"

"저, 정말인가요?"

"그래~ 그래~. 호텔맨이라면 손님을 위한 일이라면 몸을 던져서 어려운 일에 맞서야지! 특히 신입은 난처한 선배나 손님에게 헌신적으로 행동해야 해!"

"고, 공부가 되네요!"

"그럼 그럼. 그러니까 청소 잘 부탁해~."

"아, 알겠습니다!"

그리고 키쿄우는 또 앉아서 잡지를 읽기 시작했습니다.

"……어라? 에이, 로이드 소년. 전부 진심으로 생각하면 안 되지……. 그럴 때는 딴죽을 걸어줘."

너무 솔직한 로이드에게 아무래도 미안한 생각이 들었는지 키쿄우가 웃으면서 시선을 본래대로 되돌렸는데,

"끝났어요!"

로이드의 힘찬 목소리에 키쿄우가 깜짝 놀랐습니다.

"아하하, 끝났다니…… 너 뜻밖에 농담을 잘하는 타입이구나…… 어?"

눈을 가늘게 뜨는 키쿄우. 그 시선 끝에는 마치 이제 막 포장을 뜯은 타일을 새로 깐 것처럼 빛나는 욕탕이 펼쳐져 있었습니다.

입을 벌린 채 걷기 시작하는 키쿄우. 그리고 욕조 구석을 가볍게 문질러봤습니다.

뽀드득. 경쾌한 소리가 났습니다. 미끈거리는 물때, 없음.

"잠, 응? 잠깐? 어?"

"왜, 왜 그러세요? 어딘가 덜 닦았나요?"

망가진 키쿄우, 로이드는 이래저래 너무 깊이 생각했는지 황급히 고개를 숙였습니다.

"죄, 죄송해요! 어딘가 덜 닦은 모양이네요……. 아, 천장에 난 창 말인가요? 지금 닦을게요."

"아, 아니. 그게 아니라."

이 단시간에 어떻게 이렇게까지 깨끗하게 닦았어? 그렇게 물어보려던 키교우의 눈앞에서 믿을 수 없는 광경이 펼쳐졌습니다.

무슨 마법 같은 것으로 대걸레를 빛내면서, 그가 날아올랐습니다. 2층 가옥이 쏙 들어가는 이 대욕탕 천장에 있는 창…… 그곳으로 가볍게 날아서 천장에 튀어나온 턱을 붙잡았습니다.

"……창문이."

삭 닦으니 눈 부신 빛을 뿜어내고 있습니다. 멀리서도 알 수 있을 만큼 어엿하게 닦아버렸습니다.

"영차."

사삭 아무 일도 없었던 것처럼 내려선 로이드는 다시 한번 욕조를 닦기 시작했습니다.

"안 닦은 곳이 없도록 만약을 위해서 또 한 번 닦아 둘게요."

그리고 로이드는 욕조는 물론 대욕탕 구석구석까지, 그야말로 사자 조각상의 입 내부까지 단시간에 닦아 버렸습니다. 곰팡이 한 점 없어서 신축이나 마찬가지로 번쩍이는 대욕탕, 한 번 닦자 번쩍이는 대걸레 놀림에 키교우는 눈길을 빼앗겼습니다.

"……어? 어떡하면 이렇게 되는 거야? 뭘 한 거야?"

"저기, 가정의 지혜 같은 건데요."

참고로 그 가정의 지혜는 고대 룬 문자를 그리는 특수한 문장 마법입니다. 주문 해제, 순간이동, 더욱이 운석을 내리는 것마저 마력이 충분하기만 하면 조합에 따라 어떤 일이든 할 수 있는 미쳐 버린 물건입니다.

로이드가 지금 사용한 것은 저주 해제의 룬. 부작용으로 어떤 때도 말끔하게 닦인다는 참으로 사치스러운 사용법입니다. 고급요리점에서 산 오렌지로 이과 실험의 과일 전지를 만드는 것 같은, 혹은 큼직한 참치로 해체 실험을 한 다음에 스태프가 맛있게 안 먹는 패턴입니다.

"아니, 그것도 그렇지만, 애당초 그 움직임은 뭐야?"

"네? 평범하게 움직인 것뿐인데요?"

이 널찍한 대욕탕의 구석부터 구석까지 1초 만에 왕복하는 터무니없는 움직임, 잔상으로 시야가 일그러진 키큐우는 몇 번이나 눈을 비볐습니다. 눈가에 바른 화장품이 번졌네요.

"아니 그럴 리 없잖아! 휘리릭 가서 파바밧 움직이는 그런 평범함, 나는 모르거든!"

신기한 일에 당황하는 그녀의 등 뒤에서 코바가 나타났습니다.

"로이드 군, 조금 와 줬으면 하는데…… 우오! 엄청 잘 닦여 있구만!"

너무 눈부셔서 눈을 가늘게 뜨는 코바.

"아, 오너. 지금 청소 끝났어요."

"10분도 안 지났는데…… 과연 로이드 군이다. 내 눈이 틀리지 않았어!"

코바가 활짝 웃자 로이드도 미소로 응답했습니다.

"그럴 리가요. 너무 거창해요. 평범하게 한 건데요."

“아니아니! 아 미안한데, 좀 도와줬으면 하는 일이 있어. 안쪽 종업원실에 객실 담당용 제복이 있으니까 그걸로 갈아입고 와 주겠나?”

“아, 알겠습니다.”

가볍게 고개를 숙이더니 로이드는 발 빠르게 대욕탕을 나섰습니다.

생글생글 웃는 코바, 대조적으로 무표정했던 키쿄우는 지금 일어난 일을 코바에게 물었습니다.

“오, 오너! 저 애 뭔데요! 순식간에 욕탕 청소를 끝내더니 점프로 천장 창문에 달라붙고, 정체가 뭔데요?”

조금 전까지 태연하게 땡땡이를 치던 키쿄우가 당황하는 표정을 보고, 코바는 한 방 먹였다는 표정을 지었습니다. 그리고,

“비이밀.”

치기 어린 표정으로 말했습니다.

“…………아니 아니! 비밀이라니! 안 어울리는 표정으로!”

“너도 땡땡이치기만 하면 로이드 군한테 혼날 거다아. 뒷정리를 하고서 마구간 청소하러 가, 깨끗하게.”

멍하니 서 있는 키쿄우를 곁눈질하고서 코바는 그 자리를 떠났습니다.

“그러니까, 이 옷이면 될까?”

로이드는 코바의 말대로 옷을 갈아입고 코바가 오기를 기다렸습니다.

격식이 높은 호텔에 맞는 깃이 빳빳한 양복, 금색의 커프스 버튼에 하얀 면장갑, 군복이 연상되는 그 의상은 그야말로 고급 호텔맨이라고 할 수 있었습니다.

"오오, 그렇지! 잘 어울리는군. 약간 소화하지 못하는 느낌은 있다만."

한편 코바도 검은색 양복을 입고 있었습니다. 이쪽은 근육을 양복으로 포장한 것처럼 언밸런스하군요.

"고, 고맙습니다. 다음 일은 뭔지……."

로이드의 물음에 코바는 표정을 흐리며 자신의 머리를 찰싹 두드렸습니다.

"이야아…… 사실은 내일 올 예정이었던 지방 귀족의 높은 사람이 말이다. 갑자기 오늘 왔거든. 로이드 군은 요리를 좀 날라다오."

"어, 제가 말인가요?"

"그래! 로이드 군의 접객 태도라면 분명히 괜찮아! 거참, 아무래도 그 귀족은 군인을 안 좋아하는 모양이라, 나한테는 영 까칠하거든. 오너니까 인사를 하지 않을 수도 없고 말이야."

혼나러 가는 아이처럼, 코바는 난처한 표정을 지었습니다.

"그, 그런가요."

"그렇다니까, 로이드 군. 근처에 살고 있는지 요즘에 자주 묵으러 오는데 말이지……. 소문으로는 여기 종업원한테 마음이 있다고도 하고, 이야기를 하는 모습이 몇 번 목격됐지."

"그렇다면 로맨틱하지만요……. 그렇다면 조금 더 오너한테

친근하게 대해도 될 것 같은데요."

코바는 크게 고개를 끄덕였다.

"그래. 나도 이야기하는 현장을 목격한 적이 있다만…… 밀회라기보다는 부하랑 상사 같은 느낌이었지——. 어이쿠. 뭐 그렇게 신경 쓰지 마라. 자연스럽게 있으면 된다. 스마일, 스마일."

입가를 끌어올리며 후덥지근한 미소를 보이더니 코바는 기합을 다시 넣었습니다.

쿠웅. 양쪽 주먹을 눈앞에서 부딪치며 둔탁한 소리를 내고 심호흡을 했습니다. 심호흡이라기보다는 공수도의 비기, 숨 고르기 같은 호흡법입니다.

"코오오오…… 후우. 그런데 어째서 내가 전직 군인이라는 게 들킨 거지?"

그 거동 탓이라고 말할 수가 없었던 로이드의 스마일이 약간, 쓴웃음으로 기울었습니다.

약 1시간 정도 지나 주방에서 갖가지 요리가 만들어졌습니다.

농후한 고급 치즈를 사치스럽게 사용한 시저 샐러드.

지비에…… 꿩의 로스트에 고기의 농축액을 듬뿍 졸이고 레드 와인 소스를 뿌린 일품 요리.

와인 창고 안에서 내왔을, 먼지를 닦아낸 흔적이 보이는 오래된 와인…… 등등.

식욕을 부추기는 향기. 그리고 너무나도 고급스러운 품목들에, 로이드는 두 가지 의미로 꿀꺽 목을 울렸습니다.

급사용 2단 트레이에 그 요리들을 올리고, 로이드는 코바와 함께 최상층의 스위트룸으로 갔습니다.

"신중해라. 그리고 스마일."

"네, 오너."

스푼이나 포크가 잘그락잘그락 흔들리는 소리를 듣고, 문 앞에 서 있던 중년 남자가 다가왔습니다. 이마가 넓고, 비서처럼 보이는군요.

빼빼 마르고 안경을 쓴 남자가 고생깨나 했는지 지친 투로 말했습니다.

"무슨 용건이죠?"

"스레오닌 님께 요리를 가져왔습니다."

"이쪽으로 오시죠."

코바의 말에 비서가 패기 없는 목소리로 안내했습니다.

문을 열자 또 복도가 펼쳐지고 안쪽 방으로 안내되었습니다.

호수를 한눈에 볼 수 있는 커다란 유리창, 그 앞에 덩치 큰 남자 한 명이 이쪽으로 등을 보이고 서 있었습니다.

손을 허리에 돌리고 경치를 바라보고 있는 것 같지만 빈틈이 전혀 없군요. 함부로 다가가면 살해당한다. 그런 기척마저 두른 남자였습니다.

귀족이라기보다는 군인, 로이드는 그 등을 보고 그렇게 느꼈습니다.

비서가 스레오닌에게 말을 걸었습니다.

"주인 나리. 식사 준비가 됐습니다."

"그래."

위엄 있는 한마디로 대답한 남자가 이쪽을 돌아보았습니다. 짧은 곱슬머리에 콧대가 두꺼운 투박한 얼굴. 걷는 자세는 전장으로 나서는 사령관 같은 느낌입니다.

"이거 스레오닌 님. 오랜만이옵니다."

코바의 인사에도 스레오닌은 흥 하고 코웃음을 쳤을 뿐입니다. 정말로 군인을 싫어하는 모양이군요.

"이른 방문에 참으로 감사를 드립니다. 오늘은 일이 일찍 끝나신 건가요?"

끈기 있게 대화를 이어 나가려는 코바에게 스레오닌은 날카로운 시선을 돌렸습니다.

"그런 셈이다. 뭐지? 마치 오지 말아 줬으면 하는 느낌이군."

"아, 아뇨 아뇨. 그럴 리가 있습니까."

땀이 스며 나오는 코바는 로이드에게 눈짓으로 요리를 테이블에 놓도록 지시했습니다.

약간 기가 죽었지만 솜씨 좋게 요리를 늘어놓는 로이드. 스레오닌은 그 두꺼운 손가락으로 와인을 잡더니 잔에 직접 따르기 시작했습니다.

"주인 나리! 비서인 제가 따르겠습니다!"

황급히 와인을 받으려는 비서, 스레오닌은 지겹다는 시선을 보냈습니다.

"아니, 됐다. 무슨 회담 자리도 아니다. 내가 마시고 싶은 대로 따르게 둬라."

"그렇겠죠! 저도 그렇지 않을까 생각했습니다!"

비서는 열어진 머리털을 휘날리면서 부서진 것처럼 고개를 세로로 흔들었습니다.

잔에 와인을 듬뿍 따른 스레오닌이 일어서더니, 바깥 경치를 보면서 단숨에 들이켰습니다.

"편백나무 숲을 바라보면서 마시는 술은 나쁘지 않군……."

"과연 주인 나리. 이번에 왕국에서 천연 문화재로 지정되는 저 편백나무 숲을 간파하시다니! 비서인 저도 그 심미안에 콧대가 높아집니다!"

이때라는 듯 스레오닌을 칭찬하는 비서. 스레오닌은 귀찮은 기색으로 시선을 돌렸습니다.

"시끄럽다. 혼잣말에 일일이 반응하지 마라."

"아, 네. 죄송합니다."

위축되는 비서를 보고서 '저 친구도 고생이 많군.' 하고 생각한 코바, 그에게 도움을 주고자 말을 걸었습니다.

"비서님, 칭찬해 주시니 참으로 고맙습니다. 저 편백나무는 이곳의 관광명소로 대단히 호평을 받고 있습니다."

"관광명소라……."

스레오닌은 조금 한숨을 쉬더니 문득 로이드를 향해 질문을 시작했습니다.

"소년, 자네는 저 편백나무를 보고 어떻게 생각하지?"

"우에!"

갑자기 질문을 받은 로이드는 등을 쭉 펴고서 동요하고 말았습니다.

"뭘, 딱히 대단할 건 없어. 솔직한 의견을 듣고 싶은 거다."

호화찬란한 스위트룸에 안 어울리는, 마치 심문 같은 압력. 로이드의 옆에 있는 코바도 조마조마한 심정으로 로이드와 스레오닌을 교대로 보았습니다.

"그렇군요. 참 예쁘다고 생각해요."

무난한 대답을 들은 코바는 그거면 된다는 표정으로 로이드를 보았습니다.

"그렇군……."

어쩐지 쓸쓸해 보이는 스레오닌. 그에게 로이드는 말을 이었습니다.

"다만 조금 아깝네요. 저걸 관광명소로 만드는 건."

"허어, 구체적으로는? 천연문화재로 지정되는 저 숲의 어디가 아깝다는 거지?"

입가를 끌어 올리고 로이드에게 다가서는 스레오닌.

"그게, 왜냐면 저렇게 예쁘게 같은 간격으로 심었고, 게다가 똑바로 자라도록 하는 건 참 힘들거든요. 게다가 정성스레 가지치기까지 제대로 했는데 보기만 한다니…… 정말 아깝다니까요."

"허어! 가지치기를 알고 있는 건가!"

서서히 음성이 열기를 띠는 스레오닌에게 코바도 비서도 놀라움을 감추지 못했습니다.

"네. 저는 꽤 시골 출신이라서 마을 나무꾼한테서 이것저것 배웠어요."

참고로 로이드의 마을 콘론의 목재는 트렌트라는 식물형 몬스터입니다. 다가오는 생물의 체력을 뿌리로 빼앗아 버리는 무시무시한 괴물이라서 쓰러뜨리는 것도 고생인 마물입니다.

"그렇구만, 그렇군! 자네는 임업의 고생을 알고 있는 거구만! 우리 가계는 무훈으로 이름을 날리기 전에 임업으로 재산을 쌓은 가문이라네."

"그랬었군요."

"그래. 선조님에게 임업의 근사함을 뼛골까지 스며들도록 배웠지. 지금 문화재가 되려고 하는 저 산림. 저것이 아름다운 건 한마디로 기능미인 것이지. 관광용으로 만들어 버리면 그 본질이 왜곡되어 버린다! 이거 참, 나랑 같은 의견인 사람을 드디어 만났군!"

잔에 따른 와인을 단숨에 들이키더니, 술 냄새 나는 숨결과 함께 다시 한번 편백나무 숲을 바라보며 눈을 가늘게 떴습니다.

"그리고…… 지금 문화재가 되어 버리면 조사를 할 수가 없게 되니까."

"조사?"

뭔가 의미가 있어 보이는 발언에 코바가 반응했습니다.

그러나, 술기운이 돌기 시작한 모양이라 스레오닌은 듣지 못한 모양입니다. 그는 수심 어린 표정을 날려 버리듯 호쾌하게 웃으며 자리에 앉았습니다.

"와하하! 미안 미안! 분위기가 가라앉아 버렸군! 정말이지. 이놈이고 저놈이고 저 산림의 본질을, 아니, 산이나 나무를 이해하지 못한다. 멋지다니 예쁘다니 한심스러운 말들밖에 안 해서 지긋지긋하던 참이다! 자네하고는 말이 통할 것 같군! 좋아, 마시지!"

"저, 저기. 일하는 중이라서요…… 그리고 미성년자라서……."

"겸손하군! 옛날 나랑 똑같아! 와하하!"

어느 각도에서 봐도 자신과 공통점이 없는 험상궂은 얼굴의 스레오닌이지만, 로이드는 붙임성 있게 얼버무렸습니다. 스마일.

"나도 너랑 비슷한 나이의 아들놈이 있다만…… 덩치만 컸지 아무래도 듬직하질 못해서 말이다……. 요즘 아자미에서 추켜세워 준다고 착각하지 않았으면 좋겠다만……. 오오 이런! 자자, 앉게나…… 어이! 의자를 빼 줘야지!"

스레오닌은 가볍게 비서를 질책했습니다.

"아, 시, 실례했습니다! 저도 그렇게 생각합니다! 자, 소년. 부디 동석하시죠."

비서가 권하자, 어어어 하는 사이에 의자에 앉게 된 로이드. 도움을 청하고자 코바를 보았습니다만.

"뭐, 괜찮아. 로이드 군. 호텔맨은 손님의 종이니까!"

호텔에 대한 스레오닌의 호감도를 올리고 싶은 그는 활짝 웃으면서 동석을 허가했습니다.

(호텔맨은 큰일이네…….)

코바의 말을 듣고서, 결국 함께 식사를 하는 형태가 된 로이드.

그때 어린 시절의 이야기를 묻길래, 그는 콘론 마을에서 있었던 일화를 선보였습니다. 뭐 로이드에게는 일화라기보다는 일상입니다만…… 이것이 또 스레오닌의 마음에 든 모양입니다.

"이거 또 참으로! 자네는 생긴 것과 다르게 농담을 잘하는군! 그건 몬스터라기보다는 마왕이 아닌가!"

"아, 네에…… 마왕? 그렇게 약한 게?"

그 후, 드디어 해방된 로이드는 정신적인 피로로 축 늘어지게 되었습니다.

스레오닌의 방에서 나온 로이드와 코바는 주방으로 돌아가서 크게 숨을 내쉬었습니다.

코바는 로이드의 어깨를 끌어안더니 커다란 소리로 감사의 뜻을 전했습니다.

"로이드 군! 정말로 고맙다! 그 귀족의 기분을 좋게 만든 건 자네가 처음이야!"

"아뇨. 저는 우리 마을 이야기를 한 것뿐이라…… 그리고 식사까지 받았잖아요……."

게다가 식사까지 대접을 받다니…… 긴장해서 맛을 느끼지도 못했던 것 때문에 로이드의 죄책감이 더욱 커졌습니다.

"아니 아니, 신경 쓰지 마! 그건 그렇고 가끔 드워프를 만났다거나 산 하나를 넘어서 장을 보러 간다거나 소소한 조크를 섞으면서 대화하는 건 아무나 못 한다!"

"아뇨, 조크가 아니라……."

정말로 있었던 옛날이야기를 나이스 조크라고 하자, 로이드는 쓴웃음을 지었습니다.

그때였습니다. 뒤에서 종업원이나 요리사들이 로이드의 쾌거를 듣고서 우르르 몰려들었습니다.

"오너! 그 지방귀족이 기분 좋게 식사를 했다는 게 정말인가요!"

"그 무뚝뚝한 귀족이 말인가요?"

"아자미를 싫어했던 그 사람이!"

종업원의 말에 코바가 크게 고개를 끄덕였습니다.

"그래! 여기 있는 신입, 로이드 군 덕분이다! 센스 있는 조크와 배려에 귀족님 기분이 팍 올라갔지! 함께 식사를 하자는 말까지 하더라니까!"

코바의 말에 종업원 일동이 "오오~." 하고 감탄의 소리를 흘렸습니다. 스레오닌, 지금까지 태도가 어지간히도 안 좋았었군요.

"이걸로 그 지방귀족이 좀 둥글어지면 마음이 편할 텐데."

"싫어하면서 자주 오니까 심술인가 싶다니까."

"이야~ 이 호텔의 구세주야! 헹가래다!"

"앗! 잠깐, 저기!"

"여기는 좁겠군! 하하하!"

너무 칭찬을 받아서 난처한 기색의 로이드는 송구스러운 태도였습니다.

"하지만 함께 식사까지 해서 이대로는 너무 죄송해요. 일을 더 주세요! 열심히 할게요!"

"……로이드 군…… 자네도 참."

이런 호청년이 있다니! 코바를 포함한 그 자리에 있는 종업원은 그의 진지한 태도에 감격해 버렸습니다.

코바는 엄격한 얼굴의 눈꼬리에 맺힌 눈물을 닦더니 한가득 스마일로 일을 주었습니다.

"좋아 알았다! 식당 정리! 내일 아침 식사 준비! 축광 마석 보충! 라운지 청소! 할 일은 잔뜩 있어! 각오는 됐나!"

"네!"

"대답 한번 좋구나!"

코바는 웃으면서 로이드의 머리를 마구 쓰다듬었습니다. 까딱하면 뇌진탕이 일어날 법한 기세로군요.

"잠깐, 오너. 전 어린애가 아니에요!"

갑자기 머리를 쓰다듬자 로이드가 어린애처럼 항의합니다. 그 모습에 종업원들은 명랑하게 웃었습니다.

코바는 '분위기가 좋군. 종업원의 사기도 올랐어.' 라고 생각하며 만족스러운 기색이지만, 뭔가 떠올렸는지 미심쩍게 주위를 둘러보았습니다.

"……그건 그렇고, 키쿄우의 모습이 안 보이는군. 또 땡땡이인가……? 정말이지……."

진심으로 발끝이라도 따라가게 할까……? 그렇게 생각한 코바였지만, 뭐 됐다 싶어서 마음을 바꿔먹고 로이드의 머리를 계속해서 쓱쓱 쓰다듬었습니다.

코바의 손에 머리를 맡긴 로이드. 그때 그는 종업원의 말을 듣다가 문득 의문스러운 생각이 떠올랐습니다.

(그러고 보니 조사라고 했었는데…… 뭘 말하는 걸까?)

엉망으로 헝클어진 머리를 손으로 다듬으면서 "뭐, 내가 생각해도 어쩔 수 없는 거겠지." 라고 혼잣말을 하고서 지시를 받은 다음 일을 하러 가는 것이었습니다.

야간, 스레오닌이 숙박하고 있는 「레나 스위트」.

조명을 꺼놓은 방은 조금 어슴푸레하고, 달빛만 비치고 있었습니다.

"주인 나리. 그만 쉬시겠습니까?"

달빛을 쬐고 있는 편백나무 숲을 바라보고 있는 스레오닌에게 비서가 말했습니다.

"그래. 제법 즐거운 식사였지만, 조금 지쳤으니 일찍 쉬겠다."

"그랬었군요! 저도 얼른 쉬실 것 같다고 생각했습니다! 거참, 그 소년은 제법──."

"조금 지쳤다고 했을 텐데."

"아, 네. 죄송합니다……."

위축되어 머리털을 축 늘어뜨리고, 비서는 인사를 하더니 방에서 나갔습니다.

그 비서의 등을 배웅한 스레오닌은 바깥을 바라보면서 작은 소리로 말했습니다.

"…………이제 나와도 된다."

그 말에 호응하여, 창문의 커튼이 펄럭 흔들렸습니다. 거기서 그림자처럼 나타난 것은.

"수고하셨습니다, 스레오닌 나리."

하얀 블라우스에 적갈색 머리칼……. 달빛이 비춘 것은 키쿄우였습니다.

스레오닌은 바깥을 보면서 천천히 그녀에게 말을 걸었습니다.

"그래서, 상황은 어떻지? 그 혼수 사건, 뭔가 단서를 잡았나?"

"아뇨, 그게 전혀 없어요."

"어이어이. 비싼 돈을 내고 있지 않나? 그 오너, 얼마 전에 아자미의 사관학교에 갔었다고 하더군. 그쪽 선으로 뭔가 없었나?"

비싼 돈이라고 하자, 키쿄우는 어색한 표정으로 대답했습니다.

"아무래도 여기저기 돌아다닌 건 연휴를 대비해 인재를 확보하기 위해서인 것 같아서요……."

"그렇군…… 좀처럼 꼬리가 잡히지 않는가."

역겹다는 얼굴로 눈썹을 찌푸리며 중얼거리는 스레오닌에게 키쿄우는 송구한 기색으로 말했습니다.

"사견이지만요…… 이 혼수 사건은 오너인 코바 라민의 범행이 아닌 것 같은데요."

"그러나, 그 지오우와 전쟁을 하고자 했던 아자미의 전직 군인이다. 왕녀도 행방불명, 왕의 용태도 분명치 않은 지금, 군부가 폭주해도 이상하지 않지. 자금 운용을 위해 「그것」을 생산하려고 사건을 일으키려 한다. 그렇게 생각해야 마땅하지."

열변을 토하는 스레오닌, 볼을 긁적이면서 키쿄우는 조용히 말을 흘렸습니다.

"그게 말이죠…… 코바 씨는 그런 일을 할 사람 같지가 않단 말이죠."

키쿄우의 머릿속에 스킨헤드에 험상궂지만 애교가 가득한 장년 남성이 떠올랐습니다.

"섣부른 판단은 피하는 게 좋다. 아무래도 일이 일이다 보니."

스레오닌이 낮은 음성으로 말하자, 키쿄우는 진지한 표정으로 대답했습니다.

"이 호텔 주변에서 시행되고 있을지도 모르는 몬스터의 인공사육, 트렌트의 불법재배 의혹 말이네요."

"트렌트는 고가로 거래된다…… 그러나 조금만 삐끗해도 이 일대의 생태계가 변하고 사람들이 다가올 수 없는 죽음의 산림이 되어 버리지. 트렌트의 번식력은 알려주지 않았나."

"네……. 이 의뢰를 받았을 때 트렌트의 위험성은 지겨울 정도로 들었으니까요."

그렇습니다. 트렌트의 무서운 점은 평범한 나무와 전혀 구분이 되지 않는 의태나 생명력을 빨아들이는 나무뿌리가 아닌, 그 번식력에 있습니다.

생명력을 축적한 다음, 어느 날을 경계로 폭발적으로 세력을 늘려서 일대를 천연의 던전으로 만들어 버리는 겁니다. 그 탓에 트렌트의 씨앗 같은 것은 수입은커녕 단순 소지도 금지가 된 물건입니다. 불법재배 따위는 완전히 논외. 자생하고 있으면 즉시 길드에 제거 퀘스트가 생길 정도입니다.

"비옥하고 광대한 산림. 그것들 사이에 섞어서 트렌트를 재배하기에는 안성맞춤이다. 게다가 전쟁을 꾸미고 있던 아자미의 퇴역 군인이 오너인 호텔…… 그 주변에서 트렌트 피해의 증상과 대단히 비슷한 혼수 사건."

역겹다는 기색으로 스레오닌이 고개를 창으로 돌렸습니다.

"분명히 오너를 의심할 여지는 있네요."

"그것도 모르고 왕국 녀석들은 여기를 관광명소로 만들려 하더군. 문화재 따위로 만들면 트렌트가 섞여 있어도 조사가 어려워진다. 얼른 증거를 잡아야 해……."

스레오닌은 골치가 아프다며 투박한 손가락으로 이마를 눌렀습니다.

"그렇다고 나리가 직접 오지 않아도 될 것 같은데요. 국경 경찰한테 맡기면 되지 않을까요?"

"이곳 일대의 영토를 다스리는 자로서 내버려 둘 수 없다. 게다가 우리 가문의 사용인도 몇 명인가 피해를 봤지. 그 탓에 저런 아부꾼을 비서로 삼아 데리고 다니게 됐고……. 아니, 가장 큰 이유는 그게 아니다."

호기심 가득한 눈으로 키쿄우는 스레오닌의 얼굴을 들여다보았습니다.

"괜찮다면 가르쳐 주세요."

"어느 재수 없는 지방귀족이 최근에 씀씀이가 좋더군……. 아무래도 그 녀석들은 트렌트를 사들여서 돈벌이를 하는 모양이다."

"그거, 완전 범인이잖아요."

키교우의 말에 스레오닌은 소태를 씹은 표정을 지었습니다.

"아니, 판매 자체는 위법이 아니니까. 트렌트를 쓰러뜨리면 드물게 양질의 목재가 사라지지 않고 남는 경우가 있다……. 다만 그 녀석들이 다루고 있는 양이 범상치 않아. 이 사건이 관계가 있다고 생각하는 편이 좋겠지."

납득한 키교우는 눈을 동그랗게 떴습니다.

"아아! 혹시 내일 맞선 상대가…… 그래서인가요!"

"그래. 이 타이밍에 그 녀석들이 내 아들…… 알란에게 맞선을 신청한 거다."

알란의 아버지, 스레오닌 토인 리도카인은 거칠게 콧김을 뿜었습니다.

"맞선 자리에서 녀석에게 정보를 끌어내, 코바가 저지른 악행의 증거를 잡아야겠지. 본래는 맞선 따위 하고 싶지도 않지만…… 그놈들 탓에 지방귀족의 평판이 얼마나 떨어졌는지! 악독한 장사에 벼락부자 정신! 더욱이——."

"그~러니까. 그 마음 짐작이 됩니다."

점점 흥분하는 고용주에게 살짝 질색하는 키교우입니다. 흔하잖아요. 가벼운 마음으로 꺼낸 화제인데 뜻밖에도 덥석 물고 늘어져서 말을 꺼낸 본인이 주춤하게 되는 경우.

"아들을 끌어들이는 건 마음 아프지만…… 우리 리도카인 가문을 지탱해 준 이 산을 트렌트 따위가 더럽히도록 할 수는 없다……."

마치 고향을 보는 것처럼 스레오닌은 깊은 눈길로 편백나무 숲을 보았습니다.

다운되는 분위기를 견디지 못한 키쿄우는 화제를 바꾸기로 했습니다.

"그런데 예정보다 일찍 도착한 이유는 뭔가요?"

"유익한 정보를 얻었기 때문이다……. 꽤 예전에, 트렌트 묘목을 몬스터 연구소에서 도둑맞았다고 하더군."

"묘목을요? 씨앗이 아니라?"

"트렌트의 묘목…… 말하자면 몬스터의 모체다. 씨앗보다도 훨씬 성가시지……. 묘목이 완전히 자라면 그 녀석이 씨앗을 뿌리고 폭발적으로 늘어난다. 게다가……."

"게다가?"

"트렌트 중에서도 격이 다른 물건이라던가……. 연구소에서는 「마왕의 싹」이라고 불렀다고 하더군."

마왕이라는 단어에 키쿄우가 눈이 커졌습니다.

"이런 시대에 마왕인가요……. 이제 옛날이야기에서나 쓰잖아요, 그 단어. 어느 날을 경계로 홀연히 사라졌다고 하던데요……."

지금도 있습니다. 콘론 마을에서 유해 조수 감각으로 퇴치되고 있지만요.

“누가 훔쳤는지는 모르지만…… 행상인으로 보이는 남자가 이 호텔로 가져왔다는 소문도 들었다.”

“그리고 혼수 사건이 일어나기 시작했다…… 이 말이죠.”

험상궂은 얼굴로 스레오닌이 탄식했습니다. 그리고 창 너머의 달을 바라보며 눈을 가늘게 떴습니다.

“도둑맞았을 때 곧장 말했다면 사태가 심각해지지 않았을 것을……. 정말이지 머리가 굳은 놈들이 자기 보신밖에 생각을 안 한다. 어쨌든 그 묘목을 확보하면 대참사를 피할 수 있고 불법재배의 증거도 된다……. 그러나 시간이 그다지 없을 것 같군…….”

“혼수 사건, 꽤 많이 일어났으니까요……. 생명력을 상당히 축적했다는 건가요?”

“그래. 그리고 연구소에서 들어보니 묘목은 저 혼자 움직이지 않고 사람이나 동물에 기생하여 행동 범위를 늘린다고 하더군.”

“그러니까 제 추가 임무는 묘목에 기생당한 사람이나 동물을 탐색하는 일인가요? 급료, 팍팍 늘어나나요?”

사태의 심각함을 정말로 이해하고 있는 건지, 듬직하다고 받아들여야 할지. 미묘한 말을 하는 키쿄우에게 스레오닌은 쓴웃음을 지었습니다.

“……그 인물, 혹은 동물을 보면 이 연고를 발라 다오. 특수한 향초로 트렌트가 몸에서 배출된다. 할 수 있겠지?”

"열심히 하고말고요."

하얗고 커다란 약병에서 조금 코를 찌르는 향이 떠돌았습니다. 키교우는 코를 비비더니 병을 주머니에 집어넣었습니다.

"식사에 섞어도 된다. 서서히 온몸이 마비되어 배출되지. 직접 몸에 바르는 편이 즉효성이라 좋다고 하지만, 타깃의 상황에 따라 판단은 맡기겠다."

"……네. 그래서, 기생된 인물의 특징 같은 건 없나요? 일일이 조사하는 건 꽤 힘들 텐데요."

특징이라고 하자, 스레오닌은 어려운 표정을 지었습니다.

"학자에게 들었는데, 겉보기로는 알 수 없다고 한다……. 그러나 숙주가 죽지 않도록 비약적으로 신체능력이 높아진다고 하더군."

"신체능력?"

"수염뿌리가 몸속으로 파고들어 근섬유처럼 된다고 하더군. 다른 몬스터에게 지지 않도록 숙주를 강화한다……. 대상을 확보하는 것은 어려울지도 모른다——."

거기까지 들은 키교우는 숨을 삼켰습니다.

"흐으읍!"

"왜 그러지?"

그때 키교우의 머릿속에 떠오른 것은 그 소년, 로이드였습니다.

사람이라고 생각하기 어려운 움직임으로 대욕탕을 청소하는 그의 움직임이 그녀의 머릿속에 되살아났습니다.

"그 소년…… 걔구나!"
"응? 짚이는 데가 있나?"
"네, 네에. 오늘 말도 안 되는 점프력을 보인 소년을 만났어요! 아 그러고 보니!"
"달리 뭔가 깨달은 점이 있나?"
그리고 키쿄우는 그때 보여준 장난기 가득한 코바의 표정을 떠올렸습니다.
의미심장한. 뭔가 속뜻이 있는 웃음에 뭔가 걸리는 걸 느꼈던 그녀는 납득하여 소리를 질렀습니다.
"그때 코바 씨, 뭔가 속뜻이 있는 느낌으로 비밀이라고 했었죠."
"역시 그 남자…… 아자미 군 놈들……."
스레오닌은 주먹을 움켜쥐고 분노를 드러냈습니다.
"하지만 그 애는…… 트렌트가 기생했다고 의심되는 대상 자체는 자각이 없다고 할까요……. 너무 평범한 착한 아이였는데요."
키쿄우의 의문에도 스레오닌은 일축했습니다.
"당연하지. 그 남자는 비열한 아자미의 첨병이니까. 생판 남에게 트렌트를 기생시킨다. 만약 발각되어도 상관없다고 발뺌하면 끝……. 그 이야기를 들어보니 다른 종업원들은 관계없는 모양이군. 모든 것은 그 코바란 남자의 계획인가……."
"코바 씨가…… 나도 사람 보는 눈이 없네."
키쿄우가 투덜거리고 스레오닌에게 여유로운 웃음을 보였습니다.

"뭐 괜찮아요. 타깃을 좁힌 이상 쓸 방법은 얼마든지 있으니까요."

"신중하게 부탁한다. 묘목이라는 증거가 있는가 없는가로 체포의 난이도가 바뀐다."

"걱정할 것 없어요. 이런 일도 있을까 싶어서, 몇 번이나 일을 땡땡이치는 연기를 계속했으니까요. 조금 자리를 벗어나도 안 들켜요."

키교우의 말에 스레오닌이 눈썹을 찌푸렸습니다.

"…………연기?"

"네, 연기입니다."

"보고를 부탁해도 몇 번이나 연락을 못 받은 척했던 기억이 있다만."

"적을 속이려면 일단 아군부터. 연기를 할 때는 살짝 진짜인 부분을 섞는 것이 요령이죠."

"순도 100% 진심으로 땡땡이친 것 같다만."

휘파람을 부는 키교우를 보며 스레오닌이 눈가를 문질렀습니다.

"뭐 결과를 낸다면 불평은 않겠다. 「해결사」. ……지금 내 아군은 너밖에 없으니."

"비서 아저씨…… 그 예스맨한테 이런 임무는 힘드니까요……. 저를 고용한 것도 납득이 가네요."

"사무 따위에는 그럭저럭 우수하다만, 아무래도 체력이 말이지……. 그리고 걸핏하면 아부를 떠는 게 짜증 난다……. 그리고 그 다 벗겨진 머리를 이마라고 우기는 점이 없다면…….”

이대로는 아침까지 불평을 듣게 생겼네……. 그렇게 생각한 키쿄우는 그 마음 짐작이 간다고 짧게 한마디를 남기고 얼른 바깥으로 뛰쳐나갔습니다.

사람들은 그녀를 「해결사」라고 부릅니다.

키쿄우입니다. 그녀는 당시 엘리트를 배출한다고 이름 높은 로쿠죠 마술학원 출신이었습니다.

그녀는 학원에서도 다들 눈여겨보는 존재였습니다. 마법이 굉장하다 같은 이유는 아니었습니다.

눈여겨본 것은 그녀의 빼어난 체력이었습니다.

마법의 소재를 가져다 달라고 하면 몸을 던져서 가지러 가고——.

마법의 연구에 협력해 달라고 하면 함께 영창 연구를 하고——.

놀러 가자고 하면 두말없이 따라간다——.

장래의 꿈도 마술사뿐이 아니라 여배우가 되고 싶다, 작가가 되고 싶다, 탐정이 되고 싶다 등등…… 하나의 꿈이 한 달 이어진 적이 없었습니다.

무엇이든 한다, 무엇이든 하고 싶다…… 그래서 붙은 별명이 무엇이든 해결하는 「해결사」.

그것이 그녀의 별명이고, 실제로 그녀 자신도 뭐든지 할 수 있었으니 웃으면서 그 별명을 받아들였습니다.

그런 그녀는 결국 하나의 직장에 자리를 잡지 못하고, 그야말로 학창시절의 별명처럼 「해결사」를 경영해서 입에 풀칠을 하는 나날을 보내고 있었습니다.

(타깃을 좁혔으니까 이제는 실행만 하면 되지.)

키쿄우는 경쾌하게 조용한 호텔을 달렸습니다. 발소리도 없이, 달빛만 의지해서…… 그리고 그녀는 불빛이 밝혀진 주방을 보고 발길을 멈췄습니다.

(이런 시간에 불이 켜져 있다면…….)

멀리서 살며시 주방을 들여다보니, 그곳에는 약간 자그마한 소년…… 로이드가 팔을 걷어붙이고 주방에 서 있었습니다.

(역시나, 요리 준비를 하는 중이구나……. 근면하기도 해라.)

식당의 요리 준비는, 간단히 설명하자면 식재료를 금방 요리할 수 있는 상태로 만드는 거군요. 야채를 샐러드로 만들 수 있도록 하거나 그런 건데, 전날 밤에 해 두면 아침에 편합니다.

이것은 마침 잘됐다며 등 뒤에서 몰래 다가갈 준비를 하던 키쿄우였지만, 다음 순간에 터무니없는 광경을 보게 되었습니다.

(……응? 야채랑 생선이 저렇게 잔뜩?)

로이드 앞에는 대량의 식재료, 그것도 양배추나 당근 같은 갖가지 종류의 야채부터 생선, 새우 같은 어패류가 시장처럼 늘어서 있었습니다.

늘어놓고 어떻게 하려는 걸까 생각한 찰나에——.

“영차.”

가벼운 느낌으로 로이드가 말했습니다.

그는 식칼을 쥔 손을 가볍게 휘둘렀습니다.

그리고 한순간에 식재료들이──.

파바박…….

처리가 끝났습니다. 그냥 다지기만 한 게 아닙니다. 생선은 뼈와 내장까지 싹 제거되고, 새우는 껍질이 벗겨지고, 당근은 꼭지와 껍질이 깔끔하게 사라지고 감자는 당연히 싹이 제거되고 한입 크기로 정리되었습니다.

(…………엥?)

키쿄우는 놀란 나머지 입이 쩍 벌어졌습니다. 그리고 정체 모를 공포에 몸이 굳었습니다.

마치 두루미의 은혜 갚기에서 베 짜는 장면을 보게 된 할아버지 같은 심정. 봐선 안 되는 것을 본 키쿄우의 볼에 땀이 흘렀습니다.

식칼 놀림이 전체공격에 연속공격인 소박한 소년…… 놀랄 법도 하죠. 임팩트가 엄청나니까요.

(신체능력이 올라간다고 말은 들었지만…… 좀 너무 굉장하지 않아? 저런 것에 말려들면 죽어 버리잖아……. 트렌트…… 엄청 무서운 마물이네.)

이것이 트렌트 탓이 아니라 로이드 본인의 힘이라고 하면 턱이 빠질지도 모르겠네요.

식칼을 쥔 터무니없는 사람 뒤로 몰래 다가가는 건 자살행위. 그렇게 판단한 키쿄우는 작전을 변경했습니다.

식당에서 포트와 티백을 가져오더니, 한껏 웃으면서 로이드에게 말을 걸었습니다.

"야아, 소년. 열심히 하네. 요리 준비야?"
"아, 키료우 씨! 안녕하세요!"
로이드가 말하면서 깊숙하게 고개를 숙였습니다. 아까 식칼 놀림이 전체공격(이하 생략)인 사람 같지 않은 모습이 잊힐 정도로, 그는 예의 바르게 고개를 숙였습니다.
어이가 없어진 키료우는,
(정말로…… 자기가 트렌트한테 기생당한 것도 모르는 모양이네……. 불쌍하게도.)
라고 생각했습니다. 기생 같은 거 안 당했지만요.
야채 찌꺼기가 묻은 손을 씻은 로이드는 키료우가 가져온 포트를 보고 깨달았습니다.
"포트? 차를 드시려고요?"
"응, 아아. 그러니까……. 사, 사실은 밤 순찰을 하고 있거든…… 요즘에 혼수 사건 같은 게 일어나서 말이지……. 그래서 좀 휴식하면서 차라도 마시려고."
얼버무리는 키료우는 적당히 거짓말을 했습니다. 그러나 그 사건이란 떡밥의 단어에 로이드가 덥석 매달렸습니다.
"사, 사건인가요! 게다가 혼수상태라니 뭔가 대사건인 것 같아요."
포트를 불에 올려 물을 끓이면서 키료우가 설명했습니다.
"그래 그래. 꽤 예전부터 우리 종업원이 복도나 도로에서 쓰러지는 사건이 일어났거든. 상처도 없이 생명력만 빨아들였어. 처음에는 그냥 몬스터 짓인가 생각했었는데……."

"그냥 몬스터……가 아니라면…… 다시 말해서."

"그래. 아마도 인간이야. 그럴듯한 몬스터가 안 보이니까."

포트의 물처럼 로이드의 얼굴이 상기됐습니다.

"그럴 수가…… 아자미의 사관후보생으로서, 그런 거 용납 못해요."

사관후보생이라는 말에 키쿄우가 눈이 동그래졌습니다.

"어? 너, 군인 지망생이었니?"

도저히 그렇게 안 보인다. 그런 눈길을 짐작한 로이드가 조금 창피한 기색입니다.

"네, 네에. 일단은…… 그렇게 안 보인다는 말은 자주 들어요."

"아, 아니. 미안."

"하지만, 간신히 꿈이 이루어졌어요! 그러니까 아자미의 군인으로서, 동경하는 소설의 주인공처럼 저는 그런 나쁜 사람을 그냥 둘 수가 없어요."

그 진지한 눈빛에 키쿄우는 난처한 표정으로 볼을 긁적였습니다.

(그래서구나……. 군에 들어간 순박한 소년을 속여서 트렌트 묘목을 심은 건가…… 이건 뭐 최악을 넘어섰는데.)

이상한 곳에서 납득해 버린 키쿄우는 코바의 범행을 확신해 버렸습니다. 애교 있는 미소가 이미 베테랑 사기꾼의 숙련된 테크닉으로 보이기 시작했습니다.

(자기가 자각 없이 남의 생명력을 빨아들이고 있다고 하면…… 분명히 이 애는 슬퍼할 거야…….)

「꿈이 이루어졌다」. 그 꿈하고 정반대인 행위를 자각 없이 하고 있는 그를 어떻게든 해방해 주고 싶다. 키쿄우는 포트를 집어서 차를 타기 시작했습니다.

눈치 못 채도록, 그 향초 연고를 차에 녹여서 웃으며 내밀었습니다.

"…………이건 누나가 주는 거야! 자! 쭉 한 잔 들이켜 봐!"

"어? 저한테도 차를요? 괜찮을까요?"

"그럼~. 자자, 쭉! 쭈욱!"

"고, 고맙습니다."

그리고 로이드가 차를 입에 대려고 한 순간이었습니다.

"키쿄우! 너 인마! 이런 곳에 있었냐!"

주방 입구에서 코바가 나타났습니다. 로이드는 차를 입에 대기 전에 놀라 버렸습니다.

"코, 코바 씨!"

놀라는 키쿄우. 코바는 얼굴이 새빨개져서 성큼성큼 다가왔습니다.

"주방에 불이 켜져 있길래 무슨 일인가 했더니……. 아아 로이드 군, 벌써 밤이 늦었다. 내일부터 본격적인 호텔 일이 있으니까 오늘은 푹 쉬어. 재료 준비 고맙다."

"아, 네! 아, 안녕히 주무세요."

로이드는 인사를 하더니 준비한 식재료를 얼음식 냉장고에 넣고 주방에서 나갔습니다.

"……이렇게 솜씨 좋게 준비를 해 주다니…… 참으로 멋진 소년이야……. 그리고, 너는 어슬렁거린 끝에 느긋하게 차를 즐기고 있냐? 아주 팔자가 좋으시구만!"

로이드의 뒷모습을 배웅한 다음, 코바는 방금 탄 차를 집더니 자기 입으로 옮겼습니다.

"아, 잠깐!"

"흥! 너한테 줄 차 같은 건 없다! …………푸후!"

입에 넣은 순간, 정체 모를 독특한 쓴맛에 무심코 뿜어냈습니다.

"너, 대헤 머 너허냐."

혀 짧은 소리의 45세 스킨헤드 중년이라는 모에가 없는 그림 완성입니다.

코바가 한 그 일련의 행동을 본 키교우는 마음속으로 혀를 찼습니다.

(아차! 트렌트 해방을 방해받았어!)

이렇게 호쾌한 착각을 했습니다.

"…………아~ 드디어 마비가 풀렸다. 키교우 너! 로이드 군한테 대체 뭘 하려고 했냐! 이런 걸 마시면 정신을 잃고——."

그때였습니다. 코바가 뭔가 깨달은 표정을 지었습니다. 눈을 크게 뜨고 놀란 다음, 키교우를 험악한 눈초리로 노려보았습니다. 땡땡이칠 때하고는 비교도 안 되는 날카로운 눈초리입니다.

(역시 눈치챘어! 아니, 아마도 코바 안에서 의혹이 확신으로 바뀌었다! 나랑 스레오닌의 관계가!)

이 또한 성대하게 착각한 키교우는 민첩한 움직임으로 단숨에 간격을 벌리더니 사납게 웃었습니다.

"죄송해요, 오너……. 아니, 코바 라민. 이것저것 들켜 버린 모양이네요."

"어, 어이 키교우! 너 설마——."

"그다음을 말하는 건 못난 짓이죠……. 상상에 맡기겠습니다."

키교우는 그렇게 선언하더니, 향초 연고가 든 병을 강하게 쥐고서 민첩한 움직임으로 주방의 창을 통해 밖으로 나가 버렸습니다.

(다행히 로이드 소년 본인은 자각이 없어. 아직 이 연고를 바를 찬스는 있다. 그때가 되면 당신의 야망도 끝장이야. 코바 라민!)

그녀는 스레오닌에게 보고하기 위해서, 밤의 어둠에 녹아들어 달렸습니다.

그 등을 바라본 다음, 홀로 주방에 남겨진 코바는 깊은 한숨을 쉬더니 눈가를 눌렀습니다.

"설마…… 키교우 녀석이 혼수 사건의 범인이었다니."

아무래도 상상에 맡긴 것이 안 좋았던 모양이군요. 그리고 그녀의 말처럼 코바는 상상을 펼쳤습니다.

"트렌트의 불법재배……. 생명력이 넘치는 로이드 군은 절호의 먹잇감……. 그리고 사건이 일어나기 시작했을 무렵부터 자주 찾아오는 스레오닌……. 이 산림을 잘 알고…… 아마도 트렌트의 재배에 적합한 장소도…… 가까운 곳에 사람이 모이는 호텔…….”

그는 지금, 루팡에게 ‘또 만나자고 아저씨.’ 라는 말을 들은 제니가타 경부의 심정 그 자체였습니다. 눈앞에서 놓쳐 버렸다. 이래저래 제멋대로 구는 것에 당해 버렸다고 지금 이 순간까지 깨닫지 못한 후회가 가슴에 가득합니다.

“그리고 놈은 오늘 「조사」라고 했지……. 문화재화에 반대하는 것도 불법재배를 하기 어려워지기 때문이라고 생각하면 납득할 수 있다……. 그리고 키쿄우와 스레오닌, 몰래 이야기하는 모습을 몇 번인가 목격한 사람이 있지……. 나는 분명히 트집을 잡고 있는 거라고 생각했다만…….”

그때 코바는 뭔가 깨달았습니다.

“그렇게 노골적으로 땡땡이치는 건 이상하다고 생각했지! 그렇게 자신의 범행을 위장하고 있었나! 평소에 땡땡이를 치면 사건이 일어났을 때 땡땡이치고 있어도 의심받지 않으니까!”

그건 그냥 땡땡이치고 싶었던 걸 겁니다. 이래저래 나쁜 방향으로 굴러가고 있네요.

“그렇지! 스레오닌 녀석이 온 뒤부터 사건이 일어나기 시작했다! 게다가 내일 맞선은 트렌트로 요즘 씀씀이가 좋은 귀족! 그 녀석이 범인이고 키쿄우는 그 부하로군!”

모든 것이 이어진 코바, 분노로 근육이 부풀어 셔츠의 단추가 날아갔습니다.

"바빠지겠군……. 내일부터……. 반드시 꼬리를 잡아 주마! 손님한테 걱정을 끼치지 않도록 내밀하게 해야겠지만……."

코바는 거칠게 콧김을 뿜으며 주먹을 쥐고 자기 방으로 돌아갔습니다.

한편 주방을 나선 로이드는 이래저래 의욕이 흘러넘쳤습니다.

"호텔 일도 그렇지만 혼수 사건이라……. 사관후보생으로서 넘어갈 수 없어! 몬스터는 무섭지만……. 순찰을 돌고 있는 키쿄우 씨를 본받아서 힘내야지!"

설마 자기를 그 원인으로 착각하고 있다는 생각은 하지도 못하고 있군요…….

갖가지 속셈과 착각이 뒤엉키는 가운데, 로이드의 호텔맨 첫날은 이렇게 막을 내렸습니다.

예를 들어 휴일에 직장으로 놀러 갔더니 무급으로 일하게 됐을 때처럼 오지 말 걸 그랬다는 후회

"마지막 직선, 바깥쪽에서 단숨에! 순위는 4, 3, 7로 확정된 모양입니다! 제1레이스부터 예상치 못한 사태가 일어났습니다――."

"――진짜냐?"

연휴 첫날. 아자미 왕국 교외에 있는 경마장에서 리호는 마권을 쥐고 우두커니 서 있었습니다.

"――진짜냐고!"

다시 한번 손에 쥔 마권을 펼치고 응시했습니다.

"4, 3, 7……. 틀림없어! 1, 2, 3위를 다 맞혔다고!"

아자미 교외의 경마장, 아무것도 아닌 제1레이스.

그러고 보니 하면서 로이드가 말한 숫자를 떠올린 리호. 장난삼아 그 숫자의 마권을 샀습니다. 그것이 예상 이상으로 대박을 터뜨렸으니, 무욕의 승리로군요.

"크으. 로이드 님 만세구만! 이거 진짜 그 녀석은 뭔가 있어! 아니, 있는 건 나구나! 고마워! 사랑한다! 말들아!"

삼백안의 눈꼬리를 더할 나위 없이 늘어뜨리면서 마권에 키스한 다음, 그녀는 얼른 마권을 환금하러 갔습니다.

그리고 바지 뒷주머니에 돈을 가득 채운 리호는 웃으면서 그걸 어디다 쓸지 생각하기 시작했습니다.

"그럼, 이런 거금을 경마로 쓰는 것도 바보 같은 일이고. 의미 있는 사용법을 모색해 봐야지. 고아원에는 이번 달치를 보냈으니까, 가끔은 자신을 위해서 쓰고 싶네."

의수 조정, 아니 맛있는 음식……. 들뜬 그녀의 눈에 벽에 붙은 광고 한 장이 보였습니다.

"우응. 기왕이면 평소에 못하는 걸…… 엉?"

눈길을 끄는 다색 인쇄 전단지에 편히 쉬고 있는 여성의 그림이 그려져 있었습니다. 차분하게 다가가서 문맥을 자세히 읽어보니, 아무래도 호텔 같은 관광 시설인 모양입니다.

"온천이라아……. 여기서 그렇게 멀지도 않네……. 정오에는 도착하려나……? 그럼 이걸로 결정?"

나날의 피로를 풀어주는 온천에 맛있는 음식. 이보다 뜻 있는 사용법은 없다! 그렇게 판단한 리호는 마차를 타더니 마부에게 행선지를 고했습니다.

"아저씨! 이 호텔, 『레이요카쿠』란 곳으로 부탁해!"

리호는 힘차게 말하더니 다리를 쭉 펴고 마차의 의자에 푹 앉았습니다.

"요즘은 셀렌 양이라든가 그런 사람들 탓에 마음고생이 끊이질 않았으니까…… 나를 위한 포상이란 거지."

나를 위한 포상…… 그것이 비극의 시작이 되는 것도 모른 채 리호는 느긋하게 콧노래를 흥얼거렸습니다.

"기대된다아, 온천. 좋은 연휴가 될 것 같아."

…………………………불쌍하게도.

그 호텔 『레이요카쿠』의 어떤 방에서 거한이 안절부절못하면서 의자에 앉아 있었습니다.

정신이 딴 데 팔리고, 시선이 마구마구 흔들리며…… 탐정에게 내몰린 진범 수준으로 동요하고 있는 거한의 이름은——.

"이놈 알란. 좀 진정하지 못할까."

그래요, 알란입니다. 아버지인 스레오닌에게 주의를 듣고서도 그는 어색한 표정으로 작게 고개를 세로로 흔들 뿐이었습니다.

잠시 지나서 쥐어짠 것처럼 나온 알란의 첫 말은——.

"아, 아버지. 그렇게 말을 해도 말이지……. 맞선이잖아……."

한심스럽군요. 요전의 자신감은 어딜 갔는지…….

"물입니다."

"고, 고마워…… 꿀꺽꿀꺽…… 으케엑쿨럭!"

비서가 내어준 물을, 마라톤 급수 포인트에서 받는 스포츠 드링크처럼 급하게 입에 머금은 알란은 거하게 사레가 들렸습니다.

그 한심한 모습을 보다 못한 스레오닌은 신병을 접하는 무뚝뚝한 노병처럼 수염을 쓰다듬으며 아들을 달랬습니다.

"긴장하는 것도 이해 못하는 건 아니지만, 안심해라. 오늘 상대는 그쪽에서 맞선 신청을 한 거다. 자신을 가지지 못할까?"

인기 없는 남자의 사고회로가, 상대가 자신에게 마음이 있다는 상상 밖의 사태에 대처할 수 있을 리 없습니다. 그리고 미움받으면 어쩌지. 이게 안 된다면 평생 독신일까. 부정적인 스파이럴에 네거티브 전개가 되어 버리는 것입니다.

그리고 꼬일 대로 꼬여 버린 알란이 취한 행동은——.

"——잠깐 목욕하고 올게."

입욕이었습니다. 어째서?

"응? 분명히 시간은 아직 있다만…… 어째서냐?"

당연하게 스레오닌은 아들에게 물었습니다.

"이대로는 계속 안절부절못할 거야. 잠깐 사우나에서 땀이라도 흘리면 마음이 편해지겠지! 그럼!"

무슨 바보 같은 소리냐. 스레오닌이 그렇게 말하기 전에 알란은 스위트룸의 가족용 목욕탕으로 성큼성큼 달려갔습니다.

"그렇다고…… 이놈! 알란, 기다리지 못할까!"

마치 도망치는 것처럼 황급히 달려가는 자기 아들의 등을 바라보며, 스레오닌은 깊은 한숨을 쉬었습니다.

"정말이지. 아자미에서 조금 유명해지긴 했지만, 어쩐지 듬직하지 못한 부분은 변함이 없군……. 역시 체면치레의 홍보용으로 군이 추켜세워 주는 거겠지."

분명 미담이 과장된 구석은 있지만, 그가 그 나름대로 열심히 사람들을 돕고 있는 건 사실이라고 일단 덧붙여 둡시다.

그런 것을 모르는 스레오닌은, 다시 한번 한숨을 쉬더니 천장을 바라보며 불평했습니다.

"사건 이야기를 하지 않은 것이 정답이었나……. 그러나 아자미 군의 교육은 생각한 것 이상으로 글러먹은 모양이군. 이 일이 끝나면 집으로 돌아오도록 손을 써야겠어."

그리고 탄식을 섞으며 "바보 아들놈."이라고 중얼거리더니 의자에 깊숙이 고쳐 앉았습니다.

그리하여 맞선 전에 목욕을 한다는 전대미문의 행동을 한 알란…… 이것이 또 로이드의 명운을 뒤흔들게 되었습니다.

호텔에 도착한 리호는 배포 좋게 "거스름돈은 됐어."라며 마부에게 말하고 마차에서 내렸습니다. 참고로 지불한 돈은 정확합니다. 분명히 거스름돈은 필요 없네요.

아름다운 산들, 햇빛이 반짝이는 인공 호수, 언덕에서 보이는 선물 가게 같은 상점가는 멀리서 봐도 대성황입니다.

"좋네, 가벼운 여행이란 느낌이 들기 시작했어! 자, 일단 여관이네…… 아니구나, 호텔이지."

본래 용병이던 리호에게 숙박이란 간이 숙사, 공동 화장실, 공동 부엌에서 자취. 당연히 고급 호텔 같은 장소는 처음입니다.

이 호텔 『레이요카쿠』에 도착한 리호는 너무나 고급스러운 느낌에 아저씨 같은 리액션을 해버렸습니다.

"크아~! 벌써 그냥 봐도 무슨 극장 같네……. 오페라 공연을 해도 이상하지 않겠어."

들어가자마자 고급 융단이 깔린 로비를 보고 솔직한 감상을 흘렸습니다.

"이 소파, 아니, 바닥이라도 누워 잘 수 있겠다. 나는……."

그리고 바닥의 융단 재질을 만져보고 "비싸겠는데." 라고 하거나 항아리나 그림을 보고는 "하나 정도 들고 가도 안 들키겠는데." 라고 해 버립니다. 건물의 항아리나 알맹이를 가져가도 용납되는 건 게임의 용사 정도입니다.

당연히 그런 것을 용사가 아닌, 투박한 의수에 성격도 안 좋아 보이는 녀석이 혼잣말로 해대는 겁니다. 주변 사람들이 의심스레 보는 것도 어쩔 수 없어요.

그 시선을 깨달은 리호는 얼른 접수처에서 수속을 시작했습니다.

종업원은 리호의 의수를 보고 잠깐 흠칫했지만, 금방 영업 스마일로 전환했습니다.

"어서 오십시오. 지금은 일반 객실이 모두 예약된 상태입니다……. 아, 조금 가격이 비싼 스위트룸에서 아까 캔슬이 발생했습니다만…… 어떻게 하시겠어요?"

"이야~ 어떻게 하실까아. 난 일반객으로 보일 정도로 빈약한 차림새이긴 하지만 오늘은 노력해서 스위트룸에 묵어 버릴까아, 돈 충분하려나아?"

리호는 괜히 발돋움을 하는 척하면서, 자연스럽게 주머니 안의 두꺼운 지폐 다발을 슬쩍 보였습니다.

"으…… 대단히 실례했습니다."

접수원이 살짝 동요했지만 금방 태도를 꾸미고, 보이를 불러 방으로 안내시켰습니다.

"그러면 안내하겠습니다. 발치를 조심하세요."

상경한 촌놈처럼 "헤에." 라거나 "호오." 하고 감탄의 목소리를 흘리면서, 호텔맨의 뒤를 따라가던 리호가 이윽고 장식품으로 채색된 호화로운 문 앞으로 안내받았습니다.

"이쪽이 리호 님이 묵으실 방입니다."

"…………."

"저희 호텔의 스위트룸은 오랜 문헌에서 이 세계를 구한 영웅의 이름이 붙어 있습니다. 안쪽부터 소우 스위트, 별관에는 레나 스위트——."

"…………."

"리호 님의 방은 알카 스위트라고 하여 문헌에서는 구세의 무녀라고——."

"…………."

"——리호 님?"

"오, 아, 그래! 이 방이구나!"

상상했던 것 이상의 스위트함에 조금 주춤거리며, 이야기 따위 제대로 듣지도 않던 리호는 황급히 들어가고자 손잡이 같은 것을 붙잡았습니다.

덜컹…… 덜컥…….

"응, 잠겨 있는 모양인데."

"리호 님, 그것은 장식입니다. 문손잡이가 아닙니다."

리호는 얼굴이 살짝 빨개졌습니다. 그리고 얼버무리듯 붙잡은 장식품을 쓰다듬었습니다.

"이야아, 이 장식, 참 잘 만들었는거어얼!"

문손잡이라고 착각한 장식을 감정사처럼 칭찬한 그녀는 얼른 방으로 들어가 버렸습니다.

긴장과 창피함에 살짝 땀이 난 리호는 천천히 실내를 둘러보았습니다.

"응? 방이 아니잖아……. 아니 방이라는 게 하나가 아닌 거냐!"

마치 집의 현관이군요. 작은 바구니에 향기가 나는 장미 꽃잎이 담겨서 근사한 냄새로 내빈을 환영해 줍니다.

"밥 먹는 데랑 침실이 나뉘어 있는 거냐. 그러면 이쪽이 침실인가……?"

어쩐지 건물 안에 잠입한 공작원처럼 벽에 등을 대면서 천천히 걸어갑니다. 위장복 같은 걸 입으면 언뜻 보기에 잠입 미션이군요.

무사히 침실에 들어간 그녀는 흐르는 땀을 닦으면서 근처의 소파에 앉았습니다. 그러나 그 소파가 너무나도 부드러워서 무심코 "우오." 하고 소리를 내고 말았습니다.

"……파묻히는 줄 알았네."

뭐랄까 기운을 보충하고자 왔는데 신경이 마모되고 있는 자신에게 무심코 쓴웃음을 지었습니다.

"난 정말로 가난뱅이 근성이구나……."

눈앞의 그림이나 덮개가 달린 침구를 보고서 오히려 진정이 안 됩니다. 살짝 후회하는 기색이군요.

그 시선이 문득 화장대 위에 놓인 물건에 멎었습니다.

"이건 뭐지?"

받침대 모양 물건 위에 천칭 같은 호를 그리는 무언가가 올라가 있고, 양쪽 끝에는 둥그런 구멍이 뚫려 있는 무언가. 그리고 도화선 같은 끈이 벽으로 이어져 있었습니다.

무슨 전위적인 예술품인가? 그렇게 생각하면서 계속 바라보던 리호는 어떤 것을 떠올렸습니다.

"설마…… 이거…… 전화인가?"

그래요. 이 물건의 정체는 전화. 스위트룸에 맞춘 장식이 되어 있지만 틀림없이 전화입니다.

"진짜냐……? 군의 엄~청 높은 사람이나 군함에서나 쓰잖아……."

이런 문명의 이기를 보게 되다니…… 그렇게 생각한 리호는 호기심이 싹텄습니다.

"이거, 쓸 수 있나? 써도 되나?"

대략적인 소문으로만 들어본 전화 사용법을 떠올리면서, 조심조심 수화기를 손에 집었습니다.

"그러니까……. 이다음에 다이얼이던가? 뭔가 하는 것 같았는데……."

시선을 받침대로 돌리는 리호. 그러나 돌리는 것도 누르는 것도 보이지 않았습니다.

"어? 아무것도 없는데?"

"——여보세요? 프런트입니다."

버튼이나 다이얼을 찾는 사이에 수화기에서 선명하지 않은 목소리가 들렸습니다. 아무래도 프런트로 이어진 직통 전화였던 모양입니다.

어쩌다가 갑자기 연결돼서 그럴 상황이 아닌 리호는 마구마구 당황했습니다.

"저기 그게."

"——무슨 곤란한 일이 있으신가요?"

"저기, 곤란하다기보다는——."

이대로는 호기심 때문에 어린애처럼 전화를 만지작거리다가 폐를 끼치는 꼬맹이랑 똑같아! 그렇게 생각한 리호는 반사적으로 변명을 했습니다.

"여보세요? 잘못 거신——."

"아, 아니 잘못 건 거 아냐! 마, 마, 그게…… 마사지를 부탁하고 싶은데!"

"마사지 말인가요?"

"그래 그래! 아, 아니, 안 하는 서비스라면 됐어! 정말로, 그럼 끊는다!"

"아, 잠까——."

철커덕 수화기를 놓은 리호는 땀을 뻘뻘 흘리면서 어깨를 들썩이며 숨을 쉬었습니다.

"어, 어쩐지 지쳤다."

그녀는 땀도 안 닦고, 그대로 침대에 누워 추욱 늘어져 버렸습니다.

"스위트의 손님이, 마사지라고 하는데요."

프런트 접수처의 직원이 사무소에 들어가더니 난처한 표정으로 전달했습니다.

"……아마 보기 드문 전화를 만졌다가 프론트에 이어져 버리니까 그냥 물러서기 어려웠던 것 아니야? 처음에는 다들 자주 그랬잖아."

오너인 코바가 귀찮은 표정으로 장부를 보고 있었습니다.

"하지만 말이죠…… 꽤 질이 안 좋아 보이는 사람이었어요. 삼백안에 이상한 의수를 달고서…… 클레임을 걸면 귀찮은 타입이에요."

"공돈이 생겨서 유람을 한다 이거구만……. 분명히 귀찮은 타입이다…… 아니 잠깐."

그때 코바는 이것저것 머리를 굴리기 시작했습니다.

"오너?"

"어쩌면 호텔 가이드 심사원일지도 모르지."

프론트 직원은 코바의 말에 눈을 크게 뜨더니 "아아!" 하고 놀란 소리를 흘렸습니다.

"갑작스러운 스위트 캔슬, 그때 타이밍 좋게 용병 같은 여자애. 그럴듯하네요."

"공돈을 슬쩍 보여주는 거친 성격의 숙박객이 억지를 부리는 상황. 분명히 호텔의 대응력을 시험하고 있군……. 하지만 마사지라……."

코바는 만년필로 머리를 긁적이더니 어떡한다 하며 팔짱을 끼었습니다.

그때 호텔맨 제복을 입은 로이드가 방에 들어왔습니다.

"시키신 일 끝났습니다…… 무슨 일인가요?"

"오오, 로이드 군이군. 사실은 말이다――."

일의 경위를 설명하는 코바. 로이드는 미소를 지으며 대답했습니다.

"그러면 제가 다녀올게요, 마사지를 하는 거죠!"

"어? 로이드 군, 할 수 있니?"

로이드는 자신 있게 가슴을 내밀었습니다.

"마사지는 특기거든요. 마을 촌장님이 자주 해 달라고 해서요."

참고로 촌장이라지만 배배 꼬인 로리 할망구입니다.

그러나 코바 씨와 다른 종업원의 뇌리에는 나이 지긋한 노인의 어깨를 주무르는 흐뭇한 광경이 비쳤습니다.

주변 종업원들도 "착한 아이야." 라거나 "정말 똑부러지네." 같은 소리를 했습니다. 어제 스레오닌의 일도 있어서 로이드의 평가가 하늘 높은 줄 모르는군요.

"어쩐지 미안하군, 로이드 군. 어제부터 계속 의지하는구나. 요리 준비도 그렇게 잘해 줘서 요리장이 기뻐했었고, 목욕탕은 종업원이 들어가는 시간대까지 번쩍번쩍하고 눈부시게 빛나고 있었어……."

"아하하, 누가 의지해 주는 건 기쁘네요. 그러면 잠깐 다녀올게요."

그리하여 로이드가 스위트룸으로 가게 되었습니다. 그 앞에 아는 사람이 와 있는 것도 모른 채…….

그런 그의 등을 만족스럽게 배웅한 코바 곁으로, 다른 종업원이 황급히 다가왔습니다.

"코, 코바 씨!"

"무슨 일이야? 그렇게 당황해서는."

"사, 사실은 오늘 도착한 짐을 옮기고 있었는데 터무니없는 것이…… 어떡하죠?"

"뭐냐? 터무니없는 거라니?"

"화, 화염병입니다. 게다가 몇 케이스나."

"뭐야? 화염병이라고?"

엉뚱한 소리를 낸 코바, 종업원은 참으로 난처한 기색입니다.

"아무리 그래도 호텔 안에서 보관했다가 무슨 일로 불이 붙기라도 하면……."

"손님한테 폐가 되는 것을 제쳐 두더라도 위험하구만. 그러나 파기했다가 나중에 클레임이 들어와도 안 좋아…… 화염병을 주문하는 녀석이니까…… 흐~음."

스킨헤드를 찰싹 두드리고서, 코바는 종업원에게 지시를 내렸습니다.

"좋아! 일단 마차 같은 데 실어 놓고, 언제든지 반품할 수 있도록 해둬라. 오늘 안으로 연락이 없으면 돌려보내겠다."

알겠습니다. 종업원이 발 빠르게 달려갔습니다.

"정말이지 어째서 이렇게 잇따라 트러블이 일어나는 거냐……

로이드 군이 없었다면 큰일이 났겠어.”

코바의 탄식이 섞인 말에 주위의 종업원도 동의했습니다. 로이드의 평가가 상한가를 치는군요.

그러면 장면이 바뀌어 리호의 스위트룸.

그리고 침대에 엎어져서 얼굴을 묻고 있는 리호 씨입니다. 아까 문손잡이의 추태가 떠올랐는지 가끔씩 “우우.” 라거나 “아아.” 라거나, 신음 소리를 내고 있습니다.

그녀의 일대기에서 새로운 흑역사가 탄생. 분수에 안 맞는 일을 했다고 완전히 후회하고 있군요.

“어쩐지 이제 행상인용 숙사가 더 편할 거라는 생각이 들기 시작했어…… 우우.”

그리고 또 아까 그 추태가 떠올랐는지 다리를 파닥파닥 버둥버둥합니다.

이윽고 파닥버둥을 하다가 지쳐서, 그녀는 어린애처럼 가벼운 숨소리를 내면서 잠들어 버렸습니다.

“――손님? 손님――?”

귀에 익은 목소리가 문 너머에서 말을 거는 것도 깨닫지 못하고――.

“저기~……. 실례합니다……. 어라, 리호 씨?”

(응? 뭐지? 잠들었나?)

얼마나 잠들었는지 감을 잡기 힘든 리호. 그리고 기분 좋게 등을 쓰다듬는 누군가를 확인하고자 몸을 옆으로 돌렸습니다.

"어째서 리호 씨가 있는 건가요? 설마 혼수 사건의 피해자? 일어나세요!"

(아~ 꿈이구나. 정말이지 꿈속에서도 로이드가 나오다니…… 셀렌에게 뭐라고 못하겠네에.)

꿈이랑 착각한 리호는 로이드의 볼을 콕콕 찔러댔습니다.

"어, 리호 씨. 잠깐…… 우냐."

"부드럽네에……. 입술도 탱탱하고………… 꿈이 아니야! 어째서!"

로이드는 입술을 잡아당겨서 난처한 표정입니다.

"히호 시이."

"아, 미, 미안!"

"우우…… 이쪽이 할 말이에요, 리호 씨. 어째서 여기 있는 건가요?"

둘이서 얼굴이 새빨개져서 로이드와 리호는 서로의 상황을 설명하기 시작했습니다.

"아아, 알바라는 게 호텔맨이었구나…… 그래서 혼수 사건의 피해자랑 착각했단 말이지. 여전히 오지랖이네."

"다행이에요. 리호 씨가 피해자가 아니라서…… 그건 그렇고 말이 돈을 물고 있었나요? 엄청 행운이네요."

리호는 예를 들어 한 얘기를 믿어 버리는 로이드를 쓴웃음으로 넘겼습니다. 뭐 행운이란 것은 틀림없었으니까요.

그렇게 서로의 상황을 이것저것 알게 된 후, 로이드가 자연스럽게 말을 꺼냈습니다.

"그래서, 어떡하실 건가요?"

"응? 뭐가?"

"마사지 말인데요……."

참고로 두 사람의 지금 상황을 설명하죠.

고급 호텔의 스위트룸에서 어깨를 나란히 맞대고 같은 침대에 앉아 있습니다.

한쪽은 호텔맨, 숙박객에게 순종적인 시종입니다.

묘한 공기. 의미심장한 침묵.

시곗바늘 소리만 스위트룸에 울리고 있었습니다.

"……………………………………………………………네?"

"네. 군요. 알겠습니다! 부탁받았으니까 열심히 할게요! 저한테 맡겨 주세요!"

"어, 이봐 이봐."

너무 동요해서 말이 제대로 안 나오는 리호의 말을 끊으면서 로이드가 부드럽게 대답했습니다.

"죄송해요. 오일은 없네요. 일단 누우세요!"

"……아, 응."

오일이 있었으면 어떻게 됐을까를 생각하면서, 리호는 그 말에 따라 침대에 누웠습니다.

"엎드린 자세로요."

"……아, 그렇구나."

당황해서 드러누운 리호는 재빨리 돌아서 누웠습니다. 창피해서 얼굴을 침대에 묻었습니다. 오늘 두 번째로군요.

lao Watanuki

"그런데 너, 마사지 같은 거 할 수 있었어?"

평소에 이래저래 자신이 없어 보이는 로이드의 참으로 생생한 표정. 궁금해진 리호가 물었습니다.

"네. 요리랑 청소 다음 정도로는요."

"……그렇게까지 특기야?"

"네. 촌장님께 보증을 받았어요."

그 말을 들은 리호의 뇌리에 그 호색 로리 할망구가 생긋 웃으며 코피를 뿜어내는 그림이 떠올랐습니다.

뇌리를 스치는 불길한 이미지. 물론 색은 핑크입니다.

"잠깐 있어 봐! 참고로, 참고삼아서 묻는 건데! 어떤 마사지를 하는 거야?"

"그러니까 말이죠──."

로이드는 담담하게 마사지 메뉴에 대한 설명을 시작했습니다.

──잠시만 기다려 주세요.

"안 됩니다~아! 안돼! 체포 안건!"

"마사지로 체포인가요! 어, 그럴 수가!"

"그리고 이미 그건 마사지가 아냐……. 그 촌장은 대체 뭘 가르친 거야."

더욱이 지친 표정을 짓는 리호. 기운이 점점 빠져가네요.

"그런가요……. 그러면, 마사지는 안 되겠네요……."

어쩐지 쓸쓸해하는 로이드. 그러나 마사지 내용이 보통이 아닌 사안입니다. 리호는 조금 미안한 마음과 삿된 마음으로 가슴이 한가득이었습니다.

"……………………………그러면——."

마사지 받아 볼까? 아주 조금 생각한 순간이었습니다.

찌리리리리리리링!

"우오오오오오! 죄송합니다!"

화장대 앞에 있는 전화가 신나게 울리기 시작했습니다. 처음 들은 전화벨 소리에 리호는 엄청 당황해서 로이드에게 꼭 안겼습니다.

로이드는 리호가 놀라는 모습에 놀라고 있군요.

"리, 리호 씨. 괜찮아요. 전화예요."

"호, 혹시 로이드의 마사지를 받으려고 해서 경찰이 전화를 건 거 아닐까? 임의로 사정 청취를 한 다음에 구속되는 거 아냐!"

"제 마사지는 범죄 행위인가요!"

허둥지둥하는 로이드였지만 상대를 기다리게 해선 안 된다고 생각하여, 울려 퍼지는 전화를 급히 받았습니다.

"네, 로이드입니다…… 네?"

눈을 동그랗게 뜨고 놀라면서 진지하게 맞장구를 치는 로이드.

"겨, 경찰이야?"

"겨, 경우에 따라서는 불러야 할지도 몰라요. 지금——."

동요하면서 로이드는 말을 이었습니다.

"스위트룸의 목욕탕에서, 사람이 쓰러졌다고 해요."

별관의 『레나 스위트룸』에는 가족끼리 즐길 수 있는 소규모 노천온천 시설이 있으며, 연락을 받은 로이드는 리호와 함께 서둘러 그곳으로 갔습니다.

가족용 노천온천. 그 옆에 설치되어 있는 사우나는 아궁이에서 달군 돌에 물을 뿌리고, 그 증기로 온도를 올리는 옛날 방식의 사우나였습니다.

그러나 사우나라고 하기에는 지나치게 증기가 솟아오르고 있었습니다. 뭐랄까, 찜기 뚜껑을 연 순간 정도로 수증기가 천장에 난 창으로 날아가고 있군요.

두 사람이 달려갔을 때는 그야말로 한창 구조를 하는 와중이었습니다.

종업원이 사우나 문을 억지로 열고, 안에서 쓰러진 사람을 끌어내고 있었습니다.

그리고 연기 속에서 거한의 맨다리가 보였습니다. 다음으로 다 벌어진 사타구니, 두꺼운 가슴팍까지 순조롭게 나타나고, 마지막으로 나타난 것이 두 사람에게 낯익은 인물…… 동급생인 알란 토인 리도카인의 새빨개진 존안이었습니다.

"어이! 정신 차려라! 내 아들아!"

아버지로 보이는 남자…… 스레오닌이 전력으로 그를 흔들었습니다. 아아, 쓰러진 사람을 흔들면 안 됩니다. 알란이니까 괜찮겠지만요.

구조 현장에서 코바가 진지한 표정을 하고서 스레오닌과 알란을 노려보았습니다.

"어떻게 된 거지……? 그놈들의 행동을 깨달은 내게 경고하는 건가? 설마 맞선 전에 더위를 먹을 때까지 사우나에 들어가는 바보가 있을 리 없으니……."

죄송합니다. 바보거든요.

더위 먹었다고 생각 못한 코바는 그대로 엉뚱한 방향으로 착각하기 시작했습니다.

"그러나 자기 아들을 본보기로 쓰다니…… 음? 그렇군. 아들이 쓰러져서 맞선이 중지된다면 자연스럽게 도망칠 수 있다……. 꼬리를 밟히지 않을 생각이군."

코바는 이 자리에서 도망칠 좋은 구실을 생각해냈다고 솔직하게 감탄했습니다.

"그러나 모처럼 혼수 사건의 범인이 눈앞에 있다…… 순순히 놓칠 수는 없지——."

조금 전까지 작게 중얼거리고 있던 코바는 갑자기 커다란 소리로, 조금 연극조의 음성으로 종업원에게 지시를 내리기 시작했습니다.

"아니, 이럴 수가! 손님! 더위를먹어버리신것인거군요오! 참으로 통탄할 일입니다! 지금 당장 의무실로 옮겨드리겠습니다!"

코바는 망측한 모습의 알란을 등에 지더니 서둘러서 의무실로 옮기려 했습니다.

"어, 어이! 네놈!"

스레오닌의 제지를 뿌리치고 코바는 그대로 방을 나섰습니다.

방을 나설 때, 스레오닌에게 속뜻을 품은 웃음을 보이고……
아마 '이걸로 도망칠 이유가 사라졌구나, 범인! 아들을 두고 자기 혼자서는 못 돌아가겠지!' 라는 의미일 겁니다.

물론 당사자인 스레오닌은 그럴 셈은 요만큼도 없으니 그도 다른 방향으로 착각했습니다.

"젠장, 선수를 빼앗겼군……. 경고로 아들을 공격해서, 더욱이 자연스럽게 인질로 삼는 작전인가……? 아무리 그래도 맞선 보기 전인데, 더위를 먹을 정도로 사우나에 있었을 거라 생각할 수는 없으니……."

죄송합니다. 생각해 주세요. 그냥 댁의 아들이 실수한 겁니다.

그리고 스레오닌은 당했다는 표정을 드러내며 목욕탕 바닥을 내려쳤습니다.

"알란을 혼자 둔 게 실수였군……. 키쿄우 녀석에게 코바의 행동을 조심하라는 말을 들은 참인데……. 아니, 문제는 맞선이다. 이놈, 맞선을 중지시킬 정당한 이유를 들어서 도주시킬 셈이군."

그 트렌트로 재산을 이룬 귀족을 도주시켜서 정보 누출을 막는다……. 용케 떠올렸다고 솔직히 감탄했습니다.

"그렇게는 안 된다……. 범인의 단서를 기껏 붙잡았거늘……."

스레오닌은 턱에 손을 대고서 어떻게 할까 중얼중얼 말하기 시작했습니다. 주변 종업원은 말을 걸기 어려운 상황에 당혹했습니다.

한편 가장 당혹한 사람은 로이드와 리호였습니다.

누가 뭐래도 타월 한 장 두른 망측한 모습을 드러내고, 사우나에서 더위 먹은 지인을 봤으니까요……. 특히 리호는 바위를 들췄을 때 아래서 꿈틀거리고 있던 벌레를 본 것처럼 기분 나쁘단 표정을 짓고 있었습니다. 알란의 알몸은 불쾌한 해충에 대단히 가까운 모양이군요.

"그 녀석의 맞선 장소가 여기였구나……. 뭐, 불쌍하지만 맞선은 캔슬이군……. 지저분한 걸 보인 벌이다, 꼴좋다. 자, 가자. 로이드——."

그때였습니다. 리호 옆에 있던 로이드가 재빨리 스레오닌 앞에 섰습니다.

"손님! 곤란한 점 있으십니까!"

"크, 묘목만 손에 넣으면 당장에라도 경찰을 부를 텐데…… 응? 오오! 로이드 군 아닌가! 미안하군. 지금 좀 바빠서……."

로이드는 험상궂은 얼굴 눈썹을 찌푸리며 난처한 표정을 짓는 스레오닌에게 혼신의 엄지 척을 보였습니다.

"걱정하실 것 없어요! 저는 호텔맨이니까 손님의 시종입니다! 곤란에 빠진 손님을 내버려 둘 수는 없어요!"

그는 어제 키쿄우에게 배운 것을 견실하게 지키고 있는 모양이군요. 참 어색한 포즈에 주위의 시선이 로이드에게 모였습니다.

방을 떠도는 가벼운 침묵.

그리고 묘하게 자신감을 보이는 로이드에게 스레오닌은 구원을 청했습니다.

"로, 로이드 군! 뭔가 묘안이라도 있는가!"

어허, 묘안이라고 하자 로이드는 허둥거렸습니다. 아무래도 기세에 몸을 맡기고 괜찮다고 말한 것뿐인가 봅니다.

모이는 시선, 노 플랜이었던 로이드가 꺼낸 묘안은…….

"그게…… 저기…… 그렇죠! 제가 알란 씨 대신 맞선에 나갈게요!"

네, 대역 작전입니다. 참고로 로이드는 신장이 160센티미터 남짓, 알란은 2미터에 달하지 않을까 싶은 거한입니다. 무리죠.

반올림을 안 하면 절대 동급이 못 되는 체격 차이. 당연하지만 리호가 막아섰습니다.

"어이어이…… 대역이라니. 무슨 바보 같은 소릴 하는 거야. 알란은 몽타주를 벽에 붙여 놓으면 열 명 중에서 아홉 명은 산적, 나머지 한 명은 귀신 퇴치용 그림 같은 걸로 착각할 만큼 얼굴이 삭았다고. 귀여운 타입인 로이드가 그런 놈을 대신할 수 있을 리가 없잖아."

엉망진창으로 지독한 안면 평가와 함께 쓴소리를 하는 리호, 그러나 주위의 반응은――.

"로이드 군……. 너 정말…… 그렇게까지 호텔을 위해서……."

"로이드 군이라면 뭘 해도 괜찮아!"

"한때는 괜찮을까 걱정했지만 이러면 안심이네!"

기겁할 정도로 반응이 좋네요.

"로이드의 평가가 징그러울 정도로 높은데!"

동요하는 리호. 그녀는 시선을 스레오닌 쪽으로 돌렸습니다. 아무리 그래도 아버지는 안 된다고 하겠죠. 그런 기대를 담은 시선입니다.

그러나 스레오닌은 "흐음." 하며 그리 나쁘지 않다는 표정으로 소리를 냈습니다.

"……으음. 거기까진 생각이 미치지 않았군. 과연 로이드 군이다!"

"그 반응은 뭐야! 그야 당연히 거기까진 생각이 미치지 않았겠죠! 완전 다른 사람인데!"

대체 어떡하면 하루 만에 이 정도까지 인심을 장악할 수 있지? 아무리 로이드라도 무슨 약을 쓴 게 아닌가 싶은데. 리호는 기겁하여 벌린 입이 다물어지지 않았습니다.

그런 그녀를 개의치 않고 스레오닌은 신이 나서 로이드의 어깨를 두드렸습니다. 이런 솔직하고 영리한 아들을 원했겠죠.

"좋~아, 로이드 군! 그럼 얼른 맞선 준비를 하지! 다른 종업원 여러분! 폐를 끼쳤다!"

스레오닌이 어깨를 두드렸을 때, 그 기세에 로이드는 뭔가를 떠올렸습니다.

"아, 하지만, 저 대신 일해 줄 사람이……."

"오오. 미안하군……. 로이드 군 정도의 인재가 빠지면 상당히 힘들겠지……. 맞선은 종일 묶여 있게 될 테니 어떻게 해야 할지……."

스레오닌은 턱에 손을 대고 생각했습니다.

"내 비서……는 안 되겠군. 체력이 없고 접객력도 전혀 없다."

"전혀……. 네, 죄송합니다."

비서는 전혀 없다는 말에 반론하고자 했지만, 결국 체력이 없는 것을 자각하고 있는 거겠죠. 가녀린 팔을 내밀고 힘없이 고개를 숙였습니다.

스레오닌의 발언을 시작으로, 종업원들 사이에서 활발하게 의논이 오가기 시작했습니다.

"경험이 풍부한 사람이 있으면 좋겠는데요."

"해결사나 용병이 있다면 말이지이."

"이쪽 사정을 이해해 주는 사람이 있다면."

"아는 용병이라아."

그리고 다음 순간, 주위의 시선이 일제히 리호에게 향했습니다.

"어?"

입을 벌리고 있던 리호, 짧은 말을 하는 수밖에 없었습니다.

"""있네."""

"어?"

삼백안을 둥글게 뜨고 허둥대는 리호의 손을 로이드가 꼭 잡았습니다.

"부탁드려요! 리호 씨 말고는 의지할 수 있는 사람이 없어요!"

열기를 띤, 촉촉한 로이드의 눈.

리호는 땀이 나기 시작했습니다. 목욕탕의 열기 탓은 아니군요. 굉장히 꼬옥 잡고 있으니까요, 로이드가.

“어, 그게…… 로이드가 부탁한다면…….”

그리고 그녀는 어쩌다 보니 종업원의 제복을 입게 되었다고 합니다.

…………불쌍하게도.

몇 시간 전으로 거슬러 올라갑니다. 아자미 왕국에서 마차에 흔들리며 지정된 장소로 가고 있던 셀렌.

마차 창밖으로 흘러가는 풍경에도 질려서 가볍게 한숨 자고.

——깨어났을 무렵 마차는 호텔『레이요카쿠』앞에 멈춰 있었습니다.

평화로운 산에 둘러싸인 장엄한 건물 앞에서, 그녀는 문득 의문을 입에 담았습니다.

“어째서 집이 아니라 호텔인 걸까요?”

너무 올려다보아서 고개가 아프기 시작한 그때, 드디어 아는 얼굴…… 셀렌의 아버지가 안에서 나타났습니다.

사무원 같은 심플하고 주름 하나 없는 양복, 그러나 커프스 단추 같은 세련된 액세서리는 비싼 명품. 감정사가 보면 참으로 멋진 물건이라고 무심코 말할 겁니다.

등을 쭉 펴고 성큼성큼 다가오는 아버지, 셀렌에겐 마치 상품을 검품하러 온 업자처럼 느껴졌습니다.

셀렌의 아버지는 차분한 목소리로 말을 걸었습니다.

"잘 왔구나, 셀렌. 벨트가 풀렸다는 소문은 아무래도 정말이었던 모양이구나."
"…………오랜만이에요, 아버님."
저주받은 벨트 탓에 반쯤 집에서 쫓겨나는 형태로 사관학교에 들어간 그녀에게, 아버지가 마중을 나왔다는 상황은 납득하기 어려운 것이라 조금 복잡한 심정이었습니다.
"그런데, 어째서 이런 호텔이죠?"
그 답답함을 꾹 억누르고, 셀렌은 아버지에게 질문했습니다.
그러나 그는 이미 시선을 돌리고 손에 든 호텔 안내서인지 뭔지를 보고 있었습니다.
확인은 끝났다. 마치 그런 식으로 느낀 셀렌은 무심코 거리를 두고 말았습니다.
"오랜만에 재회다. 조금이라도 좋은 곳에서 식사를 하고 싶다고 생각했지."
예상 범위 안. 그렇게 말하는 것처럼 준비된 마음이 없는 말. 셀렌의 가슴 부근이 술렁거립니다.
잠시 말이 없는 셀렌. 그리고 진정한 다음, 새삼 그녀는 호텔을 올려다보았습니다. 호화찬란한 구조에 멀리서 보기에도 알 수 있을 만큼 장식품에 신경을 쓴 현관. 분명히 맛있는 식사도 기대할 수 있을 것 같습니다.
"뭐, 그런 거라면……."
이러쿵저러쿵하는 사이에 셀렌을 발견한 호텔맨이 나타났습니다.

"잘 오셨습니다. 셀렌 님. 방을 준비해 뒀습니다."

표정을 바꾸지 않고, 셀렌의 아버지가 보이에게 지시를 내렸습니다.

"필요 없다. 곧장 다른 방에서 그 옷을 입혀주면 좋겠군."

"알겠습니다. 그러면 접객 담당자가 옷을 가져올 겁니다."

어어어 하는 사이에, 셀렌은 객실……이라기보다 무대 대기실이라고 하는 편이 맞는 방으로 안내받았습니다.

그곳에는 양복점이라고 해도 될 만큼 커다란 거울이 몇 개나 붙어 있는 옷장이나 행거 따위가 준비되어 있었습니다.

"드레스 코드가 엄격……한 것치고는 이상하네요……."

식사를 하는데 이렇게까지 기합을 넣고 정장을 입어야 하는 걸까요? 셀렌은 의문이 끊어지지 않았습니다.

그리고 당연하게 나타나는 헤어 스타일리스트. 자연스럽게 셀렌을 자리에 앉히고 금발에 빗질을 하더니 향유를 바르기 시작합니다.

"다 됐습니다. 본래 예쁜 머리칼이니까 별로 손을 안 댔어요. 귀여우시네요."

"고, 고맙습니다."

식사하기 전에 이렇게까지 해야 하나? 분명히 그녀는 상식을 모르지만——자각은 있는 거군요——호텔에서는 이게 맞는 걸까요? 납득 못한 표정으로 거울에 비친 자신을 보았습니다.

셀렌에게 파란 드레스를 입히고 자연스럽게 빛나는 귀걸이를 달아준 스타일리스트는 만족스러운 표정을 지었습니다.

그리고 도구를 정리한 스타일리스트는 멋진 미소로 셀렌의 어깨를 톡 두드렸습니다.

"그럼, 맞선 힘내세요."

"네?"

물러가는 스타일리스트. 묘한 침묵이 방을 지배했습니다.

그리고 잠시 뒤, 셀렌의 아버지가 들어왔습니다…… 턱시도를 입은 정장 차림입니다.

"셀렌, 준비가 끝난 모양이구나."

"잠깐! 기다려 주세요! 지금 맞선! 맞선이란 말을 들었답니다!"

마구 동요하는 셀렌에 비해 아버지는 차분한 표정과 음성으로 대답했습니다.

"그래."

셀렌의 아버지는 냉정하게 고하더니 말을 이었습니다. 시선은 셀렌이 아니라 거울에 비친 자신의 넥타이입니다.

"상대는 신진기예로 알려진 군의 엘리트로 종종 신문에서도 보도가 되었다. 지금 군이 추켜세우고 있는 인물이지. 이름은――."

"상대 따위는 아무래도 좋답니다! 저에게는 소중한 사람이 있어요! 아자미의 사관학교에서 만난 분과 장래를 약속했답니다!"

안 했지만요.

그러나 셀렌이 흥분해도 아버지는 표정을 바꾸지 않았습니다. 장부를 보는 것과 같은 눈으로, 셀렌을 한 번 보았습니다.

"문제는 네가 군에 계속 소속된 상태라는 거다. 본래의 목적은 그 벨트를 자력으로 풀 수 있도록 자신을 단련하기 위해서 아닌가? 벨트는 풀렸다. 군에 소속될 메리트는 없다."

아버지의 시선은 이미 방의 장식품으로 돌아가 있었습니다. 이쪽을 보지도 않고 이야기를 계속하는 그에게 셀렌은 말문이 막혀 버렸습니다.

"군인 일을 하면서 상처라도 나 봐라. 이 귀족 세계에서는 받아줄 남자가 절반으로 줄어드는 걸로 끝나지 않는다. 그 허리의 벨트가 언제 또 풀리지 않게 될지도 모르고…… 이런 건 빠른 편이 좋다."

셀렌은 그렇게 말하는 아버지의 눈에 기시감을 느꼈습니다.

그것은, 저주받은 셀렌을 쫓아낼 때와 같은 눈.

이 사람은 변함이 없어요.

부서진 것이 아직 상품의 형태를 유지하고 있는 사이에 팔아치워 버리려는 상인의 눈입니다.

셀렌은 어금니를 꾹 깨물며 분통을 터뜨렸습니다.

(알고 있었을 텐데, 마음 한구석에서 기대하고 있었어요. 옛날의 상냥한 아버지를.)

"딱히 앉아 있기만 해도 된다……. 잘 안 된다고 해도, 맞선은 이번으로 끝이 아니다. 연습이라고 생각해라."

그리고 회중시계를 꺼낸 셀렌의 아버지는, 죄수에게 면회 종료를 고하는 간수처럼 짧게 "시간이 됐다."라고 하더니 대기실에서 나가 버렸습니다.

움직일 기색이 없는 자기 딸에게, 아버지는 등을 돌린 채 따라 나설 것을 재촉했습니다.

"간다."

극구 시선을 맞추려고 하지 않는 아버지.

(이런 취급을 받아도…… 어쩔 수 없겠죠…….)

그녀에게도 마음의 짐은 있었습니다. 저주받은 벨트 공주라며 괴담 취급을 당해서, 계속 틀어박혀 있던 나날에.

그리고 저주받은 벨트를 풀고자 필사적으로 노력했던 옛날의 아버지에게——.

"……제가 따르는 이유는 지금의 아버님을 위해서가 아니랍니다. 옛날, 필사적으로 구해 주고자 했던 그 무렵의 아버님에게 은혜를 갚기 위해서니까요."

"그렇군."

말 붙여 볼 여지가 없는 아버지.

깊은 숨을 내쉰 다음, 셀렌은 어쩔 수 없다는 표정으로 청초한 드레스를 펄럭이며 홀로 가는 것이었습니다.

일단 무슨 일이 일어나도 금방 도망칠 수 있도록 허리에 신축자재, 공격에도 수비에도 다양하게 쓸 수 있는 아티팩트인 저주받은 벨트를 드레스에 맞추어 웨스트 리본 같은 형태로 장비하고, 셀렌은 맞선 자리에 가기로 했습니다.

파란 드레스에 귀걸이, 머리칼을 정돈하고 조금 연지를 바른 셀렌. 알맹이는 그렇다 치고 절세의 미인이라고 해도 손색이 없었습니다. 알맹이는 그렇다 치고요.

(사실은 로이드 님에게 보여드리고 싶었지만요…….)

식사를 하는 것뿐이라고 마음먹기로 한 셀렌은 홀로 발길을 옮겼습니다. 입구 옆에는 담당자가 쓴 것으로 추정되는 달필의 글씨로 이렇게 적혀 있었습니다.

헴아엔 가문 · 리도카인 가문 맞선 회장.

――나, 이번 연휴에 맞선을 본단 말이지, 우엣헷헤…….

셀렌의 뇌리에 교실에서 콧김을 거칠게 뿜으며 이야기하는 알란의 얼굴이 떠올랐습니다.

"수고하셨습니다. 먼저 실례하겠어요."

화려하게 180도 돌아 드레스를 흔들며 셀렌은 호텔을 떠나고자 했습니다.

그 거동에 반사적으로 반응한 셀렌네 아버지. 그야말로 '그러나 가로막히고 말았다' 상태의 셀렌은 눈을 동그랗게 떴습니다.

"기다려라, 셀렌."

"아, 아버님……. 뭐, 뭔가 굉장한 스피드네요."

그 가는 몸에 안 어울리는 높은 신체능력에 셀렌이 당황했습니다. 아버지는 시선을 아래로 내리며 사무적으로 대답했습니다.

"……너하고는 상관없다……. 그런데 어째서 이제 와서 도망치지?"

"조금 문제가 생겼답니다! 생리적으로 무리라는 문제가!"

"상대 생각도 해라. 앉아 있기만 해도 된다."

어쨌든 자리에 앉게 된 셀렌. 질 좋은 의자도 어쩐지 자리가 불편하게 느껴집니다.

억지로 정면을 보자, 아무래도 맞선 상대는 아직 안 온 모양입니다. 공석 옆에는 알란의 아버지……. 스레오닌이 어쩐지 안절부절못하는 표정으로 앉아 있었습니다.

(크. 어떻게든 이 자리에서 도망치고 싶어요……. 알란 따위랑 맞선을 봤다는 인생의 오점을 남기는 일 따위……. 그걸 이유로 다른 어중이떠중이들이 로이드 님과 저 사이를 갈라놓으려고 할지도 몰라요……. 아아, 그러고 보니 화염병을 발주했었는데 잊고 있었어요! 지금 접수처에…… 불가능해요……. 기껏 특급 배달로 부탁했는데……. 어떻게 할까요……?)

그 특급 배달하는 사람, 용케도 받아들였네요.

그런 셀렌이 생각하고 생각하여 나온 결론은…….

(어쨌든 알란의 숨통을 한 번 끊어놓죠. 로이드 님에 대한 사랑을 행동으로 보여야 해요.)

결코 나와선 안 될 결론이었습니다. 어째서 그렇게 된 걸까요?

앞에 놓인 나이프와 포크의 위치를 확인한 다음, 셀렌은 상대 쪽…… 알란이 나타나게 될 입구와 자신의 거리를 쟀습니다.

(입구까지 6미터 정도…… 벨트를 구사해서 샹들리에를 붙잡으면 도약 한 번으로 충분히 닿는 거리네요. 그리고 포크를 목에다…….)

완전히 암살자의 사고방식이 된 셀렌은 날카로운 눈빛으로 입구를 바라보았습니다.

잠시 지나, 안쪽에서 어수선한 소리가 들렸습니다.

"오, 오오. 아무래도 내 아들이 드디어 온 모양이군."

어색한 상대 쪽 아버지, 그런 기색 따위 개의치 않고 뛰어들 타이밍을 기다리는 셀렌.

(신들도 용서해 주실 거랍니다. 이것도 모두 로이드님을위해로이드님을위해로이드님을위해——.)

멋대로 자기 사정에 맞춰 기도를 하면서 바라보는 곳에 사람이 나타났습니다. 그리고——.

"늦어져서 정말 죄송합니다!"

딱 맞춘 양복을 입은 부드러운 인상의 소년, 알란으로 변장한 로이드가 모습을 드러냈습니다.

셀렌은 덜컥 일어서서 테이블 위를 도약했습니다.

——눈을 하트로 만들면서 침도 질질 흘리고 있군요.

"신이시여어어어!"

"어? 어라? 셀렌 씨—— 우와압!"

양측 아버지는 무슨 일이 일어났는지를 몰라 곤혹스러운 표정으로 서로의 얼굴을 보았습니다. 그리고…….

"그렇군……. 뭔가 잘 모르겠지만 잘된 모양이군. 과연 종업원들이 보증할 만해." (중얼)

스레오닌은 납득했습니다.

그러나, 셀렌의 아버지는 조금 전까지 앉아 있는 것도 싫어하던 딸이 사람 같지 않은 움직임으로 도약하여 상대 남자에게 안기는 것에 놀라움을 감추지 못했습니다. 아까 그 냉철함은 어디로 갔는지 모르겠군요.

"……우리 딸, 엄청난 도약이었어."

상대 쪽 소년도 사진으로 봤던 체격 좋은 인물과 전혀 다른 소박한 소년이라서 위화감이 들었지만, 그것보다도 자기 딸이 요괴 같은 움직임을 보인 것이 신경 쓰이는 모양입니다.

"그러면 식사는……."

식사를 내올 타이밍을 재는 데 실패한 호텔맨. 그럴 만도 하죠. 다른 방면의 식사가 시작되려는 참이니까요.

"그런 건 됐답니다! 자아자아! 이제는 젊은 사람들끼리!"

그거 본인이 할 말이 아니잖느냐고 누구나가 생각하는 가운데, 스레오닌은 아들이 가짜라는 게 들키지 않도록 억지로 이야기를 시작하려고 했습니다. 힘이 들어가서 어색한 웃음입니다.

"그러면 우리는 여기서 이야기를 합시다. 이것저것 말이죠."

스레오닌이 그렇게 말하더니 심문하는 것처럼 손을 테이블 위에 올리고, 몸을 내밀어 셀렌의 아버지를 보았습니다. 트렌트 불법재배의 꼬리를 붙잡는다. 그 의지가 느껴지는군요.

셀렌의 아버지도 그 분위기에 밀렸는지 옷깃을 정돈하고는 스레오닌을 보았습니다.

"네. 저도 상담하고 싶은 것이 있었습니다……."

험악한 분위기가 두 사람 사이에 떠돌았습니다.

그것과는 정반대의 코미컬한 분위기를 전개한 셀렌이, 아직

도 사태를 파악하지 못하고 있는 로이드를 안아들더니 다른 방으로 모습을 감추는 것이었습니다.

호텔의 어느 세탁실. 대량의 하얀 시트와 비누 냄새에 휩싸인 이 방에 어쩐지 야성을 띠고 있는 셀렌이 로이드를 붙잡은 채 하아하아 숨을 내뱉고 있었습니다. 방금까지는 울적함을 띠고 있었는데요.

"아아 신께서 제 마음에 응답해 주신 거군요……. 설마 로이드 님과 맞선을 볼 수 있다니."

까놓고 딱히 맞선도 안 했죠. 순식간에 덮쳐서 여기로 끌고 왔으니까요. 맞선이라기보다는 납치나 강탈 같은 겁니다.

"그러니까 신께서 내려 주신 선물을 거부할 수는 없답니다! 식사랍니다, 로이드 님!"

아직도 어째서 셀렌이 있는 건지 몰라 곤혹스러운 로이드는 그녀의 포옹을 뿌리치고,

"어째서 셀렌 씨가 여기 있는 건가요?"

당연한 질문을 했습니다.

그에 대한 셀렌의 대답은——.

"사랑 때문에."

……대화가 안 되는 상태로군요.

"그럼, 기왕, 호텔이니까, 호텔다운 행위를 해야죠——."

아주 자기 멋대로군요. 어째서 로이드가 여기 있는지, 그런 건 아무래도 좋다고 말하듯 저주받은 벨트를 허리에서 풀고 드레

스를 뒤집어 올리려는 셀렌.

그다음 순간, 객실 담당 제복인 하얀 블라우스를 입은 리호가 미스릴 의수로 셀렌의 머리를 콱 움켜쥐었습니다.

“이 자식 뭐 하는 거야? 여기는 그런 호텔이 아닙니다. 가족들끼리 올 수 있는 건전한 장소입니다만.”

으지지직 삐걱거리는 머리. 저주받은 벨트를 풀고서 행위를 하려던 것이 안 좋았던 모양입니다.

“아야야……. 뭐, 뭐 하는 건가요 리호 씨? 어째서 여기 있는 건가요?”

“말의 인도를 받았다고 할까빌어먹을.”

“의미를 모르겠답니다! 뭔가요! 어째서 객실 담당 차림인가요!”

“그건 이쪽이 묻고 싶다! 갑자기 호텔에서 일하게 됐다니까!”

말다툼을 벌이는 두 사람 사이에 로이드가 끼어들었습니다.

“자, 잠깐 정보를 정리해 봐요. 저도 뭐가 뭔지 모르겠어요.”

——현재 설명하는 중입니다. 잠시 기다려 주세요.

“과연. 그러면 알란 씨는 그 사건의 피해자가 되어 버린 거군요? 가엾은 알란 씨.”

참고로 아까 일단 한 번 숨통을 끊어버리려고 한 사람이 한 말입니다.

“저는 그 사건을 막고 싶어요. 알란 씨도 그렇지만, 더 이상 손님한테 피해가 생기면 안 되니까요.”

“그러면, 좋은 생각이 있답니다.”

"좋은 생각?"

벙긋이 웃는 셀렌. 눈에 빛이 깃들지 않았군요.

"지금, 저와 로이드 님은 맞선을 보는 중이랍니다. 맞선 데이트를 가장해서 주변의 관광 시설을 조사하여 범인을 찾아내도록 해요."

"그 좋은 생각은 너한테 좋다는 의미에서 좋은 생각이구나."

핵심을 찌르는 리호. 셀렌은 귓등으로도 안 듣고 있군요.

"사건이 일어났다면 아직 범인이 멀리 가지는 않았을 거예요……. 주변 조사는 필요하죠. 그리고 리호 씨는 종업원 입장에서 호텔 안을 조사해 주세요. 안팎으로 빈틈이 없는 작전이랍니다."

"거기다 정성스레 나를 치워 버릴 생각도 가득하구만!"

리호의 노호가 세탁실에 울렸습니다. 그러나 로이드는 묘안이라며 셀렌에게 동의했습니다.

"……분명히 나쁘지 않은 생각이네요. 커플이라면 부자연스럽지도 않을 테니까요."

"진짜냐?"

그때, 리호의 노호를 들은 코바가 세탁실을 찾아왔습니다.

"어이쿠 이번엔 뭐냐? 무슨 소동이야…… 응? 로이드 군……턱시도? 그리고 스위트룸의 손님까지……. 무슨 상황이야?"

사관학교의 동급생이라는 걸 빼면 묘한 조합의 3인조…….이제 무슨 일인가 싶어 코바가 고개를 갸웃거렸습니다.

그 의문을 짐작한 로이드가 두 사람의 소개를 포함하여 맞선 대역에 대한 것까지 설명하기 시작했습니다.

"아, 오너. 사실은요……."

일의 경위를 들은 코바는 스킨헤드를 찰싹 두드렸습니다.

"이럴 수가! 스위트의 손님, 쓰러진 소년, 맞선 상대까지 모두 아는 사이였다니!"

소리를 높이며 놀라는 코바였지만, 곧장 떠오른 어떤 의문에 눈썹을 찌푸리며 신음했습니다.

"우~음……. 그러나……. 맞선 대역이라……."

그래요. 도망칠 거라고 생각한 스레오닌이 로이드를 대역으로 세우면서까지 맞선을 속행하는 이유를 지금 코바는 도무지 짐작할 수가 없었습니다. 뭐 착각이니까 당연하죠.

끙끙거리는 코바에게 리호가 이때라는 듯 불만을 전달했습니다.

"그치? 이상하잖아. 종업원이 맞선 대역을 하다니. 아니, 조금 전까지 손님이었던 사람이 일하고 있는 게 이상하잖아."

"아니, 그건 그렇다 치고 말이지…… 스레오닌……. 대체 어째서?"

"어이 책임자."

아무래도 스레오닌의 수수께끼에 비교하면 리호 일은 사소한 것인 모양입니다. 자신이 일하게 된 것을 무시하자 그녀는 눈을 게슴츠레 떴습니다.

"그래서 리호 씨는 종업원으로서, 저는 맞선 데이트를 가장해서 수사를 시작하려고 해요……. 범인이 가까이 있을지도 모르고, 더 이상 호텔의 품위를 잃으면 호텔맨으로서, 아자미의 군인으로서도 바람직하지 못해요."

"네. 맞선 데이트를 위해서……가 아니라……. 군인의 말석으로서, 용서할 수 없답니다."

군인으로서 열이 담긴 로이드와 다른 의미로 열이 담긴 셀렌의 제안에, 군의 선배인 코바는 살짝 눈물을 지었습니다.

"로이드 군…… 그리고 아자미 군의 젊은 정예들이여……. 자네들이 보여준 정의의 의지……. 전직 근위병장으로서 자랑스럽게 생각한다."

"어~이. 나랑 이 천연 스토커는 그런 게 아닌데요."

멋대로 카운트되고 있는 것에 대해서 리호는 이견을 제창했습니다만——.

"흠. 상대의 의도를 알 수 없는 이상, 로이드 군에게는 맞선 대역을 계속 부탁하고 싶다. 주의하도록 하게!"

감격에 겨운 코바에겐 안 들린 모양입니다.

"뭔데요? 상대의 의도라는 건? 손님한테 일을 시키는 오너의 의도를 모르겠습다. 그리고 손님이 일을 하고, 종업원이 데이트를 하는 중인데요?"

리호의 필사적인 말에 코바는 응답하지 않았습니다. 대신 셀렌이 재는 표정으로 그녀의 얼굴을 들여다보았습니다.

"어머나, 마치 저랑 로이드 님이 맞선 데이트를 하고 결혼하는 걸 거부하는 것 같네요, 리호 씨……. 질투인가요오?"

질투라는 말에, 리호는 참으로 알기 쉽게 과장된 반응을 보였습니다.

"바, 바보야! 난 말이다……. 질투 같은 게 아니고 말이다……."

옆에서 코바는 두 사람의 대화 따위 신경 쓰지도 않고 끙끙 신음했습니다.

"나는 로이드 군을 전면적으로 믿겠다! 그의 행동은 분명히 사건 해결의 초석이 되어 줄 거야! 오너로서 허가한다! 마음껏 데이트를 해라! 무슨 일이 있으면 꼭 보고해 주고!"

"라는데요? 오너, 총명한 판단이세요."

"으그그……."

오너가 허가를 내려 버렸으니, 이제 종업원 중 한 명인 리호는 반론할 수 없습니다. 아까까지는 손님이었는데 말이죠.

"그렇게 됐으니 미안하다만, 리호 군이라고 했지? 해 줬으면 하는 일이 있다. 마구간에 와 다오."

"마구간?"

"그래. 좀 이유가 있어서 담당자가 사라져 버렸어……. 마분을 처리하질 못하고 있거든."

참고로 마분이란 건 말똥을 말하는 겁니다. 싫은 표정의 리호. 셀렌은 입을 누른 채 소리 죽여 웃으며 승리를 뽐내는 표정을 지었습니다.

"푸우키득키득. 말의 인도가 있기를……. 조사는, 그쪽도 빠짐없이 부탁해요."

"너도 제대로 「조사」해라! 알겠지! 조사다!"

조사를 몇 번이고 못 박으면서, 리호는 성큼성큼 마구간 쪽으로 걸어갔습니다.

……정말로 불쌍하게도.

호텔의 마구간. 마중과 배웅에 쓰는 마차 몇 대가 그곳에 늘어서 있고 말들이 여물을 위에 집어넣고 있습니다.

오늘 아침에 봤을 때는 깔끔하기만 하던 그 마구간도 지금은 말똥이 여기저기 흩어져 있었습니다.

"담당자가 사라져서 말이지…………. 아무래도 이래서는 한 번 기합을 넣고 청소를 해야겠어."

"……아아, 알겠습니다."

"말은 싫어하나?"

"엄청 좋아해요. 오전까지는."

오전까지라는 의미를 이해 못한 코바였지만, "그럼 부탁하지." 라는 말만 남기고 호텔 안으로 돌아갔습니다.

가볍게 한숨을 쉬고는 빗자루를 손에 들고 청소를 시작하는 리호.

청소를 하면서 그녀는 새삼 자신이 놓인 상황을 정리했습니다.

"경마에서 이기고, 고급 호텔의 스위트룸에 묵으려고 하다가, 말똥을 청소하고 있다…… 그게 뭐야! ——우오!"

그녀는 분통을 쓰레기장에 터뜨렸다가, 튀어 오르는 말똥에 놀라며 간신히 피했습니다.

이제 하는 일이 죄다 싫어지는 리호는 어깨를 떨구고 말았습니다.

“분명히 대가를 치른 거야……. 로이드의 마사지를 받으려고 했던……. 어울리지도 않는 일을…….”

아까 잠깐 마가 씌었던 것을 후회한 그녀는 자괴감을 품고서 청소 작업에 몰두하기 시작했습니다.

용병으로 이런저런 일을 해온 리호는 당연히 말 보살피기도 한 적이 있었습니다. 참으로 척척 솜씨 좋게 작업을 했습니다.

말똥을 정리하고 여물을 바꾸고 마실 물도 전부 새걸로 채웠습니다.

처음에는 리호의 의수에 약간 겁을 먹었던 마구간의 말들도 그녀가 일하는 모습에 차츰 마음을 열기 시작했습니다.

“오~ 얌전해졌구나, 여기 똑똑한 애들이 많네. 게다가 다들 몸매도 좋아……. 경마였다면 분명히 너한테 걸었을 거다.”

상냥하게 말을 걸면서 검은 털의 말을 브러싱해 줍니다. 기분 좋은지 말이 눈꺼풀을 감기 시작했습니다.

“자면 안 되지. 야, 장난은 그만하고. 하하하.”

볼을 비비면서 장난치는 말에게 난처한 표정을 짓는 리호.

그리고 다음 순간, 말이 귀를 움찔거리며 먼 곳을 보았습니다.

“응? 뭐지?”

리호도 그걸 따라 돌아보니, 뭔가 이야기하는 소리가 들렸습니다.

“——그렇다니까……. 그 손님은 언제나——.”

“——우와, 최악이네——.”

아무래도 호텔 객실 담당들이 뒤에서 험담을 하는 모양이군요. 일부 사람들에게는 익숙한 걸 넘어서 지긋지긋한 광경이 아닐까요?

(뭐, 어느 직장이든 있단 말이지. 이런 광경……. 여자는 무섭다니까.)

당신도 여자입니다……. 뭐 그건 그렇다 치고 불평이 점점 에스컬레이트합니다.

"그 키료우란 신입은 맨날 땡땡이네."

"그러게. 맞다. 그 빨간 머리칼……. 여기저기서 몰래 뭔가 하는 것 같아서 묘해……."

(그 녀석 탓에 내가 말을 돌보게 됐구만……. 기억했다.)

여자는 무섭습니다.

몰래 원한을 품은 리호 앞에서, 더욱이 객실 담당들이 불평을 이었습니다.

"그러고 보니까 그거 알아? 그 스위트룸을 캔슬했던 사람, 이유가 터무니없더라."

"어? 어떤 이윤데?"

"들어보니까, 스위트룸의 이름이 마음에 안 들어서 그랬대."

"그게 뭐야? 완전히 생트집이잖아."

(아아. 그래서 내가 왔을 때 연휴인데 스위트룸이 비어 있었구나.)

호텔맨에게 무슨 스위트라고 이름을 들은 기억이 있는 리호였지만, 정신이 딴 데 팔려 있던 때라 떠올릴 수가 없었습니다.

"하지만 이상하네. 갑자기 바꿔 달라고 하다니……. 수상하지 않아?"

"어쩐지 행상인 같은 차림이었어. 배달원?"

"결국 102호실에 있잖아. 관광을 온 것도 아닌 것 같은데 정말 뭐 하는 사람일까?"

(102호실이라……. 좋아.)

더욱이 불평이 이어집니다.

"관광인지는 모르겠지만 201호실의 2인조도 이상해. 계~속 룸서비스로 요리만 부탁한다니까아."

"요리 가져갔더니 방에서 엄청난 양의 식사를 한 다음이었어. 뭔가 기르고 있는 거 아닐까?"

"설마아."

(그리고 201호실이라…….)

한차례 불평을 토한 객실 담당은 후련한 표정으로 호텔에 돌아갔습니다.

두 사람의 등을 배웅한 다음, 리호는 말을 쓰다듬으며 혼잣말을 했습니다.

"꽤 유익한 정보 아닐까? 트집을 잡아서 스위트룸을 캔슬한 손님에, 뭔가 기르고 있을지도 모르는 2인조라."

마치 동의하는 것처럼 말이 푸르륵 울었습니다.

"어디, 그러면 얼른 일을 끝내고…… 사건의 범인을 붙잡아서……. 셀렌 양이 즐기고 있는 맞선도 끝내 줘야겠어."

이대로 방치하면 어디까지 갈지 알 수 없는, 그 머리의 나사가 풀린 스토커를 우려한 리호는 기합을 다시 넣고 마구간 청소로 돌아갔습니다.

장면이 바뀌어 로이드와 셀렌의 가짜 데이트 현장입니다. 둘은 인공 호수와 편백나무 숲의 아름다운 자연이 돋보이는 공원을 걷고 있었습니다.

셀렌은 기분 좋게 로이드에게 바짝 기댔습니다. 황홀한 눈으로 로이드의 옆모습을 뚫어져라 보고 있군요. 경치도 조금은 봐주죠.

"웃후후~응."

그녀는 경치는 팽개치고 팔짱 같은 걸 끼고는 로이드를 마구 탐닉하고 있었습니다.

아동복처럼 어색한 양복 차림의 로이드와 파란 드레스의 셀렌은 그대로 팔짱을 끼고 호숫가를 산책하고 있습니다.

"셀렌 씨…… 조금 창피해요."

"로이드 님, 맞선 데이트니까 이 정도는 해야 한답니다."

팔에 자기 가슴을 꾸우욱 밀어붙이는 셀렌에게 로이드는 마구 당혹했습니다.

"예쁜 호수네요, 로이드 님."

참고로 시선은 계속 로이드를 보고 있습니다. 분명히 마음의 눈으로 호수를 보고 있는 거겠죠.

"아, 네."

쑥스러운 기색으로 담백하게 대답하는 로이드에게 셀렌이 불평을 했습니다.

"그럴 때는 그대가 더 아름답다고 말해주시면 맞선 데이트로서 최고랍니다."

"차, 창피한데요."

"연기랍니다, 로이드 님. 마음을 담아 주시지 않으면 부자연스러워진답니다."

"그, 그대가 더 아룸다우요……."

무모한 요구에 열심히 응답하는 로이드. 창피함에 발음도 뭉개졌지만 열심이군요.

"크으! 원 모어! 플리즈!"

그런 기색을 읽어내지 못하는 셀렌이 다시 한번을 요구했습니다. 부자연스럽군요.

"그, 그대가 더 아름다워요……."

"멋져요! 결혼하죠!"

셀렌의 행동은 더욱 단계가 올라가서, 구입한 아이스크림을 서로에게 먹여 주는 간접 키스 같은 걸 시작해 버렸습니다. 뭐랄까, 접대를 보고 있는 기분이 드는군요.

그런 식으로 일방적으로 셀렌이 즐기는 행위에 난처해진 로이드. 흐름을 끊으려고 홀에서 있었던 일을 화제로 꺼냈습니다.

"갑자기 셀렌 씨가 있어서 깜짝 놀랐어요."

"저도 그렇답니다. 손을 더럽히지 않아서 다행이에요."

"더럽혀요……?"

"아아, 상관없는 이야기랍니다, 우후후."

자칫하면 내일 조간신문의 헤드 라인이 「호텔 레이요카쿠 살인사건」이 될 참이었다는 것은, 로이드는 모르는 편이 좋겠죠.

고개를 갸웃거리면서, 로이드는 홀에 있던 사무원 같은 남성과 어떤 관계인지 물었습니다.

"그런데, 그 옆에 있던 사람이 혹시 셀렌 씨의 아버지인가요?"

로이드가 꺼낸 화제에 셀렌은 노골적으로 싫은 표정을 지었습니다.

"네, 바라던 바는 아니지만 아버지랍니다."

"바라던 바가 아니라고요?"

로이드의 물음에 셀렌은 봇물이 터진 것처럼 친가에 대한 불만을 입에 담았습니다.

취미인 골동품 모으기 때문에 어렸을 때 저주받은 벨트를 장비해 버려서 지독한 꼴을 당한 일. 그 탓에 방에 틀어박히게 된 일. 그리고 저주받은 벨트가 풀렸다는 걸 알더니 불러내서 맞선을 보라고 한 일. 입가에 거품을 물면서 셀렌이 말을 토해냈습니다.

"…………이렇게 된 거랍니다! 뭘까요! 저주가 풀렸으니까 결혼을 하라니! 덕분에 알란 씨랑 맞선을 보게 됐어요!"

"걱정돼서 그런 거예요."

차근차근 달래는 로이드. 셀렌은 복잡한 표정이었습니다.

"그게 아니랍니다……. 적어도 지금의 아버님은…… 옛날에는 좀 더……."

그 표정을 보고 아버지를 완전히 미워하지 못하는 걸 짐작한 로이드가 상냥하게 웃었습니다.

"아하하. 하지만 아버지가 있는 건 좋네요. 저는 없으니까 부러워요."

그 말에 셀렌은 로이드에게 부모님이 없다는 걸 떠올리고, 송구한 기색을 보였습니다.

"죄, 죄송해요……. 잊고 있었답니다……."

"아, 아니, 신경 쓰지 마세요. 저는 그 대신 마을 사람들이 있었으니까요. 촌장님에 피리도 할아버지에 나무꾼 아저씨랑 쇼우마 형…… 응?"

그때 로이드는 엉덩이 부근에 위화감이 들어 대화를 멈췄습니다.

"왜 그러시나요? 로이드 님."

"아뇨. 벌레한테 물린 걸까요? 뭔가 따끔했어요."

엉덩이를 문지르는 로이드, 셀렌은 로이드의 동그란 엉덩이에 시선을 준 다음…… 발치에 있는 삼각추 모양의 물체를 발견하여 주웠습니다.

"어머? 이건?"

"왜 그러세요? 셀렌 씨."

"——아뇨, 로이드 님은 신경 안 쓰셔도 돼요."

그녀는 빤히 그 물체—— 바람총의 탄을 응시했습니다. 때때로 냄새를 맡는 등 뭔가를 확인하는 모양입니다.

갸우뚱하는 로이드. 셀렌은 중얼중얼 말했습니다.

“신경계 수면약……. 얼빠진 사람이군요……. 로이드 님한테 그런 건 안 통한답니다. 제가 지나온 길인걸요……. 상대는 로이드 님 초보자……… 그에 더해서 희미한 입술연지 냄새……. 새로운 도둑고양이의 예감이 든답니다……. 잠깐 풀어두도록 하죠…….”

뒤숭숭한 단어가 뒤섞인 추리를 마친 셀렌에게 로이드가 걱정스레 말을 걸었습니다.

“저기? 셀렌 씨?”

“……괜찮답니다, 로이드 님. 아, 그렇죠! 저 잠깐 화장실 다녀올게요! 로이드 님은 저기 있는 족욕탕에서 기다려 주시어요.”

셀렌이 말하고 로이드와 헤어졌습니다.

갑자기 남겨진 로이드는 고개를 갸웃거리더니, 그녀의 말에 따라 족욕탕으로 갔습니다.

“으엑, 진짜냐……? 수면약이 안 통해?”

그리고 이쪽은 셀렌 말에 따르면 「로이드 초보자」인 해결사, 키쿄우 씨 사이드입니다.

그녀는 이번에 수면약으로 로이드를 재우고 대 트렌트용 향초연고를 바르고자 했습니다.

그러나 결과는 보시는 것처럼 팔팔하군요.

"맹수도 10초면 잠들어 버리는 약인데……. 트렌트는 숙주한테 그런 내성까지 주는 거야? 스레오닌 나리는 그런 말 한마디도 안 했는데……."

멍해진 키쿄우였지만 실제로 팔팔한 그를 보며 받아들이는 수밖에 없었습니다. 물론 로이드는 트렌트가 기생하지 않아도 독 같은 건 일절 효과가 없는 체질입니다.

현실을 받아들인 키쿄우는 어떡할까 고민하며 손에 든 병으로 머리를 긁적였습니다.

트렌트를 퇴치할 수 있는 향초. 그것을 병에 담아둔 것이라 병의 틈으로 허브인지 잼인지 알 수 없는 스파이시한 향기가 키쿄우의 코를 자극했습니다.

"오케이, 키쿄우. 이럴 때는 자기가 해야 할 일을 재확인한다."

키쿄우는 그렇게 말하고 날카로운 눈매로 시시덕거리는 두 사람을 바라봅니다……. 다른 사람이 보면 질투에 불타는 스토커로군요.

"트렌트가 기생한 로이드 소년을 구하게, 틈을 봐서 이 향초를 바른다."

그렇게 말한 다음에 머리를 감싸 쥐었습니다.

"말은 그렇지만 말이지……. 상대는 트렌트의 숙주가 된 피지컬 괴물이야……. 거기다 자각도 없단 말이지."

일부러 자기 몸이 위험해지는 걸 감수하면서 저 애를 구할 의무는 없다.

키쿄우는 그렇게 생각했지만, 그의 부드러운 미소가 머리에서 떨어지지 않았습니다.

"……부조리하게 말려든 애를, 버릴 수도 없는…… 거겠지."

기회를 보고 있는데, 로이드가 족욕탕에 들어갔습니다. 그리고 아무래도 셀렌은 마실 것이라도 사러 가는 모양입니다. 그 자리에서 물러갔습니다.

"기회다."

족욕을 하며 심신이 모두 긴장이 풀린 상태. 그 등 뒤로 몰래 다가가 몸에 바른다.

키쿄우는 발 빠르게 로이드에게 다가갔습니다.

숨을 죽이고, 기척을 끊으며 관광객의 소란 속에 뒤섞이면서.

병의 뚜껑에 손을 댄 다음 순간이었습니다.

"아, 역시 키쿄우 씨다."

앞으로 몇 미터 남은 장소에서, 로이드는 그녀에게 반응하여 돌아보았습니다.

"흐으으!"

미처 말로 표현되지 않는 목소리. 기척을 죽이는 기술에 자신이 있었던 키쿄우는 기겁을 했습니다.

"왜 그러세요?"

"아, 응. 그~게, 지금 휴식 시간이거든. 마침 로이드 소년의 모습이 보이길래. 선배로서 좀 놀라게 해 줄까 생각했는데 실패로 끝나 버렸네."

"그랬었나요? 죄송해요. 아는 사람 기척이길래 돌아봤어요."

"아, 응. 기척이구나, 응."

맹인 검사 같은 감지 능력에 키쿄우의 입가가 움찔거렸습니다.

(트렌트는 이렇게까지 숙주를 강화하는 건가…… 나리! 미리 좀 가르쳐 주라고!)

가슴 속으로 스레오닌에게 독설을 뱉는 키쿄우. 그때 로이드가 그녀의 손에 들린 병을 보았습니다.

“키쿄우 씨, 그 병은 뭐예요?”

“아, 아아. 이거 말이지……. 그러니까.”

완전히 기세가 꺾여 버린 키쿄우는 잘 얼버무릴 말을 필사적으로 찾았습니다.

“그게 말이지. 이래저래 열심히 하는 로이드 소년에게 선배가 마사지를 해 주려고 생각해서.”

키쿄우는 너무나 엉뚱한 자기 말에 무심코 말한 순간 마음속으로 ‘마사지라니 뭔 소리래.’ 라며 셀프 딴죽을 걸었습니다.

이런 말을 하면 분명히 기겁할 거라고 생각하며, 키쿄우는 로이드의 얼굴을 들여다보았습니다.

그러나…… 그는 어째선가 기겁하긴커녕 진지한 눈빛으로 깊숙하게 고개를 끄덕이는 것이었습니다.

“마사지군요. 저도 마침 제대로 된 마사지를 알고 싶다고 생각했어요. 공부하고 싶어요, 선배.”

긍정적인…… 너무 좋은 대답에 오히려 말한 본인이 깜짝 놀라고 있네요.

“어? 어째서?”

“제가 아는 마사지는 아무래도 법률 위반인 모양이에요……. 부탁드려요, 저를 구하는 셈 치고 올바른 마사지 방법을 가르쳐 주세요.”

“아, 응.”

키쿄우의 ‘법률을 위반하는 마사지라는 건 또 뭐고?’ 라는 의문을 삼켜 버릴 정도로 로이드는 열의가 가득했습니다. 족욕탕의 김조차 그의 열의가 아닌가 싶을 정도입니다.

깨닫고 보니 의자에 정좌해서는 손을 모으고 고개를 숙이는 로이드.

뺨으로 머리를 긁적이는 키쿄우. 너무 전개가 매끄러워서 석연치 않은 일이 흔히들 있단 말이죠.

“……그러면, 응. 선배한테 맡기렴.”

그렇지만 이 흐름을 거스를 이유가 없는 키쿄우, 그리하여 대중들이 보는 앞에서 마사지 수업이 시작됐습니다.

“그러니까, 일단 엎드릴까요?”

“아, 아니, 그대로 상체를 일으키고 있어도 돼.”

“그런가요! 역시 올바른 마사지는 다른 거군요!”

“어어 그리고…… 옷을 벗어 주면 좋을 텐데.”

“아, 그건 똑같네요.”

그리고 아무 주저 없이 팬티 한 장이 되는 로이드. 진지해진 나머지 주위를 신경 쓰지 못하는 모양입니다.

키득키득 주위에서 작은 웃음소리가 들렸습니다. 그야 족욕탕인데 옷을 벗고 있으면 다들 웃겠죠.

(정말이지, 누군지는 모르지만 터무니없는 마사지를 가르쳤네……. 완전 악당이잖아.)

완전 악당, 정곡을 찌르고 있군요. 흑발 트윈테일 로리 할망구니까요.

어쩐지 가엽다는 생각이 든 키쿄우는 재빨리 해방해 주고자 향초가 든 병의 뚜껑을 열기 시작했습니다.

"그건 뭔가요?"

"…………마사지 오일이야."

팬티 한 장의 소년에게 대낮에 당당하게 오일 마사지를 한다는 행위에 키쿄우도 좀 켕기긴 했지만 사안이 사안입니다.

팬티 한 장 입고서 뚫어져라 쳐다보는 로이드. 키쿄우는 조금 창피한지 쑥스러워했습니다.

"눈, 감고 있을래?"

그리고 이렇게 말하며 있는 힘껏 미소를 짓고 눈을 감도록 재촉했습니다.

죄송해요. 한마디를 흘린 로이드는 눈을 꼭 감았습니다. 로리 할망구가 봤다면 귀엽다 귀여워를 끝도 없이 연발했겠죠.

(아~. 이상한 기분이 들기 전에 처리해야지.)

죄책감 같은 게 이래저래 싹트기 시작한 키쿄우는 재빨리 손에 연고를 펴 바르더니 옆구리부터 로이드의 몸을 만지기 시작했습니다.

뭐라 말하기 어려운 소년의 교성을 듣고서, 얼굴이 새빨개지면서도 스레오닌이 말한 묘목 부분을 찾고자 했습니다.

그러나 도무지 그럴듯한 것이 보이지 않습니다. 등, 겨드랑이 아래, 장딴지 등을 꼼꼼하게 마사지해도 매끈하니 티 없는 피부의 감촉밖에 없습니다. 뭐 그렇겠죠. 기생 같은 거 안 당했으니까요.

(어, 없어…… 잠깐, 설마.)

그리고 키쿄우는 만지지 않은 마지막 부분—— 팬티를 보았습니다.

(아무리 그래도…… 아니…… 가능성은…… 거기밖에 없잖아…….)

식물의 싹이 있어도 자연스러운 장소…… 그녀는 로이드의 팬티 속으로 손을 뻗으려고 했습니다.

그때였습니다. 마사지하는 키쿄우의 등 뒤에서 살기가 풍겼습니다.

"——윽."

원념, 원한. 이 세상 모든 부정적인 감정을 졸여서 농축한 것 같은 기척에 손가락 끝까지 한순간에 싸늘해졌습니다.

(위험해.)

욕탕의 물보라를 튀기면서 도약하는 키쿄우. 그 자리를 피로 물든 것처럼 빨간 벨트가 휩쓸었습니다.

족욕을 하던 사람들이 술렁거리는 가운데, 거무죽죽한 아우라를 두른 셀렌이 한 걸음 한 걸음 증오를 담으면서 이쪽으로 걸어오고 있었습니다. 트레이드 마크인 저주받은 벨트—— 옛날에 그녀를 좀먹고 있던 아티팩트이며, 지금은 신축자유자재인

공수에 빈틈이 없는 무구입니다.

아까까지는 웨스트 리본처럼 귀엽게 정돈되어 있었지만, 지금은 그녀의 살기에 호응하는 것처럼 꿈틀거립니다. 뜨거운 음식 위에 뿌린 가다랑어포를 상상해 보세요. 그런 느낌입니다.

조금 귀여운 예를 들었지만 셀렌의 안면은 상당히 엄청난 상황입니다. 피눈물이 흘러도 이상하지 않은 형상이군요.

"죽어."

짧은 말과 함께, 그녀의 느릿한 움직임에 어울리지 않게 예비동작이 없는 가로 휩쓸기 공격.

키쿄우는 회전을 섞으면서 뒤로 물러나 거리를 벌렸습니다.

"이건 대체……."

"관광지에는 자주 해충이 생긴다고 들었지만……. 이렇게까지 노골적인 해충이 있을 줄은 몰랐답니다……. 이제 변명할 수 없답니다죽어어어어!"

정서불안정 스토커입니다, 네.

그녀를 옹호하는 건 아니지만, 누가 사랑하는 사람을 이런 식으로 팬티 한 장 입힌 채 온몸을 더듬고 있으면 화가 나는 것도 무리는 아니죠. 뭐, 원인은 로리 할망구지만요.

살기가 듬뿍 담긴 공격에 주춤거리는 키쿄우는 몸을 뒤집어 간신히 회피.

셀렌은 멈추지 않고 추가 공격을 합니다. 허리춤에서 뻗은 저주받은 벨트가 날카롭게 바람을 가르며 뻗어 나갑니다.

그 전투 사이에 끼어 있는 형태가 됐던 로이드는 동그란 눈을 천천히 뜨기 시작했습니다.

“저기 대체 무슨 일이…….”

“죽어어어어!”

상대를 붙잡고자 촉수처럼 뻗는 저주받은 벨트. 로이드의 양 옆구리를 스치고 키쿄우에게 덤벼들었습니다.

“크! 이제 조금 남았는데!”

키쿄우는 품속에서 나이프 같은 것을 꺼내 저주받은 벨트에 휘둘렀습니다.

타앙 하는 경쾌한 소리와 함께 벨트가 쭉 당겨지지만 성수 브리트라의 가죽을 이용한 아티팩트가 그런 걸로 멈출 리 없었습니다.

“흡!”

셀렌의 허리춤에서 기합이 전달된 것처럼 나이프를 날려버렸습니다. 그리고 그대로 벨트는 키쿄우의 몸을 휘감았습니다.

“위험해! ……이렇게 되면!”

그 찰나, 키쿄우는 고통스러운 표정을 지으며 몸을 꿈틀거렸습니다. 그리고 으득으득 기분 나쁜 소리를 내면서 휘감긴 벨트에서 빠져 나왔습니다. 아무래도 몸의 관절을 풀어서 틈을 만들어 도망친 모양입니다.

“뭐라고요!”

예상 밖의 행동에 동요하는 셀렌.

키쿄우는 그 틈을 놓치지 않고, 도주에서 공세로 전환하여 단숨에 셀렌의 품으로 파고들었습니다.

육박한 순간, 셀렌의 허리에 손을 돌리고 백드롭을 시전합니다.

공원의 포장된 돌바닥에 뒤통수를 부딪치면 그걸로 끝.

"……해치웠나? 어? 거짓말!"

그러나 셀렌은 노 대미지. 반사적으로 저주받은 벨트를 쿠션으로 만들어 뒤통수를 지켰습니다.

"던지기에는 씁쓸한 경험이 있어요…… 그럼 죽어!"

셀렌은 아무 일도 없었던 것처럼 일어나더니, 또다시 벨트로 공격을 뿜어냈습니다.

"이, 이 괴물은 뭐야?"

이런 녀석을 상대로 도망칠 수 있을까? 키쿄우가 후퇴를 고려할 때였습니다.

"제대로 된 마사지는 이렇게 과격하네요. 뒤통수를 바닥에 때려 박거나……."

이 일련의 흐름을 보고 감탄한 기색의 로이드. 그리고 그는 팬티 한 장이었습니다.

"로이드 님은 물러서 주세요……. 힐끔힐끔."

전혀 집중을 못하네요. 팬티 한 장의 로이드가 온천의 김 사이로 보였다 말았다 하니까요.

(아, 빈틈투성이가 됐다.)

이 틈을 놓칠 수 없지! 키쿄우는 재빨리 도망쳤습니다.

"어라? 키쿄우 씨 가 버렸네요."

멍하니 말하는 로이드. 곧장 셀렌이 그의 곁으로 달려왔습니다.

"로이드 님! 대체 이건 어떻게 된 일이죠! 어떤 경위로 팬티 한 장인 모습이!"

시선이 아래쪽이군요.

"아뇨. 아까 그분은 아는 사람인데요. 본고장의 마사지를 배우고 싶어서요."

"경위는 잘 모르겠지만, 어쨌든 이상한 연고로 범벅이랍니다……. 저기 있는 가게에서 한숨 돌리고 몸을 닦아내죠."

셀렌은 시선을 아래쪽으로 유지한 채, 가까운 휴게소로 로이드를 유도했습니다. 옷은 안 입히고 눈 보신을 하면서요…….

로이드 또한 열심히, 아까 본 본고장 마사지(웃음)를 머릿속으로 반추하느라 옷을 입을 타이밍을 놓쳐 버린 모양입니다.

"과연, 그게 본고장 마사지…… 이렇게 해서…… 이렇게…… 어, 셀렌 씨! 저 아직 옷을……."

두 사람은 그대로 식당을 겸하고 있는 선물 가게에 들어섰습니다. 편백나무 공예품이나 작은 가구 따위 말고도, 산에서 캘 수 있는 산나물 따위를 봉투에 담아서 판매하고 있습니다.

식당 의자에 앉은 두 사람을 고소한 빵의 향기가 맞이해 주었습니다. 커다란 가마에서 구워낸 빵에 치즈를 올린 피자에 가까운 음식이 주요품목인 모양입니다.

가족들이 화기애애하게 즐기는, 그런 식당.

그곳에 나타난 팬티 한 장의 소년과 저주받은 벨트를 꿈틀거리는 소녀. 드레스 코드가 필요한 가게였다면 문전박대가 틀림없습니다.

주위의 시선이나 모자의 "엄마~ 저거 뭐야?" "쉿, 보면 안 돼요.” 처럼 정석적인 대화를 신경 쓰지 않고 당당한 셀렌과 팬티 한 장이라서 창피한 로이드는 비어 있는 자리에 앉았습니다.

“저기…… 이제 그만 옷을 입고 싶은데요…….”

“그 전에 로이드 님, 몸을 닦아야 한답니다.”

셀렌은 주저 없이 테이블의 물수건으로 로이드의 몸을 닦기 시작했습니다. 그야말로 정성스레, 사랑스러운 무언가를 쓰다듬는 것 같군요.

“잠깐, 셀렌 씨. 이제 말랐으니까 그렇게 꼼꼼하게 안 닦아도 괜찮아요…….”

“하지만 안 닦으면 턱시도를 입을 수가 없답니다. 빌린 것 아닌가요?”

“우우, 더럽히면 안 되니까요. 세탁비도 꽤 비쌀 거고.”

팬티 한 장이 되어서도 세탁물 걱정. 관광지에서도 1등 색싯감이란 건 건재하군요.

상대의 약점을 파고든 셀렌은 참으로 멋진 미소를 지으며 방금 구입한 애차를 세차하는 오너처럼 구석구석 물수건을 움직였습니다.

“어머, 물수건이 부족하네요…… 저기요! 물수건을 한 다스 가져다주세요!”

평생에 한 번 들을까 싶은 ‘물수건 한 다스 요구’를 들은 점원이 고개를 갸웃거리지만, 셀렌의 어둠을 품은 눈빛에 겁을 먹고 뒤로 재빨리 달려갔습니다.

그때였습니다. 물수건을 기다리는 셀렌의 등 뒤로 누군가 몰래 다가왔습니다.

"――난처하신 모양이군요. 괜찮다면 제 물수건을 쓰세요."

"어머, 고맙습니다. 그러면 로이드 님, 하던 일을 계속―― 아뜨거! 이거 뜨겁답니다아!"

상대를 보지도 않고 내민 물수건을 붙잡은 셀렌은 이상하게 뜨거운 물수건 탓에 캐릭터에 안 맞는 리액션을 보였습니다.

"잠깐! 뭔가요! 이 물수건은!"

"손님. 우리 가게는 그런 가게가 아니니 그런 행위는 삼가 주세요."

항의하려던 셀렌이 돌아본 곳에, 삼백안의 눈을 게슴츠레 뜨고 바라보는 리호가 버티고 서 있었습니다. 미스릴 의수로 불의 마법을 써서 뜨끈뜨끈하게 데운 모양이군요.

"어머, 리, 리호 씨."

"리호 씨!"

"꽤나 즐거운 모양이네, 셀렌 양. 내가 말뚱이랑 놀고 있는 사이에 말이야."

리호는 털푸덕 의자에 앉더니 물수건을 대량으로 가져온 점원에게 커피를 주문했습니다.

"너, 대체 얼마나 저속한 짓을 하려고 한 거야……? 맞선 데이트에서 어떡하면 이렇게 되는데?"

리호는 연고 범벅이 된 로이드와 대량의 물수건을 질색하며 보았습니다.

"아니랍니다! 이건 필연이라고 할까요! 이상한 여자가 로이드 님의 몸에 오일을 바르기 시작했어요!"
"설마. 너도 아닌데."
"평소에 저를 어떤 눈으로 보고 있는 건가요!"
여담이지만 셀렌 헴아엔은 사관후보생인데 순찰을 도는 군인의 블랙리스트에 실려 있습니다. 어엿한 스토커로 말이죠.
"그래서, 로이드. 어째서 팬티 한 장인데? 또 셀렌 양이 발작을 일으킨 거야?"
관자놀이를 누르면서 로이드에게 물어보는 셀렌. 그는 고개를 옆으로 저었습니다.
"아뇨. 제대로 된 마사지를 알고 싶어서 배우고 있었어요."
"그렇군. 그러면 어쩔 수 없지."
리호는 간단히 납득했습니다.
"이 대화 이상하지 않은가요! 평소의 리호 씨라면 좀 더 이렇게…… 확 딴죽을 걸었을 거랍니다!"
보기 드물게 정론을 말했지만 리호는 진지한 표정을 무너뜨리지 않았습니다.
"아니, 지금 로이드에게는 시급하게 올바른 마사지를 알 의무가 있어."
"올바른 마사지를 알 의무라는 건 뭔가요? 터무니없는 파워워드랍니다."
셀렌과 리호가 대화하는 사이에, 로이드는 물수건으로 몸을 꼼꼼하게 닦고서 턱시도로 돌아왔습니다.
"죄송해요. 기껏 사관후보생이 됐는데 체포당할 수는 없으니까요."

"로이드 님? 마사지랍니다?"

진지한 표정으로 앉은 로이드와 리호를 보며, 셀렌은 석연찮은 표정으로 의자에 앉았습니다.

"뭐, 그건 그렇다 치고……. 일단 휴식 시간이라서 와 봤는데 말이지. 어때? 뭔가 이상한 점이나 깨달은 점 같은 거 있어?"

커피를 홀짝이면서 정보교환을 요구하는 리호.

"그렇네요. 로이드 님의 품속이 따뜻했답니다."

리호는 씁쓸한 표정을 지었습니다. 커피 탓이 아닐 겁니다.

"……일단 물어보는데 이번 일의 목적은 알고 있겠지?"

"로이드 님과 기정사실이죠! …………저기, 혼수 사건의 조사랍니다."

즉답이군요.

"말 앞부분의 너는 참 멋진 미소를 지었는데. 뭐 떠올리긴 했으니 좋다 치자구."

누가 뭐래도 리호는 그녀에게 무릅니다. 그리고 리호는 다음으로 로이드를 돌아보았습니다.

"그러면, 로이드한테는 기대를 해봐야지. 뭔가 깨달은 점 같은 거 있어?"

"그, 그러니까."

"사소한 거라도 괜찮아. 사건이랑 관계가 있을지도 모르니까."

"그러니까…… 그러고 보니 얇은 옷을 입은 사람이 늘어났네요."

"여름이 살며시 다가오니까."

로이드의 목가적인 대답에 리호는 관자놀이를 짓눌렀습니다.

"죄송해요. 로이드 님과 데이트를 즐겼을 뿐이랍니다."

아니, 아마도 즐긴 건 셀렌뿐일 겁니다. 리호는 시간이 오래 걸릴 것 같다고 짐작하며 커피 리필을 주문했습니다.

"결국 제대로 조사한 건 나뿐이잖아……."

"과연 리호 씨네요! 의지가 돼요."

존경스러운 눈빛으로 테이블에 몸을 내미는 로이드. 싫지 않은 기색의 리호는 쑥스러움을 감추고자 커피를 마셨습니다.

"이게 바로 신뢰를 얻는다는 거야. 셀렌 양."

리호는 승리를 뽐내는 표정으로 셀렌을 보았습니다. 그에 비해 셀렌은 분한 기색이군요.

"으그그……. 정말로 유익한 정보겠죠?"

"그래."

리호는 씨익 웃으며 품에서 메모용지를 꺼냈습니다.

"일단 102호실의 손님이야. 당일에 스위트룸을 갑자기 캔슬했어. 듣자니 방의 이름이 마음에 안 든다는 이상한 클레임을 걸었다던데. 알란이 쓰러지기 전이야."

"그건 묘하네요……. 방의 이름이 리호라고 붙어 있던 것 아닐까요?"

"아~ 셀렌이라는 이름이었다면 또 모르지."

서로 노려보는 두 사람.

"……다음은 201호실의 숙박객이야. 듣자니 범상치 않은 양의 음식을 주문했다던데. 2인조지만 뭔가 기르고 있는 걸지도 모른대."

"혹시 그게 몬스터라면……."

"그래, 빙고지. 설령 몬스터가 아니라도 애완동물 동반은 거절하는 게 규정이야. 전용 케이지에 넣어서 소정의 방에서 별도 요금을 청구하는 게 본 호텔의 대응이다."

완전히 호텔맨이 다 됐네요.

"리호 씨, 굉장하네요. 호텔 일을 완벽하게 소화하고 있어요."

"뭐, 용병은 이런저런 일을 하니까. 경험이 실력으로 이어지는 거야."

로이드에게 받는 신뢰가 하늘을 뚫을 기세로 급상승하는 리호.

셀렌은 그것이 재미없는지 회의적인 시선을 그녀에게 보냈습니다.

"흐흠. 분명히 그게 정말이라면 굉장하지만요."

"뭔데, 셀렌 양. 의심하는 거야? 분명히 본 호텔의 주의 사항에 애완동물은——."

"호텔 이야기가 아니라 그 소문이랍니다. 그 정보, 거짓말인지 아닌지 꾸며냈는지…… 이 눈으로 확인해야겠어요."

셀렌의 눈은 완전히 무슨 일이 있어도 트집을 잡아서 상대의 평가를 깎아내리고자 하는 저열한 눈이었습니다.

이걸 기다린 것처럼 리호는 준비한 대사를 말했습니다.

"하하하, 그러면 같이 확인하러 가자—— 맞선 놀이는 끝내고 말이지.”

“네? 끝이요?”

“당연하잖아? 맞선 데이트를 하는 녀석이 어떻게 용의자의 방 안을 조사할 건데? 뭐, 내 고생을 알려주고 싶다는 것도 반쯤 있지만.”

“……완전히 계략에 넘어갔다는 건가요.”

이번에는 리호가 한 수 위인 모양입니다. 셀렌은 반박할 여지가 없어서 “으그그.” 하고 신음하는 수밖에 없었습니다.

“좋아. 정해졌으면 얼른 호텔로 돌아가자. 아아 그렇지, 셀렌 양. 호텔 베드 메이킹 담당으로 위장해서 수상한 녀석이랑 접촉할 거니까 그 드레스는 갈아입어.”

“크으, 알겠답니다. ……뭐 하지만 로이드 님과 같은 직장에서 일한다. 직장 결혼의 이미지 트레이닝에 도움이 될 것 같으니 긍정적으로 생각하겠어요.”

“너무 긍정적이라서 언젠가 체포될 거야, 셀렌 양…….”

앞선 말을 취소하죠. 뭐든지 로이드 관련으로 변환할 수 있는 셀렌이 어떤 의미로 한 수 위인 모양입니다.

크림색 원피스와 하얀 앞치마를 두른 리호와 셀렌. 로이드는 일단 호텔맨의 옷으로 갈아입고, 청소용 카트를 밀고 돌아왔습니다.

스위트룸이 있는 층과 달리 장식품이 적은 심플한 복도를 걸어서, 세 사람은 그 102호실 앞에 도착했습니다.

리호가 작은 소리로 작전을 재확인합니다.

"일단 나랑 셀렌이 베드 메이킹을 가장해서 안으로 침입할 거야."

"상대가 도망치려고 하거나 위협을 하려고 하면 제가 뒤에서 돕는 거죠."

"그리고 로이드 님의 도움을 받는 저…… 그걸 계기로 두 사람은——."

누구 한 명은 다른 작전을 꾸미고 있는 모양입니다.

"——이 녀석 말하고 존재는 무시해. 어쨌든 로이드는 복도에서 보고 있어."

"어, 아, 여, 열심히 할게요."

셀렌이 하는 말의 의미를 잘 모르는 로이드는 긴장한 기색으로 복도 모퉁이에 숨었습니다.

"——아아 로이드 님. 이런 복도 한가운데서, 안 된답니다아."

"이제 슬슬 돌아와, 셀렌 양."

리호가 머리를 긁적인 다음, 셀렌의 볼을 살짝 당겨서 현실로 되돌렸습니다.

"준비는 만전이랍니다! 미래를 바라보는 분명한 계획성과 행동력! 그리고 꿈을 현실로!"

어딘가의 기업 슬로건 같은 말을 외치는 셀렌. 리호는 '의욕이 있다면 뭐 괜찮겠지.' 라며 익숙한 느낌으로 마음을 전환하고 문 앞에 섰습니다.

똑똑. 가볍게 노크. 그리고 안쪽으로 말을 겁니다.

"저기~. 죄송합니다."

조금 지나서, 102호실의 문이 열렸습니다.

안에서 갈색 피부와 단정한 생김새의 청년이 나타났습니다. 셔츠 한 장과 움직이기 편한 바지. 등산용 튼튼한 신발. 탄탄한 몸을 가졌으며 배낭여행족이나 뭔가 몸을 쓰는 일을 하는 분위기였습니다.

"응? 뭔가요?"

의지가 강해 보이는 눈으로 의문스레 리호와 셀렌을 교대로 보았습니다.

"베드 메이킹을 하러 왔습니다."

자기들 목적을 눈치 못 채도록, 리호가 자연스럽게 거짓말을 했습니다.

청년은 아무렇게나 흐트러진 짧은 머리칼을 매만지며 대답했습니다.

"이상한걸. 부탁한 적 없는 거 같은데."

"죄송합니다. 저희가 신입이라서……. 하지만 기왕 왔으니 괜찮으시다면 방을——."

조금 억지로 안을 들여다보려는 셀렌. 청년은 턱에 손을 대고 뭔가 생각한 다음, 그녀들의 얼굴을 들여다보았습니다.

"헤에. 꼭 방 안에 들어가서 청소를 하고 싶구나."

"네, 그렇죠."

뭔가 속뜻이 있는 말투에 셀렌은 약간 허둥댔습니다. 리호는 마음속으로 혀를 찼습니다.

"과연 그렇구나……. 어쩐지 알겠어."

청년의 단정한 얼굴이 씨익 일그러졌습니다.

"아, 아시는 건가요?"

양자 사이에 흐르는 긴장감.

"아아, 그러니까 너희는——."

(아차, 들켰나.)

로이드에게 신호를 보내려고 체중을 뒤로 기울인 다음 순간이었습니다.

"뜨거운걸!"

""네?""

청년은 함박웃음을 지으며 엄지손가락을 세우더니 명랑한 음성으로 말했습니다. 예상 밖의 말에 셀렌도 리호도 당황을 감출 수가 없었습니다.

그런 것 따위는 상관하지 않고, 청년이 미소를 짓더니 그래그래 고개를 끄덕이며 지론을 전개하기 시작했습니다.

"방을 잘못 찾아왔지만! 베드 메이킹은 하고 싶다! 자기 스킬을 갈고 닦아 경력을 쌓고 싶다! 청소가 너무 좋다! 솟아오르는 땀! 그리고 정열! 뜨거운 사람은 좋아하거든!"

"네, 네에, 뭐."

솟아오르는 땀이란 워드에 의문을 가졌지만, 이 청년의 기세는 멈추지 않아서 두 사람은 딴죽을 걸 수가 없었습니다.

열변을 늘어놓은 청년은 거창하게 고개를 흔들더니 축 어깨를 늘어뜨렸습니다.

“그러나 유감이지만 내 방은 그렇게까지 더럽지가 않아……. 좋아, 알았어! 잠깐 좀 어지르고 올게! 솟아오르는 땀은 조금만 기다려줘!”

그리고 청년은 미안한 기색으로 고개를 숙이더니, 얼른 방으로 돌아갔습니다.

어안이 벙벙한 일동. 그리고 조금 지난 다음, 리호가 경탄의 소리를 질렀습니다.

“윽! 당했다!”

“뭐, 뭔가요? 리호 씨까지 커다란 소리로.”

갑자기 큰 소리를 낸 리호에게 셀렌이 깜짝 놀란 표정입니다. 아까 그 청년에게 옮은 건가 생각한 거겠죠.

리호는 분한 기색으로 이마를 눌렀습니다.

“지금 분명히 사건의 증거를 은폐한 다음에 도망치고 있을 거야! 안 그러면 어지간히 바보든가! 이상하잖아! 일부러 방을 어지르는——.”

그런 리호의 말 도중에 함박웃음의 상쾌한 갈색 훈남이 치아를 반짝이면서 문을 열었습니다.

“웰컴! 자, 어지럽히고 왔어 신입들! 의도적으로 어지럽히는 건 태어나서 처음이니까 고생했지! 이야~! 땀! 솟아올랐어!”

“어지간히 바보였네요.”

단정한 생김새의 청년을 리호와 셀렌은 멍청한 개를 보는 것 같은 눈으로 보았습니다.

그때였습니다. 복도 모퉁이에서 이쪽을 살피고 있던 로이드가 뭔가 깨달았는지 놀란 표정으로 걸어왔습니다.
그는 깜짝 놀란 표정으로 청년을 보더니, 천천히 입을 열었습니다.
"……쇼우마 형?"
그 말에 청년은 눈을 동그랗게 뜨고 휘릭 로이드를 돌아보았습니다.
"응? 으응? 혹시…… 로이드니?"
확인을 한 로이드, 함박웃음을 지으며 쇼우마라고 부른 청년에게 안겼습니다.
"와아아! 쇼우마 형, 오랜만이야!"
쇼우마도 로이드를 끌어안고 머리를 쓱싹쓱싹 만져 줍니다.
"로이드! 이야~ 많이 컸잖아!"
사이좋은 형제 같은 느낌의 두 사람을 리호와 셀렌은 따라갈 수가 없었습니다.
"어? 뭐야? 아는 사이야?"
"이 사람은 쇼우마 형인데요……. 콘론 마을 사람이에요."
""……아아.""
셀렌과 리호의 목소리가 한데 모였습니다. 그야 그렇죠. 콘론 사람의 대표, 알카 촌장의 언동이나 브레이크가 망가진 모습을 가까이서 봤으니까요. 아까 그 엉뚱한 행동을 납득해 버린 겁니다.
"쇼우마 형은 콘론 바깥의 물건 같은 걸 이것저것 마을로 가져다줘요."

"배송업자 일을 하며 여행을 해서 바깥의 정보나 유행하는 물건을 가져가는 게 내 일이다 이거지. 그런데 로이드는 뭐 하니? 이 호텔에 취직했어?"

"아니야. 여기는 아르바이트. 지금 아자미에서 수습 군인을 하고 있어."

그 말을 들은 쇼우마는 로이드에게 볼을 비벼댔습니다.

"그렇구나아아아아! 소원을 이뤘구나! 뜨거워! 뜨겁다! 로이드! 축하한다!"

절규가 복도에 울렸습니다. 아, 몇 명이 무슨 일인가 싶어 방에서 얼굴을 내밀었네요.

"저, 저기…… 죄송함다. 다른 손님에게 폐가 되니까."

리호의 말에 쇼우마는 이 또한 커다란 소리로 대답했습니다.

"아아아! 미안 미안! 좋~아! 쌓인 이야기도 있으니 잠깐 방에서 얘기하자!"

"어, 괜찮아?"

"안 될 리가 없잖아. 천천히 얘기하자……. 방을 정리하면서 말야!"

지금 막 어지른 방을 자랑스럽게 안내하는 쇼우마를 보고 조금 질색하는 일동이었습니다.

마치 좀도둑이라도 들었던 것처럼 의복 등이 흩어져 있는 방을 정리하면서, 쇼우마는 들뜬 목소리로 셀렌과 리호에게 말을 걸었습니다.

"헤에, 너희 두 사람 다 로이드의 동급생이구나! 뜨거운걸!"

Nao Watanuki

"네."

동급생이라는 것이 대체 뭐가 뜨거운지. 이 열량을 따라가지 못하는 두 사람은 쓴웃음을 지으며 맞장구를 쳤습니다.

셔츠를 깔끔하게 개면서, 로이드는 소박한 의문을 입에 담았습니다.

"어라? 쇼우마 형은 어째서 여기 묵고 있는 거야?"

"지금 배송업자를 하고 있는데, 여기로 짐을 배송했거든."

"그렇구나, 일이구나."

"꽤 위험한 물건이라서 내가 배송했어. 그러니까 화염병 세 박스, 게다가 특급으로! 분명히 시급하게 불태워 버리고 싶은 뭔가가 있었겠지! 이거 참 뜨거운 일을 하잖아! 그 열의에 감동해서 화려하게 폭발하도록 개량한 마석이 들어간 특별품을 가져왔지! 틀림없이 대폭발하면서 활활 타오를 거야!"

"어머나, 화염병이라니 무섭네요."

"이쪽을 보면서 말해라. 주문한 거 너잖아."

이 녀석 정말로 주문했었구나. 게슴츠레한 시선을 보내는 리호.

두 사람의 대화는 개의치 않고 쇼우마는 이야기를 계속했습니다. 사소한 건 신경 안 쓰는 성격인 모양이군요.

"이야~. 그래서, 경험을 위해 스위트룸에 묵으려고 했었는데……. 싫어하는 사람 이름이 붙은 방이라 미안하지만 방을 바꿔 달라고 했지. 그대로 잤으면 분명히 악몽을 꿨을 거야."

"……돈이 많으시군요."

셀렌의 물음에 쇼우마가 가볍게 대답했습니다.

"돈 같은 건 딱히 큰 가치가 없어. 나한테는 말이지."

그런 상큼한 미소를 보이는 쇼우마에게 리호는 수상쩍은 표정을 보였습니다.

"콘론 사람이지만 전혀 강해 보이질 않네요……."

"아아, 그건 말이지. 일단 그런 기척으로 전환할 수 있거든. 안 그러면 수라장을 헤쳐 나온 사람이나 강한 인간이랑 싸우고 싶어하는 무인들은 눈치를 채니까 귀찮단 말이지. 아, 그리고……."

쇼우마는 날카로운 시선으로 두 사람을 보았습니다.

"콘론을 이용하려는 녀석들도 있고."

한순간…… 아주 짧은 순간 끝 모를 힘의 편린을 보여 주는 쇼우마, 두 사람의 등줄기에 서늘함이 흘렀습니다.

입을 다무는 두 사람. 쇼우마는 웃으면서 사과했습니다.

"미안 미안. 겁줄 생각은 없었어! 옛날에 일이 좀 많았거든. 아하하. 뭐 로이드의 표정으로 짐작하건대, 너희가 그런 사람이 아니라 다행이야."

무시무시함이 느껴지는 웃음을 띤 쇼우마 뒤에서 로이드가 말을 걸었습니다.

"쇼우마 형, 무슨 얘기해?"

"아니아니, 대단한 건 아냐! 좋아! 정리 다 됐다. 그러면 좀 아쉽지만 얼른 여기를 떠나야겠네. 로이드를 쫓아오는 그 사람을 만나면 귀찮으니까."

"그 사람?"

로이드의 의문에 쇼우마는 머리를 쓰다듬으면서 얼버무렸습니다.

"그렇지 로이드. 다시 한번 묻는데, 그 소설은 아직 좋아하니?"

"응. 나 엄청 좋아해. 지금도 다시 읽고 있어."

"그것만 들으면 충분해! 그럼 또 보자! 두 사람! 로이드를 잘 부탁해!"

그렇게 말한 쇼우마는 짐을 짊어지더니 바람처럼 떠났습니다.

"……저 사람은 뭐지?"

"한순간 보인 날카로운 눈매……. 터무니없었답니다……."

형을 만나서 기분이 좋아진 로이드였지만, 다른 두 사람은 뭔가 정체 모를 응어리가 남았습니다.

콘론 마을의 주민, 쇼우마와 갑작스럽게 해후하여 간이 떨어질 뻔한 로이드 일행은 다음으로 수상한 숙박객을 찾았습니다.

"마음을 가다듬고…… 다음으로 수상한 건, 이 앞의 201호실이야."

아까와 달리 요리를 나르는 카트를 덜컹덜컹 흔들면서 리호와 셀렌은 복도를 걸었습니다.

"분명히 엄청난 양의 식사를 주문하고 있었던가요?"

고개를 갸웃거리는 셀렌에게 리호가 천천히 고개를 끄덕였습니다.

"그래, 아까 전표를 봤는데 범상치 않을 정도의 주문량이었어. 2인조라고 들었는데 명백하게 이상해…… 다시 말해서──."

"그 밖에도 누군가 있다……. 아니, 사람이 아닐지도 모르죠."

"다른 사람에게 보여줄 수 없는 뭔가를 숨기고 있다고 생각해야겠지."

카트를 흔들면서 진지하게 대화하는 두 사람의 발치에서 미덥지 못한 목소리가 들렸습니다.

"저기……. 저는 대체 뭘 하면……."

로이드의 목소리였습니다. 아무래도 카트 아래쪽에 몸을 숨기고 있는 모양이군요. 리호는 몸을 웅크려 밑에 있는 그에게 작은 소리로 말했습니다.

"만약 상대가 경계해서 우리를 안으로 들여보내지 않을 경우를 생각해서 말야. 그럴 때는 카트만 놓고 갈 테니까──."

"실내가 어떤지 확인하고 수상한 점이 없는지 조사하는 거군요!"

"그래요. 기척을 숨기는 게 특기인 로이드 님이라면 쉬운 일이랍니다."

셀렌이 말하자, 카트 안에서 창피한 기색으로 로이드의 목소리가 들렸습니다.

"그럴 리가요. 저 정도는 마을 사람들 모두 할 수 있는걸요. 옛날에는 마을 아이들하고 숨바꼭질을 했다가 한 명도 못 찾았어요."

그 겸손을 들은 두 사람은 쓴웃음을 지었습니다.

"뭐, 그 마을 사람을 기준으로 하면 말이지……."

"설마 지면 안쪽 깊숙이, 암반층 바로 아래에 숨어 있을 줄은 몰랐거든요……."

그게 숨바꼭질의 범주에 들어가? 새삼 콘론의 정신 나간 상식에 경악하는 두 사람이었습니다.

로이드의 무용담을 들은 리호와 셀렌은 이제 무슨 일에도 놀라지 않는다는 표정으로 이번에는 201호실 앞에 서서 말없이 고개를 끄덕였습니다.

"그럼……."

똑똑 문을 노크하고 반응을 기다렸습니다. 문 너머에서 우당탕탕 어린애 같은 발소리가 다가왔습니다.

"꼬맹인가?"

의문스러운 표정의 리호. 그다음 순간, 호쾌하게 문이 열리더니 안에서 잘 아는 금발 소녀가 나타났습니다.

"웰컴! 경비로 먹는 밥은 맛있다! 좋아하는 음식은 남의 돈으로 먹는 고기! 세끼 밥보다도 공짜 밥이 너무 좋아! 그 물건은 어디 있는 거냐, 죠니! 이 메나 퀴논의 눈은 속일 수── 어라 리호랑 셀렌?"

문이 열린 순간 머신건 토크를 전개하는 동급생 필로의 언니, 메나를 보고 두 사람은 놀랐습니다. 하지만 그 경악한 표정도 잠시, 곧장 기가 막힌 표정을 지었습니다.

"누가 죠니야."

"누가 죠니인가요?"

탄식이 섞인 두 사람의 말에 메나는 어색한 표정을 지었습니다.

"이야, 평소에는 안 보여주는 꼴사나운 모습을 보여 버렸네."

"아니, 그럭저럭 평소랑 비슷했어."

이 금발에 눈초리가 올라간 소녀, 메나 퀴논은 필로의 언니이며 현재는 왕실 마술사로 일하고 있습니다. 프로 레슬링 아나운서 같은 경쾌한 수다와 일선급의 물 마법이 특기인 여자애입니다……. 다만 이 불성실한 모습은 본질인 냉철함을 감추는 위장이라고 로이드 덕분에 들킨 모양입니다.

"그런데 두 사람은 뭐 해? 아르바이트?"

"그런 셈이야……. 뭐, 서서 얘기하는 것도 뭐하니까 안에 들어가서 느긋하게 얘기할게."

"잠깐 그건 내가 할 말~……. 두 사람이라면 괜찮을까?"

괜찮다는 의미심장한 말에 리호와 셀렌이 눈길을 마주쳤습니다.

"어이, 무슨 말이야? 설마 몬스터를 숨기고 있다거나 그런 건 아니겠지?"

"……몬스터가 오히려 귀여울걸? 아니, 뭐 귀엽다면 귀엽긴 한데."

식은땀을 흘리면서 메나는 둘을 방 안으로 안내했습니다. 그곳에는──.

"…………딸꾹."

무표정한 그대로 새빨개진 필로가 벽에 기대어 있었습니다.

군데군데 가구가 파괴된 흔적이 있는 뭐라고 말하기 어려운 참상이군요.

"어, 필로."

메나가 있으니까 필로가 있어도 이상할 것 없다. 그렇게 생각하던 리호였지만 얼굴이 새빨개진—— 명백하게 주정을 부리는 그녀를 보고 뒤로 물러섰습니다.

"……응? ……리호 ……셀렌?"

얼굴이 새빨개진 채 고개를 갸웃거리는 필로. 말을 고르면서 셀렌이 말을 걸었습니다.

"네, 네에. 필로 씨. 무슨 일이——."

"……잠깐 기다려. ……데굴데굴하고 싶어."

"네?"

필로가 말한 순간, 그녀는 베개를 끌어안더니 침대 위에서 데굴데굴 구르기 시작했습니다.

"……대화가 이어지질 않아—— 우와."

기겁한 리호를 슬쩍 보고 베개를 안더니 침대 위에서 데굴데굴 구르는 필로. 그러나 그 움직임은 이윽고 잡기 기술인 「*지옥차」로 변모했습니다.

베개는 솜을 흩뿌리면서 이윽고 너덜너덜하게 찢어져 버리고 말았습니다. 이게 인간이었다고 생각하면 평생 내장탕 같은 건 못 먹게 되겠네요.

---

* 지옥차: 스트리트 파이터의 등장인물인 켄 마스터즈의 잡기 기술. 상대를 붙잡고 뒤구르기 후 던지는 기술이다. 이후 이를 모티프로 포켓몬에도 '지옥의 바퀴'란 기술이 등장한다.

"……관절이 부족해."
참으로 뒤숭숭한 말을 한 다음 필로는 또 벽에 기댔습니다.
"저건 대체 어떻게 된 건데! 어엉?"
메나에게 캐묻는 리호, 그녀는 미안한 기색으로 대답했습니다.
"아~ 그게~ 좀 장난삼아서 술을 부탁했더니 잘못해서 필로가 마셔 버렸거든……. 뭐, 배부르게 먹고 나면 자 버리니까 에라 모르겠다 싶어서 요리를 잔뜩 부탁하는 중이야."
범상치 않은 양의 식사는 필로의 배 속으로 들어갔구나. 수수께끼가 풀린 두 사람은 기가 막혀 말도 못했습니다.
"……응? ……리호 ……셀렌?"
"그, 그래 필로. 좀 진정했어?"
"……잠깐 기다려. ……데굴데굴하고 싶어."
"저뿐인가요? 아까 같은 말을 들었답니다."
가까이 있는 의자를 붙잡은 필로는 또 마찬가지로 데굴데굴하기 시작합니다. 그리고 그것은 자연스럽게 옥토퍼스 홀드——통칭 「만(卍)자 굳히기」로 변모하여 의자가 순식간에 나무 조각으로 모습을 바꾸는 것이었습니다.
"……뼈가 삐걱거리는 소리가 부족해."
그리고 또 정위치인 벽에 기댔습니다. 게다가 이번에는 뼈가 삐걱거리는 소리를 소망하십니다.
"잠깐, 전혀 진정될 기색이 없잖아요. 오히려 파워 업하고 있는 게 아닌가요?"

"한창 자랄 때라서 그런가?"

"너무 한창이잖아!"

"……응? ……리호 ……셀렌?"

"어이, 이 여자, 피를 보기 전에 어떻게 안 돼?"

무한 루프의 개막에 어떡할까 일행이 머리를 감싸 쥐고 있는데, 처음으로 필로가 다른 행동을 했습니다.

두리번두리번 주위를 둘러보더니, 때때로 코를 킁킁 하는 것이 아니겠어요?

대체 무슨 일일까? 새로운 무한 루프의 시작인가? 일동이 바라보았습니다.

필로의 거동이 우뚝 멈춘 순간, 조용히 목소리를 흘렸습니다.

"…………스승님의 냄새가 나."

""아.""

그 말에 드디어 두 사람은 로이드가 카트 안에서 대기하고 있다는 걸 떠올렸습니다.

"로이드 군이 있어?"

리호가 진지하게 고개를 끄덕이더니 카트 쪽으로 시선을 보냈습니다.

"……지금의 필로를 멈출 수 있는 사람은 그 애밖에 없는데에."

"하지만, 지금 저 사람 앞에 로이드 님을 내놓으면 엉키고 섞이고 정조적으로 무사히 넘어갈 수 없을 거랍니다."

"부탁해. 더 이상 방을 부수면 경비로는 감당 못할 것 같아아."

이 참상을 경비로 처리하려는 메나에게 리호는 기가 막혔습니다.

"그래도, 저렇게 굶주린 짐승에게 피가 뚝뚝 떨어지는 고기를 던져 주는 행위 따위…… 너무나도 파렴치하답니다."

그러면 평소의 너는 대체 뭔데? 셀렌에게도 기가 막히는 리호였습니다.

"마음은 알겠지만 셀렌 양……. 이야기가 진행이 안 되잖아……. 나도 싫기는 한데."

"그럴 수가!"

이야기를 하는 옆에서, 필로가 바닥에 바싹 붙더니 무표정한 그대로 카트를 향해 엄청난 스피드로 다가갔습니다.

"…………쿵쿵쿵쿵쿵쿵."

완전히 약물 냄새를 맡은 경찰견처럼 온갖 각도에서 카트의 냄새를 맡더니, 천천히 카트 안을 들여다보았습니다.

"저기, 안녕하세요?"

갑자기 누가 들여다보자 로이드는 작게 손을 드는 수밖에 없었습니다.

"…………웰컴."

다음 순간, 필로는 로이드의 손목을 붙잡더니 단숨에 침대로 끌고 들어갔습니다.

"피, 필로 씨!"

풀썩. 로이드를 침대에 눕히더니, 눈에 보이지도 않는 속도로 마운트 포지션을 빼앗았습니다.

"……스승님도 호텔 침대 좋아해?"

"갑자기 침대가 좋냐고 하셔도 말이죠!"

"…………좋아해."

"그러니까 좋아하냐고 갑자기 말씀을 하셔도요!"

뭘까요? 이 간질간질하게 어긋나는 대화. 러브 코미디의 파동이 느껴집니다.

""칫.""

그 파동을 쐰 셀렌과 리호의 혀를 차는 소리가 하모니를 이루었습니다. 상당히 험악한 표정이군요.

"필로가 취했거든. 너그럽게 봐줘."

메나가 필로를 감쌌습니다. 그 말에 셀렌이 덤벼듭니다.

"그러면 술 취하면 뭘 해도 괜찮은 건가요! 그런 비상식은! 법이 용서하지 않아요!"

어허. 평소의 리호라면 '네가 법 운운하지 마라, 스토커.' 라고 딴죽을 걸었겠지만.

"법 대신 우리가 심판하지."

완전히 다크 히어로가 됐습니다. 대사가 그윽하군요.

그런 그녀들 눈앞에서 로이드는 더욱 유린당하고 있었습니다.

"……우득우득 단단해."

필로는 일단 관절을 고정하더니 뼈가 삐걱대는 소리를 즐기고 있습니다.

"잠깐! 뼈! 뼈가 삐걱대요——."

로이드에게 말할 틈도 안 주고, 이번에는 다리를 끼우더니 그대로 회전하면서 뒤로 넘기기…… 완전한 지옥차로군요.

당연히 로이드는 그 정도로는 겁먹지 않습니다. 회전하면서 "잠깐만요……." 라고는 하지만요.

"……에잇."

필로는 다음에는 등 뒤에서 끌어안았습니다.

애정이 넘치는……. 완벽하게 들어간 옥토퍼스 슬리퍼였습니다.

그렇게 목을 졸라서 뇌에 산소가 가지 못하면, 보통 사람일 경우 청색증을 일으키니까 얼굴이 청자색으로 변했어야 하지만…….

"필로 씨…… 닿고 있어요……."

로이드는 창피해서 얼굴이 새빨개졌습니다. 뭐가 닿고 있는지는 알아서 짐작해 주세요. 힌트는 89센티미터입니다.

"……과연 스승님. 이 정도로는 안 돼……. 그러면……."

그리고 마지막으로 필로는 로이드의 얼굴을 허벅지 사이에 끼웠습니다.

""크으으으!""

채 말로 나오지 않는 소리를 내는 셀렌과 리호.

"우구, 우우구……."

몸부림치는 로이드. 필로는 그대로 무너지듯 로이드를 머리부터 땅바닥에 꽂아 버렸습니다.

쿠웅이나 콰앙으로 들리는, 침대 위라고 생각하기 어려운 둔

중한 소리.

"……역시 내 전력을 받아줄 수 있는 사람은 스승님뿐이야. ……후냐아."

그리고 갑자기 졸음이 왔는지 필로는 눈을 쓱쓱 비비더니 풀썩 쓰러졌습니다.

머리부터 침대에 처박힌 로이드는 폭풍 같았던 일련의 폭행에 아무 말도 못했습니다.

"……좋은 꿈이었어. ……우냐."

보통 사람이었으면 죽었습니다. 악몽이죠.

필로는 만족스럽게 침대에 누워서 가벼운 숨소리를 내기 시작했습니다. 옆에는 의복과 머리칼이 흐트러진 로이드가 입가를 떨고 있습니다. 한 판 뛴 모습이네요.

"저렇게 로이드 님과 밀착하다니! 용서할 수 없답니다!"

"그럼, 네가 대신 받아 줬으면 되는 거 아냐?"

"죽으란 말인가요?"

죽겠죠. 확실하게.

"이야아. 아무래도 필로의 지옥차부터 옥토퍼스 슬리퍼, 그리고 *나다레시키 브레인 버스터는 보통 사람은 다 받아줄 수가 없으니까. 너무 대단하잖아, 로이드 군."

"이제 절대로 저 여자한테 술 먹이지 마."

감탄한 메나는 천천히 바닥에 앉았습니다. 의자가 없으니까요.

---

* 나다레시키: 스콧 어윈이 만든 기술에서 유래된 프로레슬링 기술의 계통. 상대와 함께 코너 포스트에 올라가서 떨어지며 거는 기술들.

필로와 함께 침대에 누운 로이드는 메나에게 본론을 꺼냈습니다.

"그런데 어째서 메나 씨랑 필로 씨가 여기 있는 건가요?"

"아아, 사실은 말야. 나라의 부탁을 받아서 어느 사건을 조사하러 왔어."

"어느 사건? 그건……."

"어느샌가 사람이 생명력을 빼앗겨서 쓰러지는…… 혼수 사건이야."

메나의 입에서 생각지 못한 말이 나오자, 일동은 경악한 기색을 감추지 못했습니다.

그 모습을 신경 쓰지 않고, 메나는 필로와 함께 여기로 와서 지금까지의 경위를 이야기했습니다.

"그러니까. 연휴를 이용해서 필로랑 여행을 겸해서 말이지. 그리고 현장에 도착하면 일단 그곳의 맛있는 걸 경비가 허용하는 한계까지 먹어 치우잖아?"

"마치 전 세계적인 상식처럼 말씀하지 말아주시겠어요?"

"그러면 우리랑 목적은 같구나."

그리고 리호는 메나에게 상황을 설명했습니다. 자신이 일을 하게 됐다는 것과 셀렌이 이득을 보고 있다는 부분에 약간 원망을 담으면서요.

"분명히 듣고 보니 우리 수상하네……. 이야, 미안미안."

"그보다도 그쪽에서 얻은 정보를 가르쳐 줘. 교환하자고."

"그렇네. 여기는 피자랑 아이스크림이 엄청 맛있어."

"현지의 맛있는 음식 이야기가 아니고! 사건 이야기다! 얼른 사건을 해결하고 일반 손님이 돼서 연휴를 만끽하고 싶단 말이다, 나는!"

비통한 리호의 외침에 셀렌이 미안한 기색입니다.

"분명히 맛있었답니다. 뭐 로이드 님과 함께라면 뭐든지 맛있지만요."

"젠장할! 어째서 내가 말똥이랑 놀아야 하는데!"

이야기가 샛길로 빠지는 가운데, 천천히 메나는 나라에서 준 정보를 이야기했습니다.

"이 사건이 일어난 건 대략 2년 전. 숲속에서 생명력을 빼앗기고 사흘 밤낮으로 혼수상태에 빠진 모험가나 사냥꾼이 많이 발생해서 조사를 시작했어. 한때는 그냥 몬스터의 짓인가 싶어서 그렇게 본격적이지는 않았던 모양인데…… 어느 다른 사건이 발각돼서 지금 커다란 문제가 됐지."

"어느 사건?"

"불법재배야…… 1급 격리지정 몬스터, 트렌트 말야."

"어? 트렌트는 몬스터인가요? 마을 주변에 잔뜩 자생하고 있는데요. 그리고 요전에——."

"……뭐?"

"아~ 메나 씨. 신경 쓰지 말고 이야기 계속하세요."

실눈을 크게 뜨며 본색을 드러내 버린 메나는 황급히 태도를 꾸몄습니다.

"그래서 뭐 아는 것처럼 트렌트 목재는 귀중하잖아. 그걸 불법으로 재배해서 돈벌이를 하려고 한 거겠지. 다만 이번에는 묘목이 돌고 있을지도 모른다고 하거든."

"묘목 말인가요?"

"그래. 씨앗 이상의 번식능력을 가진 성가신 물건이야. 어느 연구소에서 도둑맞았다고 하는데…… 씨앗에 맛을 들인 악당이 이번에는 묘목에 손을 댄 걸지도 모른대."

그리고 메나는 묘목의 무서움을 설명하기 시작했습니다.

"아~ 그 녀석을 중심으로 군생하는 거구나……. 위험한데."

"불확정 정보니까, 여행 기분으로 필로랑 왔는데 말이지이…… 이야, 여기에 범인이 있어서 오히려 잘됐으려나? 당당하게 경비를 쓸 수 있으니까."

"그게 먼저인가요?"

엉뚱한 부분에서 안도하는 메나를 기가 막힌 표정으로 바라봅니다.

메나는 실눈을 천천히 뜨더니 진지한 어조가 되었습니다.

"실제로 여기에 묘목이 있어도 승산이 있거든. 호수가 가까이 있으니까 내 물 마법의 선택지가 쭉 늘어나. ……설령 뿌리를 내려서 세력을 확대하는 와중에도 충분히 대응이 가능하지."

"여전히 빈틈이 없구만."

"일이니까——물론 노는 것도 일에 포함되지!"

그리고 메나는 본래 어조로 돌아갔습니다.

"그러면, 종업원이라는 강력한 파트너도 생겼으니까 이제 슬슬 본격적으로 시동을 걸어 볼까?"

"좋아. 얼른 끝내고 얼른 손님으로 돌아가고 싶으니까."

기합을 넣고 일어서는 리호. 그러나 메나의 기합은 다른 방면의 기합이었습니다.

"좋~아. 그러면 식당으로 가자!"

"본격적으로 식사를 한다는 거였나요! 이렇게 먹었는데!"

"거의 다 필로가 먹었단 말야아……. 그렇네. 6대4 비율일까?"

"거의 반반이잖아."

"필로가 취해 버려서 먹은 기분이 안 들어. 배가 고프면 전쟁도 못한다고 하잖아? 험한 일이 생기기 전에 배를 채워 둬야지."

"정말이지……. 더 이상 귀찮은 녀석은 늘어나지 말아 줬으면……."

리호는 누군가에게 부탁하듯 조용히 혼잣말을 흘렸습니다.

그리고 그 바람은…… 유감이지만 이루어지지 않았습니다. 가장 성가신 녀석이 있다는 걸 잊고 있던 모양이네요.

그 무렵. 이스트 사이드의 잡화점에서는 쓸데없는 다툼이 시작되고 있었습니다.

"어떻게 된 것이냐? 마리야!"

"어떻게 된 건가요? 스승님."

로이드가 없는 저녁 시간. 조금 울적하게 커피를 홀짝이는 마리 앞에 테이블 위에 올라가서 댄서처럼 몸을 흔들며 맹렬하게 항의하는 알카가 있었습니다.

거동이 수상한, 물리 엔진에 버그가 생긴 게임처럼 덜컥덜컥 움직이면서 어떻게 된 거냐고 연호하는 로리 할망구에게 마리는 싸늘한 시선을 보냈습니다.

"어째서 가르쳐주지 않았니? 마리야!"

"그러니까 뭘 말하는 건가요? 스승님."

망가진 알카가 정상이 될 때까지 약 1시간쯤 걸렸습니다. 그리고 드디어 진정한 알카가 본론으로 들어갔습니다.

"하아하아…… 로이드가 아르바이트하는 곳인데…… 설마 이런 곳일 줄은 생각 못했단다."

쑤욱 전단지를 꺼냈습니다. 내용은 호텔 레이요카쿠의 시설이나 주변 명소의 안내인데 컬러 인쇄가 되어 예쁘군요.

"그게 왜요? 딱히 수상쩍은 건 아무것도 없잖아요."

"자세히 보려무나! 여기란다, 여기!"

알카가 콕콕콕 손가락으로 찌르는 곳에는 호텔 종업원으로 보이는 일러스트가 웃으며 인사하고 있었습니다.

"웃는 일러스트잖아요."

"그거 말고. 여길 보거라."

알카는 다음으로 손가락을 빙글 돌려 몸을 둘러쌌습니다.

"……호텔맨의…… 옷인가요?"

혹시나 싶어 물어보는 마리에게 알카는 "띵동댕~동." 이라고 하더니 퀴즈 방송의 사회자처럼 손가락질을 했습니다.

"그거란다!"

거기까지 들은 마리는 머리를 감싸 쥐었습니다.

(그러고 보니 그랬었지……. 이 로리 할망구는 로이드 군의 군복 차림을 보고 싶어서 어렸을 때부터 군인이 활약하는 소설을 보여주는 변태였잖아.)

여기 계신 알카는 로이드의 심약군복 갭 모에라는, 병이라고 해도 별 지장 없는 성적 취향을 가진 사람입니다. 다시 말해서 이번 증상은—— 짐작하시는 바와 같습니다.

"이런 호텔맨 제복 차림을 볼 수 있는 건 평생에 한 번! 있을까 말까란다! 이 기회를 놓칠 수 있겠느냐 젠장맞을 바보 녀석아!"

"…………."

"이 제복을 입은 로이드가 '발치 조심하세요.' 라면서 짐을 들어 주며 방까지 안내해 주는 거지! 생각만 해도 참으로! 참으로! 참으로오오!"

"…………."

마리는 커피를 다 마시고 천천히 부엌으로 가서 컵을 물에 담갔습니다. 로이드가 한 말을 잘 지키는 모양이군요.

그리고 끝날 기색도 없이 참으로 참으로 시끄러운 알카에게, 산뜻한 미소를 보였습니다.

"그러면, 갈까요?"

"참으로오오오! ……오오?"

"보고 싶잖아요? 로이드 군의 호텔맨 차림."

"그러나 로이드가 막지 않았니……? 괜찮겠니?"

"저, 로이드 군한테 이 나라를 남모르게 구한 영웅으로 착각을 받고 있잖아요."

여기서 설명하겠습니다. 이 나라의 왕녀 마리는 로이드에게 왕녀라고 인식되지 못한 상태입니다. 그리고 착각에 착각을 거듭한 결과 '남모르게 아자미 왕국을 구한 영웅' 이라고 생각하고 있죠.

"그러고 보니 그런 식으로 생각하고 있었구나."

그걸 떠올린 알카였지만, 그래서 뭐 어쨌냐는 시선을 보냈습니다.

마리는 재는 표정으로 자기가 생각한 작전을 그녀에게 말했습니다.

"예를 들어서, 이 호텔에 흉악범이 있다거나 그런 이유를 들어서 가는 건 어떨까요? 그리고 위험은 제거했으니까 이제 괜찮다. 덤으로 온천을 즐기면서 하룻밤 묵을게…… 같은 느낌으로."

납득한 알카가 씨익 웃었습니다.

"허어. 마리도 못된 여자가 됐구나아…… 응?"

다음 순간, 마리는 산뜻하게 알카의 등에 주저 없이 업혔습니다.

"자 그럼 가요, 스승님! 콘론 마을 사람의 각력이라면 국경 따위 금방이잖아요! 로이드 군의 멋진 모습을 보고 싶죠!"

"나를 마차 대신 쓸 셈이더냐!"

동요하는 알카의 등에서 마리는 담담하게 대답했습니다.

"자고로 마녀란 대가를 받고 바람에 응답하는 법. 그에 걸맞은 제물을 내놓을 각오가 필요——. 다시 말해서 로이드 군의 호텔맨 차림을 보는 대가는 저를 운반하는 것, 그야말로 파격적인 가격이에요!"

"——제자는 스승을 닮는 법……. 기쁜 일인지 슬픈 일인지."

"얼~른! 얼~른!"

그리하여 리호가 세운 복선을 회수합니다. 더욱 귀찮은 녀석이 늘어나게 돼 버렸네요.

"자아! 대사건이 일어나기 전에! 대사건이 일어나기 전에!"

"그런 설정이로구나."

그렇습니다. 「대사건」. ……그것이 그다지 틀리지 않았다는 것이, 또 파란을 불러일으키는 것입니다.

그리고 그런 과보호 보호자 두 명이 범상치 않은 스피드로 이쪽을 향해 오는 가운데, 로이드 일행은 식당에 도착했습니다.

이 식당은 숙박객은 물론이고 호텔 밖에서 온 손님에게도 인기가 있습니다. 인공 호수를 바라보면서 즐기는 디너는 멋진 추억이 될 것이 틀림없습니다.

그 식당 입구에서 코바가 함박웃음을 지으며 손님을 맞이하고 있었습니다.

"오너가 스스로 손님을 맞이하시다니…… 과연 대단하세요."

감탄하는 로이드를 발견했는지, 코바가 이쪽으로 걸어왔습니다.

"오오, 로이드 군! 이래저래 미안하구나……. 그래서, 어떤 느낌이지?"
"아직 사건의 단서는 아무것도……."
송구한 기색을 보이는 로이드를 코바는 밝은 음성으로 격려했습니다.
"뭘, 딱히 지금 당장 범인을 잡고 싶은 게 아니다. 더 이상 피해가 나지 않도록 경계해 주기만 해도 큰 도움이 되지."
"상냥한 말씀, 고맙습니다. 오너!"
정중하게 인사를 하는 로이드, 그 옆에 셀렌이 나란히 서 있었습니다.
"맞선도 순조롭답니다! 들키지 않는 건 물론이고 결혼까지 갈 기세랍니다!"
지금 가장 이득을 보고 있는 건 그녀로군요. 아버지와 사이가 안 좋은 것 따위는, 어딘가 날아가 버린 모양입니다.
"그, 그래, 그쪽도 순조로워서 다행이군……."
약간 주춤거리는 코바, 그때 로이드가 호텔맨 차림이란 것을 깨달았습니다.
"응? 그런데 그 차림으로 식당을 이용할 거니?"
"아, 안 되나요?"
코바는 스킨헤드를 벅벅 긁으면서 대답했습니다.
"사원 식당이 아니라서 말이지……. 종업원 차림은 안 좋다. 한 번 갈아입어 줄래……? 그리고, 안에는 알란 군과 셀렌 양의 친족인 분도 있고."
코바의 말에 리호는 "엑."하고 무심코 소리를 내 버렸습니다.

대조적으로 셀렌은 한껏 신이 났군요.

"그러면! 들키면 안 되겠네요! 얼른 맞선을 계속하러 가죠! 맞선을 봐서 결혼 직전인 두 사람을 축복하는 친구! 이 설정으로 식당에! 가요!"

"딱히 식당이 아니라도 되잖아……."

납득이 안 가는 리호. 그 모습을 보고 메나가 놀렸습니다.

"음~. 마치 연기라곤 해도 셀렌이랑 로이드 군이 시시덕거리는 걸 참을 수 없는 것 같네. 리호."

리호는 즉시 반론했습니다.

"그럴 리가 없잖아! 그건……. 아무튼!"

핵심을 찔린 인간은 어휘력을 잃어버리는 모양이군요.

"그러면 됐잖아, 얼른 갈아입자! 여기 식당은 호텔 가이드에 실려 있을 정도로 맛있다던데."

"그, 그래! 기대되는구만 젠장할!"

"……정말이지. 솔직하지 못하면 후회할 거다……. 정말이지."

어쩐지 동정하는 기색의 메나 따위는 신경 쓰지 않고, 리호가 오기를 부렸습니다.

그런 리호의 어깨를 코바가 미안한 기색으로 두드렸습니다.

"아~ 기대된다……. 뭔가요? 오너?"

"……기대하고 있는데 대단히 미안하지만…… 사람이 부족해서 말이다……."

"……진짜로요?"

리호는 입을 벌린 채 굳어 버리고 말았습니다.

"그러면 리호 씨, 저와 로이드 님은 옷을 갈아입고 올 테니까 일을 하고서 기다려 주세요."

승리를 뽐내는 표정으로 돌아서는 셀렌.

"……말 같은 거 정말 싫어!"

리호는 자신의 불운을 한탄하면서 주방으로 가는 것이었습니다.

해가 기울고, 축광 마석으로 서서히 라이트업되는 호수가 보이는 호텔 「레이요카쿠」의 식당에서 드레스와 턱시도 정장으로 갈아입은 로이드와 셀렌은 정답게…… 참으로 일방적이지만 경관을 바라보고 있습니다.

"근사하네요……. 여보……."

"아, 네, 셀렌 씨."

"칫…… 칫…… 칫——."

리호의 혀 차는 소리를 백그라운드 뮤직으로 삼으면서…….

"그런데 아이들은 몇 명 정도 낳을까요? 저는 소대를 짤 수 있을 정도가 좋다고 생각해요."

"맞선이란 설정 잊지 마라……. 신혼여행이 됐잖아……."

턱! 물이 들어간 컵을 난폭하게 셀렌 앞에 놓는 리호. 튀어 오른 물을 뒤집어쓴 셀렌은 종이 냅킨으로 쓱쓱 닦았습니다.

"정말이지……. 이 호텔의 종업원은 뭘 하는 걸까요?"

"지금은 신나겠지만 두고 보자."

독설을 하는 리호. 로이드는 어떡해야 하나 싶어 쓴웃음을 지었습니다.

"로이드 군도 참 힘들겠어……."

이미 사건 따위 상관없어진 셀렌은 완전히 즐기기 시작했습니다.

"자아, 얼른 식사를 가져와 주시어요! 얼른 아~앙 하고 싶답니다!"

"어엉~?" (노려보는 리호)

로이드가 황급히 리호의 손을 쥐었습니다.

"리호 씨…… 저쪽……."

로이드가 시선을 보낸 곳에서, 스레오닌과 셀렌의 아버지가 이야기를 하고 있었습니다. 스레오닌은 사건의 꼬리를 붙잡으려고 마치 심문하는 것처럼 몸을 기울인 자세로 끊임없이 질문을 했습니다. 저러다가 취조실에라도 들어갈 것 같은 분위기로군요.

"크……."

들키면 곤란하다. 로이드의 의도를 깨달은 리호가 씁쓸한 표정입니다. 셀렌은 재는 표정으로 로이드의 팔에 다가섰습니다.

"그러니까 웨이터분은 얼른 식사를 가져다주세요. 그렇죠? 여보."

"이 자식………… 어."

그때였습니다. 라이트업된 호수를 마치 그림처럼 비추는 창……. 거기에 익숙한 얼굴이 둘 비치고 있었습니다.

한쪽은 흑발 트윈테일의 로리 할망구. 또 한쪽은 검은 뾰족 모자를 쓴 마녀다운 여성입니다.

리호와 눈이 마주친 순간, 그 두 그림자가 사삭 몸을 감추었습니다.

"…………지금 ……마녀 씨랑 촌장 씨가 있었어."

그 말을 들은 셀렌은 잠깐 몸이 굳었습니다만, 금방 여유로운 표정으로 돌아갔습니다.

"후, 후흥. 겁주려고 해도 소용없답니다, 리호 씨."

"아니, 그럴 생각은…… 피곤해서 그러나?"

가볍게 눈가를 문지르는 리호. 옆에서 메나가 어린애처럼 재촉합니다.

"있지~ 배고파아~ 얼른~."

그녀가 이 자리에서 최연장자란 말이죠.

"……아아, 분명히 피곤해서 그러는 걸 거야. 이 상황에서 오히려 지치지 않는 녀석이 없겠지."

리호는 어깨를 떨구면서 주방에 들어갔습니다. 호화 호텔의 주방은 갖가지 조리 기구가 매달려 있었고 고급스러운 식재료가 놓여 있었습니다.

일단 샐러드 같은 거라도 가져갈까 했던 리호였지만, 주방의 이변을 깨달았습니다.

"어라? 아무도 없네……."

이 시간에 요리 준비를 하는 사람이 없는 건 이상합니다. 리호가 그렇게 생각하여 주위를 둘러보았습니다.

그리고…….

"스승님. 이 독해 보이는 향초 연고 같은 퓌레를 섞으면 어떨까요?"

"좋은 판단이란다, 마리야. 해충을 쫓아내는 좋은 수프가 되겠구나."

"그러면 섞을게요."

"오오, 냄비를 휘젓는 모습이 제법 그럴싸하구나. 마치 마녀 같아."

"마녀니까요, 힛힛히~."

분위기를 내고 있는 사제를 발견했습니다.

"당신들 뭐 하는 거야?"

지독하게 냉정한 리호의 음성에 멍청이 두 사람이 돌아보았습니다…… 로이드 부족으로 극한 상태인 눈이로군요. 셀렌과 같은 눈을 하고 있으니 리호는 잘 알 수 있었습니다. 슬프게도.

"어머 리호, 수프 만들고 있어."

미라가 미안한 기색도 없이 자연스럽게 대답했습니다.

"그 셀렌인가 하는 버릇없는 아이의 이성을 날려 버릴 정도로 맛있는 수프를 말이다아."

악독한 표정의 알카가 냄비 속을 리호에게 보여줬습니다. 그 묘한 색의 수프를 보고 그녀는 입가가 경련했습니다.

"저기~ 다른 손님이 있으니까 그만해 주시면 안될까요……? 영업 방해라는 거 알아요?"

"무슨 말이야, 맛있을 거야. 분명히."

즉답하는 마리. 빈틈없이 리호는 말을 이었습니다.

“뭔가 독해 보인다는 말이 들렸단 말이지. 그러면 조금 시식해 보시죠?”

“어.”

“맛있잖아요, 분명히. 그러면 맛을 좀 볼 수 있을 거잖아요, 셰프 마리 씨.”

“……어.”

리호가 물 흐르듯 유도하자 마리는 반론할 수 없었습니다.

“마리야, 힘내거라.”

“…….”

설마 자기가 먹게 될 줄은 몰랐던 마리, 참으로 씁쓸한 표정의 입가에 수프를 옮겼습니다.

“…………잘 먹겠습니다.”

수읍(기세 좋게 수프를 먹는 소리)

푸웁(같은 기세로 수프를 바닥에 뱉어내는 소리)

“아슬아슬하게 괜찮아.”

“거짓말 마아!”

입가를 닦으며 대답하는 마리에게 리호가 견디지 못하고 다가갔습니다.

“푸후한 푸미가 이바네서 서서히 퍼지며서.”

“혀가 마비됐잖아요! 이런 걸 내줄 수 있겠냐! 영업 정지 당할 거야! 그리고 다른 종업원은 어디 갔는데요!"

미식 리포트에 대실패한 마리를 탓하는 리호.

"으음, 우리가 왔을 때는 이상한 여자 하나밖에 없었단다. 거기 있는 향초가 들어간 병을 가지고 뭔가 하고 있었지. 붉은 머리의 수상한 녀석이었는데."

"응? 붉은 머리……?"

뭔가 얼마 전에 그런 용모의 여성 얘기를 들은 것 같은데……. 뭔가 떠올리려는 리호 옆에서 마리가 식당을 보고 소리를 냈습니다.

"……스승님, 리호, 잠깐 식당을 봐요."

그 말에 식당을 들여다보는 일동, 그 앞에서는.

"자, 여보, 아앙."

저기 셀렌 씨…… 그거 물이잖아요—— 우와앗!"

"아이참. 아~앙을 안 하시니까 바지에 흘려 버렸답니다. 닦아드릴게요."

"저기, 괜찮아요, 괜찮다니까요!"

"""…………."""

쿵!

"기다리셨습니다, 특제 수프입니다."

"오장육부에 스며들 거예요."

"최후의 만찬이라 생각하고서 쭈우욱 들이키려무나."

영업정지 따위 알 바 아니다. 수프를 내리치듯이 셀렌 눈앞에 내민 리호와 양 옆에서 눈이 웃지 않는 미소를 짓는 알카와 마리. 셀렌은 예상 밖의 인물을 보고 동요했습니다.

"어, 어머나…… 두 분."

"촌장님…… 그리고 마리 씨도."

"설명은 나중이야. 일단 셀렌 양. 한번 짜릿하게 마셔 줘야겠어. 로이드랑 함께라면 뭐든지 맛있는 거지?"

눈빛이 가라앉은 리호, 맞선 데이트의 일로 쌓인 게 많은 모양이군요.

"잠깐! 수프에 쓸 할 말이 아니랍니다! 짜릿하다뇨!"

"셀렌, 마녀인 내가 모처럼 만든 거야."

마리는 상냥한 음성으로 먹이려고 했습니다.

"말은 정중하지만 눈이, 웃지를 않고 있답니다."

"죽어라."

로리 할망구는 그냥 직구네요.

"잠깐, 알카 씨! 너무 직구 아닌가요! 포장을 좀 해 주시겠어요!"

"아무리 포장해도 결국 위에서 녹아 온몸에 독이 도는 법이야. 그러니까 딱히 필요없지이."

"마리 씨! 포장을 해달라는 건 알카 씨의 말을―― 독? 지금 독이라고 하셨나요!"

셀렌의 어깨를 콱 붙잡은 리호가 셀렌의 입가에 수프를 가져갔습니다.

"흐흥. 네 폭주를 막지 못한 메나 씨를 원망하라구우…… 응? 메나 씨는 어디 갔지?"

아까까지 어린애처럼 식사를 기다리던 메나의 모습이 보이지 않았습니다.

그때, 멀리서 그녀의 다급한 목소리가 들렸습니다.

"필로! 그쪽에 가면 안 돼!"

당황하는 메나, 그 앞에는 무표정하게 주방에 쳐들어가려는 주정뱅이 필로가 있었습니다.

"…………포도 주스 마실래."

"그러니까 그건 와인이라니까! 어른이 되기 전에 마시면 안 돼! 그, 그만해라, 필로 이 녀석!"

조금 본색이 드러난 메나. 그 소리에 필로가 급정지했습니다.

"……어른이 되기 전에는 안 돼……. 그러면 스승님한테 어른으로 만들어 달라고 해야지."

"그런 문제가 아니라니까! ……윽! 로이드 군, 도망쳐! 필로가 아직 취했어! 네 처음을 빼앗길 거야!"

메나의 외침이 불행하게도 로이드의 위치를 알리고 말았습니다.

"…………스승님, 거기 있었구나."

다음 순간 필로는 예비 동작 없이 도약했습니다. 콘론의 주민에게 뒤지지 않는 그 신체 능력에 로이드의 반응이 늦어져서 붙잡히고 말았습니다.

"아우!"

말타기를 당한 로이드. 그리고 필로는 무표정하게 그를 가만히 바라보더니,

"…………토할 것 같아."

구토 기운을 호소했습니다. 지금 리버스하면 로이드의 안면에 다이렉트 어택이군요.

"잠깐! 여기 식당!"

간신히 종업원 의식이 남아 있던 리호가 필사적으로 막고자 등을 쓸었습니다.

"서로서로 평생 트라우마가 될 거라고! 떠올릴 때마다 이상한 소리 나올걸!"

그리고 이래저래 트라우마를 품고 있는 마리의 설득력 있는 말이 식당에 울렸습니다.

"그렇고말고! 대신 내가 위에 올라가 주마."

압도적 노망 로리 할망구. 그녀는 평소와 똑같은 운전으로 엑셀을 끝까지 밟고 있군요.

"어쨌든 이 수프라도 먹고서 진정해 주시어요."

자연스럽게 수프를 처분하고자 시도하는 셀렌.

다들 제각각 행동하여 야단법석인 상태입니다. 주위의 시선이 터무니없어지네요.

"잠깐, 먹지 마. 필로. 까딱하면 심장 멎는다."

"까딱하면 심장이 멎을 정도로 위험한 것이었나요!"

"…………우읍."

"다들 진정하자! 필로 입에서 위험한 게 나올 거야!"

"필로라고 했니? 진정하고서 나랑 포지션을 바꾸자꾸나."

"조용해 주세요!"

갑자기, 로이드의 입에서 분노를 품은 목소리가 나왔습니다. 그 자리에 있던 일동 모두의 몸이 굳었습니다.

로이드는 필로를 의자에 앉히더니, 등을 상냥하게 쓰다듬었습니다.

"이것저것 하고 싶은 말은 많지만요……. 촌장님, 마리 씨."

""아, 네.""

갑자기 지명당한 두 사람은 조용히 대답을 했습니다. 평소에 화를 안 내는 선생님에게 혼나는 학생, 그런 느낌입니다.

그 두 사람을 엄한 표정으로 보면서 로이드가 질책했습니다.

"저, 오지 말아 달라고 말했었죠."

""아, 네.""

"의지가 안 되는 제가 걱정되는 건 알겠지만요. 아르바이트하는 곳에 오시면 좀 곤란해요."

오히려 걱정되는 건 로이드의 호텔맨 모습을 보고 싶어서 달려온 이 구제불능 사제의 행동력입니다만.

아무튼 로이드는 직장에 부모님이 찾아왔을 때처럼 안타까움을 느끼고 있었습니다. 그리고 그 부모가 소리 높여 소란을 피우고 있으니…… 그야 화를 내겠죠.

"위험하구나, 마리야. 로이드 좀 화가 났어."

살며시 귓속말을 하는 알카, 마리는 진지하게 고개를 끄덕였습니다.

"알았어요, 그 작전을 실행하겠습니다."

그리고 그녀는 안경을 쓱 밀어 올리더니 「그 작전」을 실행하기 시작했습니다.

"아니야, 로이드 군…… 잊었니? 내가 남몰래 무슨 일을 하는지."

잠깐 생각한 다음, 로이드는 깨달았다는 듯 말했습니다.

"호, 혹시."

그렇습니다. 로이드는 마리가 아자미 왕국을 남모르게 구하고 있는 히어로라고 착각하고 있는 겁니다. 실제로 구한 건 자각 없이 이것저것 저지른 로이드 본인이지만요.

"그래. 사실은 왕국을 뒤흔드는 계획이 수면 아래서 이루어지고 있어. 나는 알카 촌장님과 협력하며 조사를 했던 거야. 그게 어쩌다 보니까, 우연히, 기구한 운명으로 로이드 군이 아르바이트하는 곳이었던 거지."

준비해 둔 변명을 꺼낸 마리.

그 말에 일동이 귀를 기울였습니다. 너무 잘 먹혀서 약간 마음에 걸린 마리였지만 연설을 이어나갔습니다.

"계획과 흑막은 이미 대강 짚이는 곳이 있어. 그래서 때가 됐으니 현장에 쳐들어온 거지."

"그렇고말고! 결코 로이드의 호텔맨 차림을 보고 싶다거나 그런 건 아니란다."

괜한 소리 말라고 마리가 알카를 말리고 있는 그때였습니다.

"그러면 혼수 사건의 범인을 알아낸 거군요!"

태도가 뒤집혀 존경의 눈길을 보내는 로이드, 마리는 얼빠진 대답을 했습니다.

"그래. 믿기 어려울지도 모르지만…… 어? 혼수 사건?"

갑자기 나온 새로운 말. 상황을 이해 못한 마리는 리호 일행에게 시선을 돌렸습니다.

각자 진지한 표정으로 마리를 마주 보았습니다.

"그렇구나, 마리 씨가 관여할 정도로 왕국에서는 이 사건을 크게 보고 있었구나……."

"어?"

"저는 분명히 로이드 님을 만나고 싶어서 찾아온 거라고 생각했답니다. 죄송해요."

"어?"

"이 사건, 왕국이 정식으로 조사를 시작한 건 어제인데…… 마녀 씨, 당신 대체 정체가?"

"어?"

"…………응."

"응?"

더욱이 상황을 알 수 없게 된 마리에게 알카가 또 귓속말을 했습니다.

"마리야, 아무래도 진짜 사건이 일어났던 모양이로구나."

"호텔에서 사건? 그 미스터리 소설 같은 전개, 뭔데요?"

지금 마리는 다른 사람들이 보기에는 범인을 알아낸 명탐정이라고 할 수 있었습니다.

자신의 입장을 이해한 마리의 얼굴에서 여유로운 미소가 사라졌습니다. 이 상황, 추리소설이라면 범인을 몰아넣은 클라이맥스 해결 파트니까요.

"마리야, 이대로는 위험하단다. 일단 거짓말이라고 솔직하게 말하는 편이 좋겠다……. 지금이라면 로이드가 1주일 정도 말을 안 섞어 주는 정도로 끝날 게야."

"1주일…… 저 살아갈 자신이 없어요."

"무슨 말을 하는 거니! 어쨌든지 솔직하게 '거짓말이다뿅~.' 이라고 한껏 웃으면서――."

"스승님, 좀 진지하게 생각하시라고요……."

어째서 이렇게 됐지……. 마리는 떫은 표정을 지으면서 진실을 밝히고자 했습니다.

그때였습니다――.

"허어? 아무래도 흥미로운 이야기를 하고 있는 것 같군. 혼수사건의 범인이라고?"

안쪽 자리에서, 셀렌의 아버지와 대화를 하고 있던 스레오닌이 일어서서 천천히 걸어왔습니다.

"스레오닌 님, 저런 수상쩍은 인물의 헛소리 따위――."

비서의 제지도 듣지 않고, 스레오닌은 마리를 노려보았습니다.

위압감 있는 눈빛에 마리는 무심코 뒤로 물러났습니다.

"어? 어째서 그렇게 흥미진진?"

전혀 모르는 사람이 흥미를 보인 것이니 마리도 말을 잃었습니다. 게다가 이 풍모, '거짓말이다뿅~.' 따위 했다간 안면에 철권을 선물받아 앞니가 뿅~ 하고 날아갈 것 같지 않은가요?

마침 그때였습니다. 토한다는 말을 들은 코바가 양동이를 들고 서둘러 달려왔습니다. 필로의 리버스를 그걸로 받아낼 생각이었나 봅니다.

코바는 차분하게 앉아 있는 필로의 모습에 안도했지만, 그 옆에서 험악한 분위기의 마녀와 지방귀족…… 뭔가 다른 트러블이 발생한 것을 보고 또 긴장한 표정으로 돌아왔습니다.

"저~기 스레오닌……님……과 손님…… 대체 어떻게 된 걸까요?"

주위가 주목하는 가운데, 그것을 수습하고자 경위를 묻는 코바.

스레오닌은 코바와 무슨 일인가 싶어 다가온 셀렌 아버지를 한 번 보더니 입가를 비틀었습니다.

"이거이거…… 마침 잘 왔군. 거기 있는 마녀 같은 여자가 최근 일어나는 혼수 사건의 범인을 알아냈다고 하는군……."

마치 배우가 다 모였다고 말하는 어조로군요.

"범인? 범인 말이지……."

한편, 스레오닌을 의심하고 있는 코바는 뭔가 다른 꿍꿍이가 있는 게 아닌가 의심하며 그와 마리를 교대로 보았습니다.

그리고 스레오닌도 스레오닌대로 코바를 의심하고 있으니 뻔

뻔스러운 연기라고 생각하며 그를 보았습니다.

"이 소동은 뭐지?"

셀렌의 아버지도 무슨 일인가 싶어 다가왔습니다.

그런 그에게 스레오닌이 이 자리에 머무르도록 말했습니다.

"어허…… 아무래도 지금 소문이 자자한 혼수 사건을, 아무래도 이 검은 로브의 명탐정이 범인을 특정한 모양입니다…… 당신도 들어서 손해 볼 것은 없을지도 모릅니다."

"내가?"

알 수 없다는 듯 셀렌의 아버지가 되물었습니다.

"내가?"

이쪽은 마리. 내가 명탐정? 이라는 뉘앙스로군요.

그 옆에서 코바는 마리의 그 미묘한 반응과 마녀 같은 차림새를 보고 눈썹을 찌푸렸습니다.

"아무리 봐도 경찰은 아니고…… 그러면 대체 당신은 뭐 하는 사람입니까? 만약 사례를 목적으로 되는대로 지껄인 거라면 돌아가 주십시오."

"아, 아니…… 사례가 아니라……."

우물쭈물 반응하는 마리. 그야 그렇겠죠. 사건에 대해서 지금 방금 알게 된, 순도 100%의 거짓말이니까요.

그 거동에 스레오닌도 수상쩍은 표정을 지었습니다.

"정말로 범인을 알고 있는 건가? 설마 돈을 목적으로 거짓말을 한 건 아니겠지……? 기대했다만."

기대를 배신당한 걸지도 모른다. 그렇게 생각한 스레오닌은 험상궂은 표정을 더욱 험악하게 만들고, 마리를 들여다보았습니다.

"와~……."

절체절명인데요. 그렇게 난처하기 짝이 없는 마리를 돕고자 로이드가 사이에 끼어들었습니다.

"잠깐 기다려 주세요, 여러분! 마리 씨는 제가 신뢰할 수 있는 사람이에요! 거짓말을 할 사람이 아니에요! 여러 사건을 몰래 해결해 온 굉장한 분이에요!"

"오우?"

지원사격이라기보다는 등 뒤에서 총격이군요.

돕기는커녕 사태를 더욱 물러설 수 없는 곳까지 쭈우욱 밀어붙여 버린 로이드. 선의로 한 일이라 마리는 난처한 표정입니다.

"아니, 하지만……."

여러 사건을 몰래 해결해 왔다니……. 갑자기 그런 말을 해도 믿을 리가 없다. 지금이라면 아직 로이드가 사는 하숙집의 장난스러운 동거인으로 밀어붙일 수 있다……. 그렇게 생각하여, 코바와 스레오닌 쪽을 봤더니.

"오오! 로이드 군이 말한다면 신용할 수 있지!"

"그렇군! 로이드 군이 아는 사람인가! 범인이 누구인지 알아낸 거겠군!"

코바와 스레오닌은 의심하지 않고 믿었습니다. 아니, 의심은커녕 주위에 있는 종업원도 알겠다는 표정으로 고개를 끄덕끄덕했습니다.

"로이드 군에 대한 절대적인 이 신뢰감, 뭐야……?"

"그 곤혹, 나도 이해해. 마리 씨."

마리의 마음을 이해하는 리호는 툭 그녀의 어깨를 두드렸습니다.

아저씨 두 사람과 로이드 일행의, 기대가 가득하다 못해 흘러넘치는 시선이 마리에게 쏟아졌습니다. 완전히 퇴로가 끊어졌군요.

보다 못한 알카가 살며시 마리에게 귓속말을 했습니다.

"마리야, 일단 이 분위기를 유지해야 한단다."

"유, 유지하면 되는 거죠……. 알겠어요……."

일단 마리는 필사적으로 분위기를 유지하려고 했습니다.

"그, 그러~니까요. 다, 다시 말해서요…… 위협의 싹은 이미 저랑 여기 있는 알카가 제거해 뒀으니 안심하세요."

뭐가 다시 말해서인지 전혀 모르겠군요. 게다가 언뜻 봐서 알카는 평범한 여자애입니다. 보통은 그런 그림을 상상할 수 없죠. 그러나――.

"음. 과연 로이드 군이 신뢰하는 사람이군. 이미 몬스터의 위협을 제거했다니."

로이드에 대한 신뢰는 그런 망언마저도 받아들이게 만들었습니다.

"……위협? 몬스터?"

어수선한 말에, 주위에서 곧장 불안한 소리가 들리기 시작했습니다.

"제, 제가! 경찰을 불러오겠습니다!"

서둘러서 경찰을 부르러 복도로 나서는 스레오닌의 비서.

그리고 그의 「경찰」이라는 단어가 결정타가 되어, 더욱 사태가 수습되기 어려워졌습니다.

유람하는 분위기로 바라보던 주위 손님들도 곤혹스러운 표정을 짓기 시작했습니다.

마리도 곤혹스러웠습니다. 알카를 구석으로 끌고 가서 조언을 구했습니다.

"잠깐, 스승님. 분위기를 유지하라고 했는데요……. 정말로 괜찮은 건가요? 뭔가 악화된 것 같은데요." (소근소근)

그걸 들은 알카는 사악한 웃음을 지었습니다.

"오냐……. 그러면, 잠깐 온천에 들어가는 김에 사건을 조사할 테니까. 조금만 더 시간을 벌어 보려무나." (소근소근)

"속였구나아아아! 이제 이 상황 물러날 수가 없잖아!" (소근소근!)

드디어 알카에게 휘둘린 걸 깨달은 마리는 피눈물을 흘리며 로리 할망구에게 덤벼들었습니다.

식당 구석에서 전개되는 미니 만담.

그 몇 번이고 본 광경을 보면서, 리호와 셀렌은 '어라, 이거, 거짓말 아닐까?' 하고 짐작하기 시작했습니다.

"속이는 게 아니란다. 괜찮아. 한 차례 엄청 궁지에 몰리고, 당황하면서 진땀 식은땀을 쭉 뺐을 즈음에 돌아오마. 그때 고대

룬 문자로 여기 있는 사람들 기억을 조작해서 없었던 걸로 해 주마." (소근소근)

주위의 기억 리셋이라는 터무니없는 기술로 대응하려는 알카에게 마리가 대들었습니다.

"리셋하면 된다니 그게 뭔데요! 지금! 지금 어떻게 해 주세요!" (소근소근)

알카는 딱 잘라 그것을 무시했습니다.

"나를 편리한 마차 취급한 벌이란다……. 자, 온천에서 시원하게 땀을 빼자꾸나! 자, 마리의 추리에 방해가 되니까 온천에 가는 거다, 로이드! 자자, 다들 오너라."

"어? 하지만…… 범인……."

아직도 마리를 믿고 있는 순진한 로이드의 어깨를 리호가 두드렸습니다.

"가자, 응."

"스승님! 절 두고 가는 건가요! 저도 온천 들어가고 싶은데!"

"식은땀 진땀 듬뿍 흘린 다음이란다. 그러면 열심히 하려무나."

"이 로리 할망구우우우!"

마리의 비통한 외침은 온천의 매력 앞에서 무력하기 짝이 없었습니다.

"그래서, 사건의 진상이 어떻게 되지?"

압력이 있는 스레오닌의 물음에, 홀로 남겨진 마리는…….

"————그, 그렇게 서두를 것 없어요. 일단은 최초의 사건부터 돌아보기로 하죠. 그러니까~ 최초의 사건이 어떤 식이었더라아?"

"……그걸 모르는 건가? 정말로 신뢰할 수 있는 인물인가?"

셀렌의 아버지가 냉정한 의문을 말했습니다만.

"당연히 충분하지. 로이드 군이 보증했는데."

스레오닌.

"괜찮습니다. 본 호텔이 보증하는 로이드 군이 그렇게 말했으니까요."

이쪽은 코바.

석연치 않은 기색의 셀렌네 아버지를 무시하고, 마리는 흐름에 전력으로 올라탔습니다.

"그, 그래요. 이 사건의 전모를 이해하는 데 필요해요! 알고 있지만! 알고 있지만요!"

"알겠습니다. 그러면 본 호텔에서 일어난 최초의 혼수 사건부터 훑어보지요……. 범인을 특정하기 위해서요."

"오오, 범인을 사람들 앞에서 드러내야겠지."

코바와 스레오닌이 서로의 입가에 웃음을 지으면서 시선을 마주쳤습니다. 둘 사이에서 파직파직 이펙트가 보이는 것 같을 정도군요.

"…………."

한편, 셀렌의 아버지는 의심스럽게 마리를 노려보고 있었습니다. 주위 손님들도 비슷한 느낌으로 마리를 멀리서 바라보았습니다.

"……이게 일반적이란 말이지. 로이드 군은 어째서 이렇게까지 신뢰를 얻은 걸까? ……어쨌든 지금은 탐정놀이를 해야지…… 로리 할망구우……."

마리는 사건 해결의 기약이 없는 명탐정 연기를 이어나가며, 알카가 돌아오기를 기다리기로 했습니다.

"역시나! 결국은 그냥 해 본 소리구나! 정말이지!"

돌로 만들어진 광대한 욕조에 몸을 담그고, 리호는 독설을 뱉었습니다. 리본을 풀어서 언뜻 다른 사람처럼 보이지만, 평소와 같은 의수에 조금 아저씨 같은 언동은 건재하군요. 아, 지금 "크아~." 하면서 온천물로 세수했어요.

"미안하구나. 설마 정말로 사건이 일어났을 줄은 몰랐단다."

이쪽은 알카, 과연 로리 할망구입니다. 탱탱한 피부와 납작납작한 가슴팍을 보이며 리호를 따라 탕에 들어갑니다. 들어간 순간에 "크어~." 하고 아저씨 같은 소리를 내는군요.

"뭐 금방 해결해 버리면 얼른 돌아가야 하니까, 조금 더 온천을 즐긴 다음이 좋겠어."

한편 금발 소녀 메나는 나이에 걸맞게 여자애 같은 말을 하고 있군요.

"아~. 목욕한 다음에 마시는 에일이 기대되네."

취소합니다. 다들 정신상태가 아저씨네요.

"그래서, 셀렌 양은 뭘 하는 거야?"

"저, 온천 들어가는 게 처음이랍니다."

셀렌은 욕탕 옆에서 조심조심 흠칫거리며 난처한 기색입니다.

"그냥 평범하게 들어오면 돼, 으랴아!"

리호가 사양 않고 셀렌의 팔을 끌어당겼습니다.

"아뜨뜨뜨! 뭘 하는 건가요!"

새하얀 셀렌의 피부가 온천물로 빨개졌습니다. 그것을 본 리호가 폭소합니다.

"크하하하! 평소에 저주받은 벨트로 방어를 하니까 손대기 어려웠잖아! 평소의 답례야!"

"잠깐 리호 씨! 온천에서 이런 짓을 해도 되는 건가요!"

"다들 아는 사람들이니까 별로 괜찮지 않아? 이런 짓을 해도오!"

"히이익! 메나 씨! 잠깐, 메나 씨!"

등 뒤에서 몰래 다가온 메나가, 멋진 미소를 지으며 셀렌의 유방을 주물러댔습니다.

"으응…… 정말로! 다, 답례랍니다!"

얼굴이 빨개진 셀렌은 손을 쥠쥠 하면서 반격 대상을 물색했습니다.

——그런데 여러분, 이쯤에서 오늘의 선수를 소개하죠.

리호—— 슬렌더 체형.

메나—— 자그마한 소녀 체형

알카—— 로리 할망구

셀렌은 말없이 미안한 기색으로 손을 내렸습니다.

"노코멘트가 제일 상처 받거든."

정말로 노코멘트는 안 됩니다. 상처의 원인이 됩니다. 마음의 상처요.

"그렇단다 그렇단다."

한편 알카는 욕탕에서 헤엄치기 시작했습니다. 크롤에 버터플라이에 평영…… 인생과 마찬가지로 자유형이군요. 덧붙여서 아저씨와 어린아이의 하이브리드, 그것이 로리 할망구. 이 생물, 구제할 방도가 없네요.

"……아는 사람들밖에 없으면 뭘 해도 괜찮다. 공부가 됐답니다."

그런 셀렌 옆에서, 리호가 주위를 둘러봤습니다.

"그런데 필로 녀석은 어딨어?"

"지금 사우나에서 땀을 빼며 와인…… 포도 주스 기운을 빼는 중이야. 사자의 입에서 온수가 나오는 걸 봤더니 토할 것 같다고 하더라."

자칫하면 알칼리성 온천에 산성 위액이 섞일 뻔했네요.

그때 알카가 필로의 신체능력을 입에 담았습니다.

"그 필로란 소녀는 제법 격투 센스가 있더구나."

"오, 보는 눈이 있잖아, 꼬마 아가씨."

"오오, 우리 마을에도 비슷한 움직임을 보이는 할배가 있단다."

"어라? 희한하네. 같은 유파일까? 필로의 유파는 무술의 귀신이라고 불린——."

"그렇구나. 분명히 피리도 녀석이 옛날에 좀 놀러 다녔을 때, 그런 별명으로 자기소개를 하고 다녔었지."

"……어?"

"로이드를 부모 대신 키운 녀석이다만, 스스로 귀신이라고 했던 걸 흑역사라면서 탄식하고 있단다."

곤혹스러워하는 메나에게 알카가 새삼 인사를 했습니다.

"콘론의 촌장 알카란다. 콘론은 알고 있니? 동화 속의——."

"……어?"

"그나저나 이 온천은 참 기분이 좋구나. 열 살은 젊어지겠어. 뭐 100살이 넘었으니 열 살 정도로는 전혀 부족하다만."

갑자기 동화 속 콘론의 이야기나 연령이 100을 넘었다고 하는 정신 나간 말을 듣고, 메나는 당황했습니다.

그러나 로이드의 존재를 본 메나에게는 전혀 거짓말 같지가 않았습니다. 오히려 딱 맞아 들어가고, 모든 것이 납득이 갑니다. 머리의 처리가 따라잡지 못한 메나는 리호와 셀렌에게 도움을 청했습니다.

"……너희, 이거 정말이니?"

"잊는 편이 좋습다."

"신경 쓰면 지는 거랍니다."

적절한 조언을 받은 메나.

"힘내라 메나……. 어른의 절반은 타협으로 되어 있어…… 오케이, 타협했다!"

온천에 왔는데도 이상하게 지친 메나는, 천천히 욕탕에 가라앉으며 부글부글 거품을 내기 시작했습니다. 인간은 마음가짐을 어떻게 먹는가가 중요해요.

"…………부활."

그때, 슈슈슈 김을 뿜으면서 필로가 사우나에서 나왔습니다. 위도 아래도 전혀 가리지 않은 무방비하기 짝이 없는 모습은 온몸에서 김을 뿜고 있어서 군데군데 가려져 있었습니다.

"그러면, 모두 모였으니 사건에 대해서 자세한 설명을 듣자꾸나."

필로도 왔으니, 커다란 차이로 최연장자인 알카가 욕탕에 앉아 자리를 이끌기 시작했습니다.

"사건 말인데요——."

리호가 지금까지의 경위를 설명했습니다.

"…………그랬었구나."

필로가 욕탕에 들어가면서 진지한 표정을 지었고, 셀렌은 질린 어조입니다.

"필로 씨. 당신은 아자미 왕국의 명령을 받고 온 거였죠?"

"…………이리저리 기억이 날아갔어……. 포도 주스를 마시면 기억날 것 같아."

이제 그만두라고 필사적으로 말리는 메나와 리호. 한편 욕탕에 잠기면서 알카는 사악한 웃음을 지었습니다.

"그렇구나, 원인은 트렌트로구나……. 지금쯤 마리는 힘들겠어."

목욕탕 안에 울리는 알카의 "트렌트로구나."라는 혼잣말에 리호가 반응했습니다.

"역시 트렌트 짓이구나."

"이야기를 들어보면 그렇지. 죽지는 않지만 사흘 밤낮으로 혼수 상태…… 여행자나 동물 따위에 스스로 뿌리를 박고서 생명력을 빼앗는 건 트렌트 말고 없단다."

그 대화에 메나가 평영을 하면서 다가왔습니다. 어린애 같은 행동이지만 그녀는 스무 살이 넘었단 말이죠.

"기다려 봐. 알란 군은 남탕에서 쓰러졌잖아. 트렌트가 이 호텔 안에 살고 있다는 거야?"

"아니, 아마도 묘목이 누군가에게 기생하고 있을 거란다. 숙주를 조작하여 힘을 쌓으면서 좋은 장소에서 뿌리를 내리고 영역을 구축한단다."

"역시 묘목이 벌써 누군가한테 기생해 버린 거구나……. 성가신 패턴이네……. 까딱하면 지도를 다시 그려야 할 정도의 피해가 생길 거야."

귀찮은 일을 받아 버렸다며 욕탕에 잠기면서 한숨을 쉬는 메나.

"메나라고 했느냐? 걱정 말거라. 이것도 무슨 인연이니, 내가 사건을 해결하는 데 협력해 주마."

갑작스러운, 그리고 협조적인 제안에 리호가 의심스러운 표정을 지었습니다.

"콘론 사람들은 함부로 일반인한테 손을 대지 못한다고 마리 씨한테 들었는데요……. 괜찮아요?"

"뭘. 사람들이 난처한 상황인데 그냥 두고 볼 수는 없는 성미라서. 그리고 로이드의 친구인 알란이 살해당하지 않았니? 여기서 움직이지 않을 수는 없단다."

"아직 안 죽었지만요."

리호의 쓴소리를 개의치 않고, 알카는 알몸인 채 창밖을 보았습니다.

"그렇게 됐으니. 얼른 조사를 위해서 사건 현장…… 스위트룸 노천온천으로 가자꾸나. 로이드도 있을 테니까."

"그 게 목 적 이 냐!"

납득할 수밖에 없는 행동이념, 리호의 딴죽이 대욕탕에 울려 퍼졌습니다.

"아니 아니, 범인은 현장에 돌아온다고 하지 않니? 이런 건 서둘러야 한단다!"

"절대로 다른 게 목적이죠. 그리고 옷 입어 주세요."

"서로 등을 밀어줄 예정이 있는데 옷을 입는 바보가 있겠느냐! 자아, 렛츠 고!"

완전히 로이드와 혼욕하러 가는 거잖아. 머리를 감싸 쥐는 리호 옆을 셀렌이 지나갔습니다.

"현장을 100번 살피는 건 형사의 기본이랍니다."

"너희는 체포되는 쪽이거든!"

"…………."

"말없이 엿보러 가지 마!"

계속해서 딴죽을 거는 리호, 그 옆에서 메나가 키득키득 웃었습니다.

"어쩐지 전력으로 막고 있는 느낌이 안 드는데에."

"어, 메나 씨!"

아무래도 정곡을 찔린 모양입니다. 뭐, 좋아하는 사람과 혼욕은 로망이니까요.

"자, 다들 로이드 군이 있는 욕탕으로 가 버렸어."

"……아아, 정말 너네…… 로이드가 목욕하는 거 엿봤다는 걸 마리 씨가 알면 어떤 표정을 지을지…… 턱이 빠질 정도로 놀랄 거야."

어쩐지 '어쩔 수 없구만 정말이지 원.' 하는 뉘앙스로, 리호도 알란이 더워 먹은 노천온천으로 향했습니다.

예를 들어 범인은커녕 사건조차도 전혀 모르지만 용의자를 다 모아 버린 명탐정 같은 상황

한편, '명' 탐정 마리는 코바가 말하는 사건 개요에 귀를 기울이면서, 어떡하면 이 곤경에서 벗어날 수 있을까 필사적으로 머리를 쓰고 있었습니다.

(이걸 어쩌지……? 시간을 번다고 해도 그 로리 할망구는 당분간 안 돌아올 거야. 분명 사건의 범인 같은 거 팽개치고 온천을 탐닉하다가, 내가 심신이 모두 걸레처럼 너덜너덜해지고 나서 나타날 게 빤해……. 아아, 온천 들어가고 싶다 정말! 로이드 군이랑 서로 등 밀어주고 싶은데 정말!)

약간 잡념이 들어간 건 애교입니다.

"——처음에는 단순히 돌발적인 사고였다고 생각했지만, 지난 몇 개월 정도 급격하게 피해 건수가 상승했습니다……. 탐정 아가씨, 듣고 있나요?"

"……아, 나구나! 듣고 있어요!"

약간 정신이 딴 데 팔렸다가 코바의 걱정하는 말을 들은 마리는 새된 목소리로 대답했습니다.

(그렇네, 어쨌든지 사건 개요를 잘 들어두자. 일단 어떤 사건인지 당최 짐작이 안 가니까……. 혹시 내 극한까지 단련된 회색 뇌세포라면 뜻밖에 범인을 특정할 수 있을지도 몰라.)

마음을 고쳐먹은 마리는 코바의 말에 귀를 기울였습니다.

"——이 호텔 근린의 주민들에게 다수 피해가……."

"헤~."

코바는 보고를 처음 듣는 기색인 마리의 태도에 때때로 고개를 갸웃거리면서, 사건 이야기를 이어 나갔습니다.

"——이상이 본 호텔, 및 그 주변에서 일어난 사건의 개요입니다."

"호~."

"——그렇게 됐으니, 우리로서는 참 난처한 일인데…… 탐정 아가씨?"

마리는 입을 꾹 다물고서, 미간에 주름을 만들며 허공을 바라보았습니다. 코바가 걱정스러운 표정으로 들여다보고 있네요.

그런 마리의 속내를 말씀드리자면…….

(과연, 전혀 모르겠다.)

빨리도 범인 찾기를 포기했습니다. 회색 뇌세포라기보다, 일단 멘탈을 단련해야겠어요.

(아니 아니, 아무리 그래도 아까 사건이 일어났다는 걸 안 나더러 어떻게 해결하라는 거야! 그렇다고 사실은 거짓말이었다고 말할 수도 없는 상황…….)

어떻게든 탐정의 입장을 유지한 채 헤쳐 나갈 방법……. 그래서 마리가 낸 작전이란 것은.

(그렇지! 추리 소설에서 자주 보이는 엉터리 탐정! 그런 느낌으로 적당히 말해서 얼버무리자! 노력해 봤지만 못 풀었어요,

같은 애교 넘치는 엉터리 탐정! 다들 실망할지도 모르지만 거짓말이라고 들키는 것보단 나을 거야.)

마리는 일부러 엉뚱한 추리를 해서 그 자리를 헤쳐 나가는 작전을 생각했습니다.

뭐, 분명히 추리소설이나 추리 만화에서는 엉뚱한 추리를 선보이는 탐정이나 형사가 뜻밖에 혼나질 않는단 말이죠. 다들 기가 막히긴 하지만요. 제법 좋은 아이디어라고 생각합니다.

활로를 찾아낸 마리는 작은 소리로 "좋아." 하고 기합을 넣었습니다.

(정해졌으면 얼른 실행! 평소랑 다른 나를 연기하게 되겠지만 분명히 괜찮을 거야!)

80%쯤 평소랑 같지 않을까 생각합니다. 그럭저럭 애교가 있고, 그럭저럭 엉터리니까요.

진지한 표정에서 비관적인 표정, 그리고 마지막에 희망을 찾아낸 표정…… 휘릭휘릭 표정이 바뀌는 그녀를 보고 스레오닌이 걱정스레 말을 걸었습니다.

"이, 이봐. 정말로 괜찮겠나? 뭐, 로이드 군이 신뢰할 수 있는 사람이라고 했으니 괜찮을 거라 생각한다만."

마리가 사나이다운 표정으로 엄지를 척 들었습니다.

"네. 제가 가야 할 방향성이 보였어요."

갑자기 방향성이라는 수수께끼 워드를 말하는 마리에게 코바와 주변 갤러리들이 의심스러운 표정을 지었습니다.

그러나 지금의 마리는 그런 걸 신경 쓰지 않습니다. 재는 표정으로 적당한 추리를 선보이기 시작했습니다.

"이야기를 들어보니 주변에 인간의 흔적은 없고, 흉기도 없고, 한때는 몬스터 짓으로 생각했다고 하는데…………. 하지만, 범인은 그렇게 몬스터 짓이라고 생각하게 만들어서 자신에게 의심의 눈초리가 향하지 않도록 하고 있어."

"호오. 그러나 어떻게 흔적을 남기지 않고 생명력을 빼앗는 짓을 할 수 있다는 건가?"

스레오닌의 정론에도 마리는 여유로운 표정입니다……. 뭐 아무 말이나 해서 얼버무리려는 사람에게 압력 따위 전혀 상관없으니까요.

마리는 그냥 생각나는 대로, 딴죽 걸 여지가 듬뿍 있는 정신 나간 추리를 뱉어 버렸습니다.

"그야 뭐, 점프를 한 거지. 인간을 훨씬 뛰어넘는 신체능력으로 나무 위에서 뛰어내리고 엄청난 스피드로 벽을 기어오르고, 자신의 방으로 돌아간다……. 흔적을 남기지 않고, 범인은 아무것도 모른다는 표정으로 평소와 똑같이 행동한다……. 간단한 추리야~."

대강 이런 식으로 적당한 헛소리를 늘어놓았습니다.

그리하여, 마리는 자기 추리를 듣고 '그게 어디가 추리야.' 라거나 '역시 인간이 한 짓이 아니잖아.' 같은 반응을 기대하며 코바와 스레오닌의 표정을 힐끔 살폈습니다.

그들의 반응을 보니…….

"거기까지 조사를 했다니 제법인걸, 탐정 아가씨."

“흠. 조금 의심했다만……. 과연 로이드 군이 보증할 만하군. 괜히 시험하듯 굴어 미안하다.”

무지막지 납득해 버렸습니다. 예상 밖의 일에 마리는 눈이 동그래졌습니다.

(어어어어? 어째서 거기서 ‘제법’ 이란 반응인데? 이 사건 대체 뭔데!)

두 사람의 ‘기대할 수 있겠다’ 아우라를 팍팍 느낀 마리는 어떻게든 자기가 엉터리 탐정이라는 방향으로 궤도를 수정할 수 없을까 싶어 더욱이 거짓말을 거듭했습니다.

“그, 그러니까……. 뭐 이 정도는 누구든지 예상할 수 있어. 초보자라도.”

“아니 아니. 겸손할 것 없어, 탐정 아가씨. 지식과 배경조사가 뒷받침되는 어엿한 추리다.”

코바의 과장된 칭찬의 말에 진짜로 위험하다고 짐작한 마리. 늪에 빠지기 전에 더욱 거짓 추리를 뽑아냈습니다.

“……그때 나는 깨달아 버린 거야! 범인의 진정한 목적이란 걸.”

“진정한 목적이라고? 그건 대체…….”

기대의 시선을 보내는 스레오닌에게 마리가 대답했습니다.

“그건! 다시 말해서 ‘세계정복’ 이야!”

““세계정복!””

코바와 스레오닌의 놀란 목소리가 하모니를 이뤘습니다.

“그래. 인간의 생명력을 축적해서 그 힘으로 권속을 만들어내고 이 토지에서 대륙 전토를 향해 세력을 확대하는 계획이야……. 범인은, 이윽고 모든 것을 지배하는 마왕이 되어 인류의 적이 된다…… 아마 그럴 거라고 생각해!"

마리는 보람찬 표정으로 추리……라기보다는 망상이 얽힌 무언가를 뱉어냈습니다.

(이렇게까지 바보 같은 소리를 하면, 아무리 그래도 명탐정이라고 생각 안 할 거야. 마음에 병이 있는 관심종자라고 단정하는 게 필연! 조금 전에 한 말도 노카운트! 좋은 병원을 소개해 주면서 쫓아낼 게 틀림없어!)

마리는 '자, 얼른 나를 쫓아내라.' 라고 말하는 자세였습니다. 몸을 약간 앞으로 기울여서 로브의 목 부분을 언제든지 붙잡힐 수 있도록 했군요.

그러나, 그런 노력도 허망하게 그녀의 눈앞에서 코바와 스레오닌은…….

""그랬었군!""

이 또한 사이좋게 하모니를 이뤘습니다. 만나는 타이밍이 달랐다면 친구가 됐을지도 모르겠네요, 이 두 사람.

(에에에에에에! 어째서어어! 어째서야아아아아!)

마리는 앞으로 기울어진 자세 그대로 눈을 까뒤집었습니다. 그런 것도 개의치 않고, 두 사람은 팔짱을 끼고 끙끙거리며 납득하는 것이었습니다.

"그렇지. 여기는 로쿠죠 왕국과 아자미 왕국을 잇는 가도의 한가운데……. 여기를 거점으로 수를 늘려 가면……."

"불법재배로 돈을 벌어 군자금을 모으면서 기회를 엿보고 있었다는 건가…… 조금 생각하면 상상할 수 있었을 텐데……. 이런 형태로 침략을 꾸미다니……."

두 사람의 입에서 뭔가 터무니없는 말이 차례차례 나오자 마리는 입가를 씰룩거렸습니다.

(내 상상을 뛰어넘는 사건이 일어나고 있었어! 그런 건 명탐정 따위의 범주가 아니잖아! 군대 같은 걸 부르라고!)

그녀에게 필요한 건 극한까지 단련한 뇌세포도 강인한 멘탈도 아니고 액막이굿이네요. 그것도 본격적인 걸로요.

어디 보자. 이 두 사람은 일의 발단이 트렌트라는 것을 알고 있기 때문에 마리가 말하는 거짓말을 절묘하게 납득할 수 있었습니다.

하지만 그걸 모르는 주변 사람들은 이야기를 따라가지 못해서 아직도 의심스러운 표정이었습니다.

그 모습을 깨달은 코바가 손님들에게 설명을 시작했습니다.

"사실은 말입니다, 놀라지 마십시오……."

코바는 이 사건의 그림자에 트렌트의 불법재배와 그 묘목이 기생하고 있는 인물이 뒤섞여 있다는 것, 그리고 기생당한 인간은 신체능력이 향상된다…… 같은 내용을 설명하기 시작했습니다.

"""뭐라고요!"""

그의 말에 주위 손님이나 종업원들이 놀랐습니다. 참고로 마리도 놀랐습니다.

"……어째서 자네도 놀라는 건가?"
"아, 저기, 그런 흐름이길래요."
마리는 식은땀을 흘리며 대답했습니다.
(잠까안 좀! 먼저 말하란 말야! 트렌트 불법재배 같은 건 좀! 맞혀 버리면 엉터리 탐정 연기를 못하잖아!)
생각지 못한 전개에 어떻게 해야 할까 싶어 마리는 난처함에 푹 빠졌습니다.
그 옆에서 코바가 동요하는 손님들을 진정시키고자 설득을 하고 있었습니다.
"지금까지 이걸 숨기고 있던 이유는 손님들에게 괜한 걱정을 끼치지 않기 위해서입니다……."
그러나, 어쩌면 옆에 트렌트에 기생당한 무리가 있을지도…… 그렇게 생각하고 만 손님이나 종업원은 의심의 눈길을 감추지 못했습니다.
이대로는 '몬스터랑 같은 장소에 있을 수 있겠냐! 나는 내 방으로 돌아가겠어!' 같은 사망 플래그를 세우는 사람도 나올 법한 상황입니다.
술렁거리는 식당.
스레오닌은 그 상황을 보다 못해 커다란 소리로 식당 안의 사람들에게 말했습니다.
"그러나, 걱정할 것 없다! 이 탐정 아가씨가 이미 범인을 특정했다! 지금이야말로 그 악당을 밝히고! 정의의 철퇴를 내리게 될 거야!"

온몸에 울리는 스레오닌의 고무에, 그 자리에 있던 사람들이 안도하여 가슴을 쓸어내렸습니다.

한편으로 마리는 쓸어내릴 수가 없는 풍만한 바스트가 동요 때문에 쿵쾅쿵쾅, 출렁출렁 흔들렸습니다.

(난이도 올라갔다아아아! 도망칠 길이 없어!)

그야 그렇겠죠. 아무렇게나 추리를 해서 헤쳐 나가려고 했더니, 그러긴커녕 틀리는 게 용납되지 않는 돌이킬 수 없는 상황으로 내몰려 버렸으니까요.

그런 마리에게 코바는 눈썹을 찌푸리며 다가갔습니다. 뭐, 그는 스레오닌이 범인이라고 생각하니까 그 악당 본인이 정의의 철퇴를 운운하고 있으니 기분이 좋을 리가 없죠.

“탐정 아가씨, 이제 그만 뜸 들이지 말고 딱 말해 주지 않겠어? 누가 악당이고, 누구에게 정의의 철퇴를 내려야 하는지를 말이지이…….”

(그걸 내가 알고 있으면 말하고 싶지이!)

“음. 이제 그만 때가 됐군. 얼른 가르쳐 주지 않겠나? 명탐정.”

스레오닌은 코바에게 다가서며 날카로운 눈빛으로 노려보았습니다. 시합 전의 복서 같은 구도로군요.

사이에 끼인 레프리 같은 포지션의 마리는 뭐가 뭔지 알 수 없는 상황입니다. 이 두 사람이 서로를 범인이라고 착각하고 있는 걸 마리는 알 리가 없으니까요.

“자, 범인을 말해 달라고, 탐정 아가씨.”

"빤한 연극은 끝이다. 사양하지 말고 고발하게나."

멋대로 끓어오르는 아저씨 두 사람 때문에 마리는 땀범벅입니다.

"어~ 범인 말인데요……."

""자, 얼른!""

힘차게 고발을 재촉받은 그녀는, 이제 아무래도 좋다는 심정이었습니다.

(얼른이라고 해도 모르는 건 모르는 거라니까! 이제는 그냥 아무렇게나 적당히 범인은 당신입니다 하면서 마구잡이로 말할 거야! 그 로리 할망구가 기억을 리셋할 수 있다고 했으니까!)

자포자기한 마리는 육박하는 아저씨 두 사람을 치우더니 적당하게 허공을 가리켰습니다.

"이 혼수 사건의 범인은── 당신이에요! ……아마도."

마리가 가리킨 방향에 주위의 시선이 집중됐습니다. 그 앞에 있던 불행한 인물은──.

"나 말입니까?"

셀렌의 아버지였습니다. 그는 갑자기 범인으로 지목받았는데도 차분한 태도로 마리를 보고 있었습니다.

"과연…… 내가 혼수 사건의 범인……인가요."

너무나도 조용한 음성인 그에게, 마리는 '틀렸나요? 죄송합니다.' 하고 엎드려 빌 자세를 취하고자 했습니다.

그러나, 엎드리려는 순간에 스레오닌이 커다란 소리를 질렀습니다.

"분명히 맹점이었군…… 헴아엔 가문의 가주…… 이 남자가 불법재배의 주모자라고 생각할 수 있다! 나는 그만 이곳의 오너가 범인이라고……."

"이럴 수가, 나는 스레오닌 씨가 범인이라고 생각했는데……."

스레오닌과 코바는 멋대로 납득하며 셀렌의 아버지를 추궁했습니다.

갑자기 추궁을 받은 셀렌의 아버지는 미간을 찌푸렸습니다.

"우리 가문이 불법재배에 관여했다…… 게다가 세계정복인가요?"

그러나 그는 태연하게 옷깃을 가다듬으며 그들과 대치했습니다.

그 당당한 태도에 열이 오른 스레오닌은 더욱이 거친 어조로, 빠르게 말했습니다.

"그래, 최근 네놈 집안의 씀씀이가 좋은 것은 트렌트로 장사를 하고 있기 때문이지 않나!"

"네, 벌이가 제법 좋습니다만……. 트렌트의 목재는 당신도 아는 것처럼 거래 자체가 불법인 건 아닙니다."

뻔뻔하게 대답하는 셀렌의 아버지. 스레오닌은 그 태도에 더욱이 짜증이 났습니다.

"으음. 여기 있는 코바가 범인이라고 생각했다만…… 설마 그렇게 위장하면서 자기가 재배하여 판매를 하고 있었다니."

"저기, 잠깐 진정하고 이야기를 들어주시지 않겠습니까?"

스레오닌은 들을 것도 없다는 태도로 거칠게 말하며, 셀렌 아버지에게 질문공세를 했습니다.

"그 밖에도 이것저것 많다! 어째서 이 타이밍에 우리 바보 아들에게 맞선을 신청했지? 이 주변 토지를 잘 아는, 우리 리도카인 가문을 끌어들여 트렌트를 양산하려 한 것 아닌가! 네놈들의 속셈! 남김없이 말해 줘야겠다!"

스레오닌은 그 커다란 손바닥으로 셀렌 아버지의 멱살을 잡았습니다. 같은 지방귀족이지만 사무원과 군인 정도로 체격 차이가 있으니까요.

그러나 그는 겁먹지 않고 담담한 태도를 무너뜨리지 않았습니다.

"이거야 원…… 다소 이성을 잃은 모양이군요……. 스레오닌 씨."

"뭐라고! ——음!"

다음 순간, 셀렌의 아버지가 스레오닌의 손목을 붙잡았습니다.

"으, 그으."

스레오닌은 얼굴이 새빨개져서 전력으로 저항했습니다. 그에 비해 셀렌의 아버지는 시원스러운 표정입니다. 잠시 지나 스레오닌은 멱살에서 손을 놓았습니다.

조금 보라색이 된 손목을 보고 스레오닌도 코바나 주위 사람들도 동요했습니다. 언뜻 보기에도 가는 팔인데, 무시무시한 악력으로 억지로 풀어냈으니까요.

"네놈…… 그 악력은 뭐냐…… 대체 무슨……."

"여기서 말할 일은 아닙니다."

셀렌의 아버지는 변함없는 어조로 시원스럽게 말하더니 가까운 의자에 앉았습니다.

"그러면 진정된 모양이군요. 사실은 나도 이것저것 물어보고 싶은 것이 있습니다……. 탐정 아가씨, 나한테 시간을 줄 수 있을까요?"

"아, 아아. 네."

갑자기 말을 걸자 당황하는 마리. 그것을 본 그가 조용히 말하기 시작했습니다.

"소문에 도는 트렌트의 불법재배 말입니다만——."

그보다 조금 전, 마침 화제가 된 바보 아들 알란은 주방으로 발길을 옮기고 있었습니다.

"사우나에서 더위를 먹고 깨어 보니 목욕가운 한 장…… 목은 마르고 배는 고프고…… 최악이다."

식당은 아무래도 무슨 소동이 일어났는지 문이 닫혀 있길래 알란은 주방으로 들어갔습니다. 빵 한 조각이라도 받을 수 없을까, 그런 마음으로 들어갔습니다만…….

"아, 아무도 없나?"

사람 한 명도 없는 주방에 우두커니 선 목욕가운 차림의 알란, 돈은 나중에 낼 테니까 일단은 먹을 것을…… 그렇게 생각했을 때, 그의 눈에 김이 피어오르는 대형 냄비가 보였습니다.

알란은 꿀꺽 침을 삼키며 그 냄비 속을 들여다보았습니다. 안에 허브 향기가 풍기는 건더기 없는 수프가 가득했습니다.

"……정말 죄송합니다, 이제 한계입니다……."

알란은 누구에게랄 것 없는 사죄를 하더니, 가까이 있는 국자를 집었습니다.

"과연 일류 호텔의 수프…… 심플하게 보이는데 스파이시한 향기가 풍기는군."

알란은 얼른 수프를 먹기 시작했습니다. 언뜻 보기에는 라멘 수프 맛을 확인하는 가게 주인이군요. 얼굴이 삭았다는 점에서.

꿀꺼덕꿀꺼덕……. 목이 말랐던 알란은 운동한 뒤의 스포츠 드링크처럼 목을 울리며 수프를 마셨습니다.

"――걸쭉하면서도 깔끄만 마쉬눈 수후……."

한입 머금기만 해도 마비가 되어 버리는 그 연고가 들어간 수프를 마신 알란은 그대로 온몸이 마비되어 푹 쓰러져 버렸습니다.

흐려지는 의식 속에서, 알란은 '이 수프 만든 녀석한테 반드시 나중에 한소리 해줄 테다.' 하고 마음속으로 다짐하며 쓰러졌습니다.

냄비에 들어 있는 수프의 김만 슬프게 흔들리고 있었습니다.

한편, 로이드는 홀로 노천온천에 있었습니다. 스위트룸 숙박객용 온천이라 다른 손님은 없습니다. 알란 대신이라지만 이렇게 호화로운 목욕을 해도 되는 건가 싶어 그는 난처했습니다.

“이렇게 느긋해도 되는 걸까요……. 리호 씨한테 너무 미안하네.”

알바를 하러 왔는데 맞선 대역이 되어 어쩌다 보니 온천을 만끽하게 되었으니, 미안해하는 것도 이해가 되는군요.

“이래저래 속이고 있는 셈이 되니까……. 하다못해 혼수 사건의 범인을 특정하고 나면 다들 안심하고――응?”

그때 로이드는 바깥에서 바라보는 시선을 깨달았습니다. 천천히 목욕탕의 창으로 다가가서 어둠을 바라보았습니다.

“누군가 보고 있는 기척이…… 기분 탓인가?”

그리고 다시 욕탕에 들어가기 위해, 사타구니에 대고 있던 타월을 풀고 몸을 돌렸을 때였습니다.

“핫하! 사장! 가게는 좀 어때!”

입구의 천을 호쾌하게 통과하는 술집 단골손님 같은 감각으로, 로리 할망구가 태어난 그대로의 유아체형을 대해방하며 침입했습니다.

다만, 운이 좋은 건지 나쁜 건지, 로이드의 사타구니 또한 욕조에 들어가려는 찰나의 순간 개방되어 있었습니다.

“………….” (동요하는 로이드)

“………….” (하반신에 시선이 못 박힌 알카)

“……………………아웃///.” (얼굴을 붉히는 로이드)

“…………푸헥.” (코피를 뿜어내는 알카)

이 시간 0.5초.

즉시 반응하여 곧장 사타구니를 가린 로이드였지만, 사람 같지 않은 동체시력을 유감없이 발휘한 알카의 안구는 확실하게 그 사타구니를 포착했습니다.

전라의 알카는 황홀한 표정을 지으면서 목욕탕에 코피로 붉은 무늬를 그려냈습니다.

잠시 지나 다른 여성진도 달려왔습니다. 다들 바스 타월을 감고 있거나 감지 않고 있거나 그렇지만 어쨌든지 알몸입니다.

"잠깐! 여러분 왜 다들 이쪽에 오는 건가요!"

로이드의 절규에 바스 타월을 단단히 몸에 감은 채 얼굴을 붉히는 리호.

"아, 아니야! 이유가 있어, 로이드! 알카 촌장님이 여기를 조사하고 싶다고――."

그리고, 리호 뒤에서 재빨리 나타나는 셀렌. 눈이 하트 형태가 되어 있네요.

"로이드 님! 저와 로이드 님은 가족이나 마찬가지! 그러니까 가족용 목욕탕에 함께 들어가도 아무 문제 없답니다! 온천은 한 식구라면 뭘 해도 되는 거니까요!"

커다랗게 문제가 되는 발언을 하는 옆에서 아무것도 안 감추는 필로. 무도가다운 단단한 체구입니다.

"……사제의 관계는 가족과 마찬가지. ……그리고 곧 결혼해."

마지막으로 여유로운 표정의 메나. 페이스 타월 한 장을 세로로 내려서 가슴부터 사타구니를 감추고 있습니다. 마니악한 방식이네요.

"그래서, 알카 촌장님은 왜 쓰러져 있는 거야? 미끄러져서 넘어졌어?"

메나의 말로 조금 전 일을 떠올렸는지 로이드가 다시 얼굴을 붉혔습니다.

"…………아우."

그 반응을 보자마자 셀렌이 달려들었습니다.

"로이드 님의 저 반응…… 설마……."

삼백안을 험악하게 뜨는 리호.

"보여 버렸구나…… 로이드."

부끄러움을 담아 고개를 세로로 흔드는 로이드.

"…………이거, 묻자."

진지한 표정의 필로가 알카의 목덜미를 붙잡았습니다.

"어째서 알카 씨만! 불공평하답니다! 로이드 님! 저한테도 보여 주세요!"

"잠깐 기다려 주세요! 알몸에 공평이고 불공평이고 없잖아요!"

"괜찮답니다! 확실히 공평하도록 제 알몸을 빤히 봐도 괜찮으니까요! 아니면 만지셔도――."

공평이라는 말을 사전에서 찾아봐라. 리호가 말하려던 순간이었습니다.

"…………응?"

홀로 저 먼 곳을 바라보는 필로, 무슨 기척을 느낀 모양입니다.

"왜 그래? 필로?"

언니인 메나가 걱정한 다음 순간이었습니다.

"…………에잇."

필로가 목덜미를 붙잡고 있던 알카를 창밖으로 던졌습니다.

파삭 파삭 빠직 으직 …………콰아아── 파삭파삭파삭── 푸드득푸드득.

나무를 흔들고 가지를 꺾으며 바닥을 활주하자, 조용해진 밤의 숲에서 새들의 울음소리가 메아리쳤습니다.

"필로, 마음은 알겠지만 알몸 그대로 높은 곳에서 던지는 건 밧줄로 꽁꽁 묶은 다음에 해야지."

"마음은 알겠지만, 필로 씨. 안면에 낙서를 한 다음에라도 늦지 않았답니다."

당신들 너무 이해심 깊은 거 아닌가요?

리호와 셀렌은 알카를 밖으로 던져 버린 것을 질책했습니다. 물론 좀 더 고문할 여지가 있었다는 의미에서입니다.

"상당히 멀리까지 던졌네, 필로. 왜 그랬니?"

필로는 메나를 돌아보지 않고 눈을 가늘게 뜨며 아직도 저 먼 곳을 보고 있습니다.

"…………도망쳤어."

"어? 뭐가?"

"…………누가 엿보고 있었어."

"어? 여기는 가족용 목욕탕이잖아. 보통 엿보는 거라면 여탕을 보겠지."

"제일 먼저 엿보러 올 알카 촌장이나 셀렌 양은 같이 있었으니까……. 한 명은 지금 저 멀리 날아가 버렸지만."

가슴 앞에서 십자를 긋는 리호. 그런데 안 죽었습니다, 유감스럽게도.

"쳐들어온 시점에서 엿보기보다 질이 나쁘긴 한데 말이지……. 그러면 로이드 군을 노린 녀석은 대체 누구일까아?"

진지한 표정으로 셀렌이 중얼거렸습니다.

"마리 씨는 지금 붙잡혀 있으니. 다시 말해서…… 알란 씨?"

그건 아니겠죠. 지금 그는 절찬리에 마비되어 있으니까요.

그러면, 엿보기의 장본인인 키쿄우는 멀리서 쌍안경으로 로이드의 목욕을 엿보고 있었습니다.

물론, 어딘가의 누군가(셀렌, 알카)처럼 욕정에 몸을 맡긴 행위가 아닙니다.

트렌트의 묘목이 기생한 로이드의 몸 어디에 묘목이 있는 건지, 제대로 확인하기 위해서 알몸이 되는 목욕탕을 지켜보고 있었던 겁니다.

"수프에 연고를 넣어서 경구섭취로 묘목을 배출시키는 작전은 실패해 버렸으니까……. 상당히 억지스러운 거짓말로 요리사들을 식당에서 쫓아냈는데…… 그 두 사람은 대체 뭐였지?"

수프를 만들고 있는 와중에 무시무시한 형상의 알카와 마리가 나가라며 데스 보이스로 말했으니까요……. 뭐 로이드 결핍증인 두 사람이었으니까 위험을 감지하고 도망친 것은 현명한 판단입니다.

"아, 연고를 까먹고 와 버렸어……. 나중에 가지러 가야지…… 왔다!"

쌍안경 안에, 알몸인 로이드가 나타났습니다.

"전혀 연고가 효과가 있는 느낌이 아니네……. 역시 묘목이 있는 부분에 직접 닿아야 하나……. 축광 마석의 반사 때문에 잘 안 보여……. 김이 방해되네……."

어떻게든 묘목이 기생하고 있을 로이드의 사타구니를 보려고 하는 키쿄우는 눈을 크게 뜨고 그의 거동을 좇았습니다.

"아아, 역시 확실하게 몸부터 씻는구나……. 등밖에 안 보여……. 오! 아아, 욕조에 들어가 버렸다……. 아까워라."

뭐 이런 느낌으로 히트업한 다음.

(나 뭐 하고 있는 거지?)

키쿄우는 자기 행위에 탄식을 섞으면서 현자 모드가 되었습니다.

(이런 일까지 하면서…… 진상을 이야기하거나…… 최악의 경우 죽여도 문제없는데.)

묘목이 성장하기 시작하면 몇 명이 희생될지 알 수가 없다. 어린애 한 명의 목숨으로 대응할 수 있다면 싸게 먹히는 거다.

(그렇게 생각하는 게 제일인데 말야.)

"드디어 꿈이 이루어졌어요."

(…………정말이지.)

키쿄우의 머릿속에서 로이드의 밝은 미소가 리프레인되었습니다.

"꿈을 이루었다면 자기 몸 정도는 단단히 지켜야지……."

눈가를 문지르며 귀찮다는 기색으로 투덜거린 다음, 키쿄우는 다시 목욕탕을 엿보기 시작했습니다.

그러자 이게 무슨 상황일까요? 잠깐 눈을 뗀 사이에 여성들이 우르르 들어오지 않겠어요?

"어라? 보는 장소가 틀렸나?"

그러나 그 로이드 소년이 있습니다. 위치는 틀림없어요…… 키쿄우는 눈을 비비고 새삼 목욕탕을 응시했습니다.

뭔가 욕탕에 들어가지도 않고 이야기를 하는 모습을 바라보며 키쿄우는,

"뭔 상황이래?"

이런 말을 끊임없이 반복했습니다.

그리고 고개를 갸웃거렸을 때였습니다. 갑자기 여성 중에 한 명이 키쿄우 쪽을 보았습니다.

"어? 눈 마주쳤어? 이 거리에서?"

그 찰나, 뭔가 허연 물체가 이쪽을 향해 날아왔습니다.

"어? 어? 어? 위험해!"

이쪽으로 날아오는 물체를 간신히 필사적으로 피한 키쿄우. 밸런스가 무너진 그녀는 나무에서 떨어지고 말았습니다.

"아야야야…… 뭐야? 사람 같았는데……."

그때였습니다. 숲속에서 검은 그림자가 나타났습니다. 지금 그 소리를 듣고서 누군가 나타난 모양이군요.

"……누구야?"

그 숲속에서 나타난 것, 그것은…….

"어, 어라? 이런 곳에서 뭘 하고 계시나요? 호텔 종업원 씨."

스레오닌의 비서였습니다. 어쩐지 초조한 기색으로 키쿄우를 보고 놀랐습니다.

몸은 지저분하고 나뭇잎이나 나뭇가지가 의복에 묻어 있습니다……. 짐승들 다니는 길을 걸어온 느낌이군요. 결코 산책은 아닐 겁니다.

"당신 여기서 뭐 하는데요? 밤중에 돌아다니면 위험해요."

스레오닌과 관계를 숨기기 위해, 키쿄우는 어디까지나 누군지 모르는 척 물었습니다.

"제가 여기 있는 게 이상하다……. 저라도 그렇게 생각하겠죠……. 젠장, 그 마녀…… 원인을 제거했다고 거짓말을…… 서둘러서 확인했지만 다 무사하잖아……."

무슨 말을 하는 거지? 그렇게 의심스러운 표정의 키쿄우는 비서의 얼굴을 들여다보았습니다.

"뭔가 숨기고 있나 보네요?"

살짝 떠보는 키쿄우. 비서는 깜짝 놀랄 정도로 동요했습니다.

"아, 아무것도 숨기지 않았습니다! 이건 아무것도 이상할 것 없는 그냥 편백나무입니다!"

"편백나무…… 편백나무에 뭔가 숨겼다……! 비켜!"

키쿄우는 비서를 밀어내고 가까운 편백나무를 확인했습니다. 그 편백나무는 안쪽이 비어 있고, 텅 빈 줄기 안쪽에 괴이한 나무가 꿈틀거리고 있었습니다.

"이, 이거…… 혹시."

"——트렌트의 불법재배입니다."

가볍게 대답하는 비서. 키쿄우는 숨을 삼켰습니다.

아까 그 당황한 태도는 어디로 갔는지, 들켜 버렸으니 어쩔 수 없다고 생각하여 다 내려놓은 모양입니다. 비서는 담담하게 키쿄우에게 말했습니다.

"트렌트를 아시는 모양입니다?"

"그, 그래요. 소문 정도는……."

어째서 나한테 그런 걸…… 그것마저도 꿰뚫어 본 것처럼, 담담하게 비서가 말했습니다.

"좋아요……. 덤으로 저는 당신을 잘 알고 있습니다……. 스레오닌이 돈으로 고용한 해결사 키쿄우 씨."

"——큭."

반사적으로 움직여, 품에서 나이프를 꺼냈습니다.

그러나 비서는 동요하지 않았습니다. 감정이 어디론가 사라진 것처럼 담담하게 말하는군요.

"안심하세요, 이걸 밝힌 것은 당신과 거래를 하고 싶기 때문입니다."

"거래?"

안경 너머로 비서가 노려보았습니다.

"당신이 스레오닌에게서 얼마를 받았는지는 이미 파악하고 있습니다. 어떤가요? 두 배를 지불하지요."

"정말이지…… 악취미인데."

그렇게 말할 것도 다 알고 있는 것처럼 동요하지 않고, 비서는 차분하게 품에서 뭔가 서류를 꺼냈습니다.

"거래 명세서입니다. 판매자를 스레오닌으로 한 물건이지요. 이것을 경찰에 전달하고, 나에 대해서는 말하지 말아 주세요."

"잘 준비했는데. 처음부터 스레오닌 나리를 실추시키는 게 목적이었어? 하긴 상당히 애먼 말을 듣기는 했었지."

그 키쿄우의 말이 비서의 심금을 울린 모양입니다. 그는 봇물 터진 것처럼 스레오닌에 대한 불평불만을 터뜨리기 시작했습니다.

"애먼 말 따위가 아니다! 그 자식! 무가라고 해서 사무능력보다는 체력이 있는 사람을 우대하여 얼마나 괴로운 일을 겪었는지! 비서라는 측근이 되어서도 취급은 변함이 없고! 그래서 나는 트렌트 재배를 시작했다! 그놈이 좋아하는 산을 트렌트의 서식지로 삼았지! 반목하고 있는 헴아엔 가문에 부를 쥐여 주고! 그리고 마지막에는 모든 것을 놈에게 뒤집어씌운다……. 그리고 나는! 아무도 닿지 못하는 더욱 높은 존재로——."

점점 병적으로 흥분하는 비서. 후반은 뭔가 오컬트 같은 말을 지껄이고 있었습니다.

"그 더욱 높은 곳이라는 건 뭔데……."

흠칫 몸을 떠는 비서. 그리고 다시, 이번에는 흥분 따위 없었던 것처럼 담담하게 말하기 시작했습니다.

"이걸 거절할 이유가 있다는 건가? 이 기회를 놓치면 해결사로서도 손해라고 생각하는데요?"

이 서류를 받는 것을 확신하고 있다. 비서는 그런 눈빛이었습니다.

키쿄우는 그 눈에 겁먹지 않고, 오히려 납득한 표정을 지었습니다.

"해결사니까 말이지……."

키쿄우의 머리에 문득 로이드의 얼굴이 떠올랐습니다.

"꿈이 이루어졌어요!"

(산만한 나랑 달리, 되고 싶은 것이 있고, 그래서 노력하고 있으니까…… 무리를 해서 구하려고 했지.)

드디어 자신의 행동, 마음을 납득한 키쿄우는 훗 웃더니 비서를 보았습니다.

살며시 따스한 밤바람이 키쿄우의 볼을 쓰다듬었습니다.

"——난 말야……. 어렸을 때 배우가 되고 싶었어."

한순간 놀라는 비서였지만 금방 태도를 꾸몄습니다.

"배우? ……아아, 그렇군. 그러면 특별히 어느 극단에라도 들어갈 수 있도록 준비하죠. 지금의 나라면 그 정도는……."

기가 막힌 표정으로 고개를 옆으로 저었습니다.

"하지만 안 돼. 아마 적성에 안 맞을 거야. 금방 생각하는 게 얼굴이나 태도에 나와 버리니까."

오물을 보는 표정을 지은 뒤, 키교우는 재빠른 움직임으로 비서의 등 뒤를 점했습니다.

목덜미에 나이프의 칼등을 대는 키교우.

"네놈! 무슨 짓이냐!"

"해결사가 돈으로 뭐든지 한다고 생각하면 큰 착각이야! 그리고! 당신처럼 머리로만 생각하는 놈들이 잘난 듯이 하는 말을 듣기 싫어서 해결사가 된 거란 말야!"

전력으로 큰소리치는 키교우. 그 후련한 표정은 예상하지 못했는지, 비서는 씁쓸한 어조였습니다.

"그런가요. 그러면 이렇게 되어도 아직 거래를 거절할 건가요?"

그 찰나, 비서의 등이 꿈틀거렸습니다.

말라깽이 남자의 깡마른 등, 옷 안이 파도치더니 둑이 터진 것처럼 가느다란 무언가가 뛰쳐나왔습니다.

"뿌리?"

피할 틈도 없이 나무뿌리는 키교우의 다리를 휘감았습니다.

덜컥, 키교우의 안쪽에서 힘을 잃는 소리가 들렸습니다.

졸음. 나른함. 그런 종류의 감각이 휘감긴 다리에서 퍼져나갑니다. 버티지 못하고 끌려가 매달리고, 땅바닥에 부딪혔습니다.

일련의 동작이 끝난 다음, 뿌리가 스르륵 간단히 키교우를 놓았습니다.

"크악."

폐의 숨을 전부 토해낸 키교우, 기침을 하면서 비서를 노려보았습니다.

"뭐, 이만큼이나 직접 생명력을 빨아들였습니다. 당분간 다리를 움직일 수는 없겠죠."

자신의 몸에 뿌리를 휘감고서, 마치 오랫동안 방치한 가옥 같은 모습이 된 비서.

시간이 지나며 그것은 확실하게 수목의 형태가 되었습니다. 높이는 대략 6미터, 그 중앙에서 지친 얼굴이 보이고 있었습니다.

나무가 흔들 움직입니다. 파삭파삭 이파리가 흔들리는 소리.

"놀라셨나요? 내 몸에 깃들인 트렌트의 힘…… 그냥 트렌트가 아닙니다."

"설마 당신에게 기생해 있었다니…… 아니, 주모자가 자기 몸을 지키기 위해서 숙주가 된다는 건 간단히 상상할 수 있었을 텐데, 어째서 깨닫지 못한 걸까……."

"자, 거래를 계속하죠. 내용은 조금 변했습니다. 저를 따를 것인지, 여기서 내 아이들의 양분이 될 것인지! 이 모습이 되어 버리면 봐줄 수가 없으니까요."

"……어째서 깨닫지 못했는지."

키교우의 뇌리에 그 부드러운 미소의 소년이 떠올랐습니다.

그리고 부드럽지만 터무니없는 신체 능력을 가졌고——.

독이 전혀 안 통하고——.

등 뒤에서 몰래 접근해도 순식간에 깨닫는 초인적인 소년입니다.

"왜 그러시죠? 겁이 나서 말도 안 나오나요? 그런 성격도 아닐 텐데요."

"……."

"자, 얼른 결론을 내리세요! 저도 그렇게 오래는 못 기다립니다!"

"잠깐 기다려! 지금 생각하고 있으니까!"

"아, 네. 죄송합니다."

무심코 힘이 들어간 키쿄우의 말에, 트렌트의 숙주인 비서는 평소처럼 대답해 버렸습니다. 본래의 기가 약한 성격이 나와 버렸군요.

그런 비서의 한심함도 신경 쓰이지 않을 정도로, 키쿄우의 머릿속은 마구 돌아가는 중이었습니다.

(알아차리지 못한 것도 무리가 아니야. 그야…… 그야…… 명백하게 위험한 애잖아.)

로이드의 행동을 리플레이해 봤습니다. 아무리 생각해봐도 보통이 아니잖아요.

트렌트에 기생당하고 있었다. 그 전제가 뒤집힌 이상, 소년의 수수께끼가 더욱 깊어졌습니다.

"정말로 인간이야?"

로이드의 수많은 언동을 돌이켜본 키쿄우는 참지 못하고 혼잣말을 흘렸습니다.

그 말에 반응하는 비서.

"후후후. 어려운 질문이군요. 이 모습이 되어 버리면 순수한 인간이라고 말하기 어려울지도 모릅니다. 그래요, 말하자면 새로운 인류――."

"좀 시끄러워! 혼잣말에 일일이 반응하지 마!"

"아, 네, 죄송합니다."

비서가 쓸쓸한 기색으로 이파리를 파삭파삭 흔들었습니다.

키쿄우는 아까까지의 긴박감이 사라진 것처럼 수목을 두른 비서에게 물었습니다. 조금 강하게, 점장에게 불만을 토하는 파트타임 직원처럼 빡빡하군요.

"있지. 그 특별한 묘목이라는 거 당신 거뿐이야?"

"안심하세요. 이 악마 같은 힘은 나만의 것입니다. 물론 이 젊은 나무들도 그에 뒤지지 않는 흉악한――."

"아 정말! 처음으로 돌아가잖아! 2개 있거나 그러면 얼마나 알기 좋아! 예비 같은 거 좀 준비해 두란 말야!"

"아, 네. 어쩐지 죄송합니다."

비서는 쓸쓸한 기색으로 뿌리를 비비고 있었습니다. 괴이한 모습이 되어도 풍겨 나오는 신통찮은 성격…… 조금 가여워지기 시작하네요.

어째서 이렇게까지 혼나는 건지 알지 못하는 비서는 어떡해야 할까 말을 잃고 있었습니다. 이럴 때 대응하기 참 어렵단 말이죠.

누가 어떻게 봐도 내가 유리한데, 그럼에도 이 태도는 뭐지? 그런 식으로 비서가 줄기 속에서 고개를 갸웃거렸을 때였습니다.

부스럭, 부스럭. 초목을 헤치는 소리가 멀리서 들렸습니다.

두 사람이 주시하는 그곳에――.

"어라? 촌장님 분명히 이쪽으로 날아왔을 텐데?"

부드러운 미소의 소년, 로이드가 살며시 김을 풍기면서 이 트인 장소에 나타났습니다. 아무래도 날아간 알카를 주우러 온 모양이군요.

살짝 스며 나온 땀. 마치 방금 목욕을 하고 산책 같은 걸 하러 온 듯한 모습이었지만 키쿄우는 몬스터를 본 것 같은 눈이었습니다.

(…………어째서 얘가…… 아니…… 조금 전까지 목욕탕에…… 고작 몇 분 만에 그 멀리서!)

쌍안경으로나 보이는 먼 위치, 그 거리에서 태연하게 몇 분도 안 지나서 나타났다―― 트렌트가 기생한 것도 아닌데 순수하게 그 자신의 힘으로…….

키쿄우는 그 사실에 전율하여 손가락 끝까지 싸늘해졌습니다.

한편, 목욕을 마친 따끈따끈 로이드는 키쿄우를 발견하고 평소처럼 부드러운 미소를 지었습니다.

"아, 키쿄우 씨. 무슨 일인가요? 이런 곳에서? 아아, 그렇지. 이쪽으로 촌장님 안 날아왔어요? 알몸이면 감기 걸릴 텐데."

일단 촌장님이 알몸으로 날아왔다는 것, 그걸 감기 걸리는 정도밖에 걱정하지 않는다는 것……. 딴죽 걸 요소가 한가득인 말이었지만 거기서도 정체 모를 공포를 느꼈습니다.

그때 마찬가지로 갑작스러운 등장인물에 넋이 나갔던 비서가 마음을 가다듬고 자신의 괴이한 모습을 뽐내며 위협하듯 말을 걸었습니다.

"음. 정체가——."

"정체가 뭐야, 너는! 솔직하게 말해 줘!"

갑자기 말을 인터셉트 당한 비서가 곤혹스러운 기색이군요. "내 말 가로채지 마아~." 라며 이파리를 쓸쓸한 기색으로 흔들었습니다.

여러 가지 의미로 온도차가 있는 로이드는 천연덕스레 대답했습니다.

"어, 저 로이드인데요? 잊으셨어요?"

"그렇군, 생각났다. 그때 지배인과 함께 식사를 가져온 보이가 아닌가? 어째서 이런 곳에——."

"어째서 여기에! 아니, 어떻게 여기까지 왔어! 그 거리를 어떻게!"

또 자기 말을 강탈당한 비서는 "그러니까 내 말 가로채지 말라고오~." 하고 쓸쓸하게 이파리를 흔들었습니다. 이제 어쩐지 트렌트가 기생한 모습이 학예회의 나무 역할 수준까지 우스꽝스럽게 추락했네요.

"네? 걸어서인데요? ……그보다 이 분은 누구죠?"

그리고 로이드는 드디어 이 트렌트가 기생한 비서에게 화제를 돌렸습니다.

"크크크, 역시 궁금하나? 그야 그렇겠지. 보통은 그렇지. 이 이형의 모습을!"

"다, 당신은 비서 씨! 어째서 그런 모습…… 설마."

"영리한 아이군. 아마도 자네가 생각하는 것이 대충 맞을 거다. 그리고 자네가 이제부터 어떻게 될지도…… 상상할 수 있겠지."

"그 모습은…… 장기자랑 같은 거군요!"

"그래! 트렌트 불법재배도 모두―― 응?"

"장기자랑이군요! 그 스레오닌 씨에게 잘 보이기 위해서 편백나무 코스프레를 하는 거군요. 이야~ 리얼하네요!"

위기감 제로. 완전히 개나 고양이를 쓰다듬는 감각으로 비서가 두른 나무껍질을 만졌습니다.

"그런 것보다! 너야말로 대체 뭔데! 솔직하게 말해!"

"어? 저는 저인데요? 왜 그러세요, 키쿄우 씨? 패션 잡지 다음은 철학적인 책이라도 읽은 건가요?"

"그렇단 말이지………… 하핫."

아주 잔뜩 무시당한 끝에 장기자랑이라는 말을 듣는 꼴. 드디어 비서의 감정이 한계까지 끓어오른 모양입니다.

"이런 절대적인 힘을 얻고, 새로운 인류가 된 나를…… 이렇게 막 대하다니…… 결코 좋게 볼 수 없군요……."

간신히 남아 있던 상반신도 서서히 줄기에 삼켜지고 있었습니다.

깨닫고 보니, 비서는 주위의 나무들을 훨씬 뛰어넘는 거목으로 성장했습니다.

"너는── 으악! 이거 뭐야! 엄청 크잖아!"

줄기 안쪽 깊숙한 곳에서 불명료한 소리가 들렸습니다.

"어차피 나는 존재감이 엷다…… 레스토랑에서도 나한테만 물수건을 안 주지……."

뭔가 옛날 트라우마를 깊숙하게 파헤친 모양이군요. 좁은 곳에 틀어박혀서 원망을 쏟아내는 구제불능 인간 같지만── 일은 그런 퍼니한 상황이 아닌 모양입니다.

"아아, 이제 그런 건 아무래도 좋다. 나는 수목의 마왕, 아르킹. 패배했던 과거를 씻어내겠다. 우선은 빛과 물이다. 뿌리를 내리고, 내 침상을 만들어야지. 이 세계를 내 권속으로 감쌀 때까지."

"마, 마왕?"

뒤숭숭한 단어에 키쿄우가 새된 목소리를 냈습니다.

"이제 와서 두려워해도 늦었다!"

분명히. 조금 더 일찍 두려워해 줬으면 좋았을지도 모릅니다.

비서── 이제 마왕은 불명료한 목소리와 함께 뿌리를 지면에 박기 시작했습니다. 그리고 펌프처럼 쿨렁, 쿨렁 맥동하면서 땅을 향해 무언가를 보냈습니다.

그러자 이게 웬일? 편백나무 안에 숨어 있던 작은 트렌트들이 단숨에 성장하지 않겠어요?

은신처였던 편백나무를 안쪽에서 부수고, 주변은 순식간에 트렌트로 뒤덮였습니다.

그 모습을 보고 만족한 것처럼 불명료한 목소리가 울렸습니다.

"지금까지 쌓아온 양분을 모두 써 버렸지만 결과는 좋다……. 부족한 분량은——."

"아아, 그런 설정의 장기자랑이군요? 그렇다고 리얼리티를 추구한 나머지 트렌트를 키우는 건 안 돼요. 그거 함부로 키우면 주변에 폐가 되니까요."

"주변에 폐가 된다니! 뭘 그렇게 부드럽게 말하고 있는데!"

마치 길고양이한테 먹이 주는 걸 탓하는 표정의 로이드. 키쿄우는 사고가 따라잡지 못해서 안면이 붕괴하고 있었습니다.

그리고 로이드는 뭔가 깨달았습니다.

"그렇구나. 그래서 키쿄우 씨가 여기에! 손님이 이상한 짓을 하고 있으니까 주의를 주려고!"

"어? 어?"

그리고 로이드는 생긋 웃으며 포즈를 잡았습니다. 키쿄우에게 배운 그 포즈입니다.

"안심하세요! 이런 잡초 청소 같은 건, 후배인 제 역할이에요!"

"크크크, 잡초라고, 장기자랑이다 뭐다 하는 말도, 그렇군, 너무나 큰 공포에 상황을——."

그 찰나, 로이드의 주먹이 눈앞의 트렌트를 꿰뚫었습니다.

"상황을—— 이 상황 뭐야…… 위험하지 않아……?"

그리고 차례차례 트렌트를 해치우는 로이드, 상황을 이해 못 하게 된 건 마왕이었습니다.

그리고 약 한 시간에 걸쳐 로이드는 근처의 트렌트를 일소했습니다.

너무나 큰 공포에 키쿄우도 상황을 못 받아들인 모양입니다. 그녀는 넋이 나가서 로이드 무쌍을 방관했습니다.

"목재를 얻을 필요가 없으면 저도 이 정도는 할 수 있어요."

참고로 콘론 마을 사람들에게 트렌트는 장작이나 목재입니다. 트렌트는 눈치채기 전에 쓰러뜨리면 확실하게 목재를 드랍하니까 마을 사람들에게 「장작 줍기」=「암살」이라는 공식이 성립합니다. 다만 눈치챈 다음에 쓰러뜨리면.

푸슉…….

"트렌트가…… 연기가 돼서 사라졌어."

이렇게 사라져 버립니다. 달빛이 비치자 트렌트의 먼지가 반짝입니다. 남은 건 트렌트가 뽑혀서 울퉁불퉁해진 땅뿐이었습니다.

"역시 장작은 안 나오네…… 마을 사람들이 웃을 거야."

"……로이드 군? 넌 대체 정체가 뭐야?"

"저는 로이드 벨라돈나라니까요. 아자미의 사관후보생이고 —— 어라? 그 사람은?"

"……없어! 설마."

키쿄우는 어느샌가 사라진 마왕을 찾아 주위를 둘러보았습니다. 그러자 나무를 쓰러뜨리는 소리가 저 멀리, 호텔 쪽에서 들렸습니다.

"분명히…… 양분이 부족하다고 했었지……. 위험해!"

키쿄우는 달리려고 했습니다. 그러나 아까 생명력을 빼앗긴 탓에 생각대로 움직일 수가 없었습니다.

그래서 비틀거리는 그녀를 로이드가 상냥하게 들어서 안았습니다.

"무리하지 마세요, 뒷일은 저한테."

"하지만, 저대로는 호텔 사람들이 모두――."

"분명히…… 저 모습으로 밤중에 호텔을 어슬렁거리면 손님들이 항의하겠죠. 그건 절대로 안 돼요."

또 넋이 나가는 키쿄우. 그게 아니야, 라는 표정이군요.

"저는 아르바이트지만 동시에 아자미의 사관후보생이에요. 누군가에게 도움이 되겠다는 꿈이 있어요. 그러니까 맡겨 주세요…… 조금 미덥지 못하지만요."

키쿄우는 로이드의 말에 조용히 귀를 기울였습니다.

"저를 필요로 하는 일을 전력으로 하면 언젠가 사람들에게, 저 자신에게도 인정받을 수 있을 것 같아요. 지금까지 저는 몸이 약해서 가사만 하고 자신이 없었어요. 하지만 가사나 청소나 요리 같은, 자기가 할 수 있는 일을 전력으로 하면서 보인 게 있어요. 지금은 아직 보잘것없는 후보생이지만, 언젠가 어엿한 군인이 돼서――."

그때 호텔에서 커다란 소리가 들렸습니다. 시선 끝에는 더욱 거대해진 아까 그 트렌트의 마왕이 있었습니다. 10미터는 가볍게 뛰어넘고 기이한 모습이 더해졌네요.

그 거대한 트렌트를 본 로이드가 눈을 동그랗게 떴습니다.

"설마…… 이런 타이밍에…… 몬스터가…… 내가 날뛴 탓이야……."

아닙니다. 아까 그 비서입니다. 그리고 몬스터가 아니라 마왕입니다.

"——소문의 불법재배 건 말입니다만…… 설마 리도카인 가문에서 사들인 트렌트는 그런 위법행위에 손을 댄 물건은 아니겠죠?"

셀렌 아버지의 말에 스레오닌이 놀랐습니다.

"뭐라고! 리도카인 가문에서 구입했다고!"

"네. 딸을 시집보낼지도 모르니, 그런 기우는 제거해 두고 싶었습니다."

"다시 말해서 당신과 스레오닌이 혼수 사건의…… 불법재배의 범인이란 거냐!"

스레오닌을 붙잡으려던 코바를 셀렌의 아버지가 막았습니다.

"잠깐 기다려 주십시오. 저도 조금 걸리는 부분이 있습니다."

아주 간단하게 코바의 손을 막는 셀렌 아버지, 코바는 놀라움을 감추지 못했습니다.

"다, 당신…… 무슨 무술을 했었나?"

코바의 물음에, 셀렌 아버지는 눈길을 조금 깔면서 대답했습니다.

"창피한 이야기지만…… 딸을 위해서입니다."

"딸을 위해서?"

"저주받은 벨트 공주…… 알고 계시겠죠. 우리 셀렌을 말하는 겁니다. 그 저주받은 벨트를 풀려면 상당한 힘이 필요하다고 들어서 옛날에 단련을 했죠."

그가 팔을 걷어붙이자, 소매 안에 꾹 눌러 담은 근육이 보였습니다.

"너무 두꺼우면 위압감 때문에 장사에 지장이 생기기 때문에…… 뭐, 아자미 왕국에서 셀렌의 벨트가 풀려서 괜한 근육이 되어 버렸습니다만."

창피한 기색으로 소매를 되돌리는 셀렌의 아버지. 스레오닌은 놀란 기색으로 질문했습니다.

"그, 그러면 맞선 이야기도 뭔가 다른 뜻이 있는 것이 아니라……."

"다른 뜻? 다른 뜻이라고 할까요……. 딸의 저주가 풀린 이상, 군에 소속될 이유가 없으니까요. 다치기라도 하면 큰일입니다……. 게다가 지금 아자미에는 터무니없는 스토커가 있다는 소문을 듣고 얼른 맞선 신청을 했습니다."

아마 그 스토커, 당신 딸일 겁니다.

"……저주받은 벨트 탓에 지방귀족은 별로 좋게 생각하지 않아서…… 리도카인 가문만이 흔쾌히 승낙해 주셨죠."

셀렌 아버지가 담담하게 고개를 숙였습니다.

"그, 그래서였군."

스레오닌은 불법재배의 정보를 잡기 위해서 맞선 이야기를 받아들였지만, 흔쾌히 승낙했다는 말에 미안한 마음이 들었습니다.

"그래서 종종 거래 이야기를 하는 이 호텔에서 맞선을 보고…… 덤으로 불법재배 건도 확인을 하고 싶었습니다."

"아니, 기다려라! 나는 정말로 처음 듣는 이야기다! 리도카인 가문에서 샀단 말인가?"

"네, 리도카인 가문의 심부름꾼이라는 청년에게…… 어쩐지 스레오닌 씨와 대화가 어긋난다고 생각했습니다. 거래 상대가 누구와 거래하고 있냐고 물어보시기에 술에 취하신 줄 알았습니다……."

"얼버무리는 게 아니다. 나는 정말로 모르니까."

이야기가 평행선을 달리고 있을 때였습니다. 식당 주방으로 통하는 문이 세차게 열리더니 커다란 체구의 남자가 냄비를 들고 나타났습니다.

"이 수프를 만든 건 누구냐아아아!"

나타난 것은 알란이었습니다. 그 트렌트에게 효과가 있는 향초 수프를 먹고 지금까지 마비되어 있었던 모양입니다. 그리고 마비가 풀린 지금, 이렇게 때가 되어 클레임을 걸러 나타난 겁니다.

코바와 스레오닌. 투박한 남자 두 사람이 얼굴을 마주보았습니다. 그리고 동시에 눈을 가늘게 뜨고 알란을 보았습니다.

알란도 자신의 아버지와 수많은 갤러리가 있는 데다, 한창 뭔가 이야기 중이라 뭐라고 말하기 힘든 표정입니다.

"……실례했습니다."

일단 이 자리에서 벗어나려고 냄비를 든 채 몸을 돌리는 알란. 스레오닌이 그것을 막았습니다.

"네가 범인이냐!"

"무슨 말입니까, 아버지!"

영문을 모르는 상황에서 게다가 무슨 범인 취급을 당한 알란은 약간 울상이었습니다.

"이상하다고 생각했다! 너 같은 바보 아들을 아자미 군이 추켜세워 주다니! 트렌트를 판 돈으로 군을 매수했구나!"

"뭐가 대체 어떻게 된 겁니까, 아버지! 나 열심히 하고 있다니까요!"

갑자기 아는 사람이 목욕가운 차림으로 냄비를 안고 나타나 곤혹스러운 마리는 상황을 확인하고자 알란에게 말을 걸었습니다.

"잠깐 알란 군, 그 차림은 뭐야?"

"어? 어라, 마리 씨! 왜 여기 있어요?"

"그쪽이야말로…… 냄비는 왜 들고 있어?"

알란은 의문스러운 표정으로 냄비를 치켜들었습니다.

"좀 들어보세요! 이 수프를 먹었더니 온몸이 마비돼서 죽는 줄 알았습니다! 정말로 진짜 셰프를 불러야 하는 수준입니다! 한번 단단히——."

"…………미안해."

“어째서 마리 씨가 사과하는데요?”

제작자 본인이 흐름에 몸을 맡기고 일을 벌인 걸 반성하는 와중에, 셀렌의 아버지가 스레오닌에게 침착하게 설명했습니다.

“아니, 스레오닌 씨. 그 애는 아닙니다. 더 까무잡잡한 청년인데…….”

“뭐라고! ……그러면…… 대체 누가…….”

그때였습니다. 손님들 가운데에서 비명이 들렸습니다. 아무래도 창밖에 뭔가 있는 모양이군요. 손님이 가리키는 방향을 코바가 보니, 그곳에는──.

“저건 뭐냐! 나무 괴물이잖아! 트, 트렌트인가?”

아까 그 거대화된 비서가 이쪽을 향해 맹렬하게 다가오지 않겠어요?

코바는 황급히 전화 수화기를 집더니 프런트에 연락했습니다.

“어이, 나다! 지금 당장 경종을 울려라! 커다란 나무 괴물이 이쪽으로 오고 있어!”

“젠장! 묘목이 완전히 성장했나! 키쿄우, 실패했구나!”

스레오닌은 분한 목소리로 외쳤습니다.

“……셀렌.”

셀렌의 아버지는 불안이 스며 나오는 목소리를 냈지만 비명에 묻혀 사라졌습니다.

“아아 정말! 얼른 목욕 마치고 이쪽으로 오란 말야, 로리 할망구!”

"진정해요! 밀지 말고 천천히!"

마리는 욕지거리를 하면서 알란과 함께 손님들을 유도했습니다.

"제엔장! 일단 손님들을 확실하게 피난시키고…… 혼수 사건의 범인 놈…… 내 호텔을 엉망으로 만들다니…… 반드시 붙잡아 주마."

코바의 독백은, 울려 퍼지는 경종에 묻혀 사라졌습니다.

땡땡땡. 경종이 호텔 주변에 울려 퍼지는 가운데 셀렌, 리호, 필로, 메나 네 사람은 호수 주변에 있는 선물 가게 지붕 위에 서 있었습니다.

알카를 내던진 쪽을 바라보고 있었는데 그 트렌트가 거대화해서 공격해온 겁니다. 그녀들은 황급히 옷을 입고 요격 태세를 갖추었습니다.

"가까이서 보니까 역시 커다랗네……. 정말이지 갑자기 나타나다니…… 보수를 받아야겠어……."

리호는 다가오는 거목을 보고 침을 삼켰습니다. 달을 등진 실루엣이 그녀의 공포를 부추겼습니다.

"침착해. 작전대로 하면 괜찮아."

메나가 평소와 다른 낮은 톤으로 말하자 다른 세 사람이 귀를 기울였습니다.

"일단 미끼가 저놈의 주의를 끌어서 호텔에서 떨어뜨리고 호수 근처로 유도한다."

메나가 가리키는 쪽에는 호수를 유람하는 보트를 묶은 방파제와 넓은 공간, 전망이 좋은 건물이 몇 채 있습니다. 커다란 마법을 쓰기에 딱 좋은 장소군요.

"거기서 내 물 마법으로 구속하겠어……. 그것만으로는 트렌트의 마왕에게 어느 정도 버틸지 알 수 없으니까 그 전에 리호의 미스릴 의수로 증폭한 화염 마법을 때려 박아줘."

"오케이. 그래서, 구속한 다음에는?"

"코어가 되는 부분…… 흡수된 생물이 있는 장소가 약점이야. 거기를 쳐부순다……. 코어에 마법이 안 통할 가능성이 높으니까 필로 차례네."

"…………응."

고개를 끄덕이는 필로.

"물론 그렇게 간단히 구속할 수 없을지도 몰라. 코어를 때려도 쓰러뜨리지 못할 수도 있지. 하지만 어쨌든 로이드 군이나 그 촌장님이 돌아올 때까지 버티는 수밖에 없어."

"뭐, 둘 중 하나가 돌아오면 어떻게 되겠지……."

리호는 가볍게 팔을 뻗어 스트레치를 시작했습니다.

"그럼, 우리는 저쪽 나무 위구나. 힘내."

"…………응."

리호와 필로가 동시에 움직인 순간, 셀렌의 함성이 들렸습니다.

"잠깐 기다려 주세요! 미끼라고 자연스럽게 말했는데 그거 누구인가요!"

"뭐야? 셀렌 양. 이제 시간 없단 말야."

"아니아니아니아니! 어째서 제가 미끼인가요! 터프한 필로 씨가 적임이 아닌지?"

"그 저주받은 벨트는 오토가드잖니. 그리고 경우에 따라 자유롭게 움직여서 지붕이나 나무 위로 움직일 수 있고……."

"그러고 보니 오늘 샹들리에에 벨트를 걸어서 로이드 품으로 다이브했었지. 점점 괴물 같아지는데."

으그그. 말이 안 나오는 셀렌. 그 어깨를 필로가 상냥하게 두드렸습니다.

"…………괜찮아."

"필로 씨! 혹시 바꿔 주시는――."

"…………뼈는 추려 줄게."

"아까보다 심하답니다! 죽으라는 건가요!"

"…………스승 품속으로 다이브…… 파렴치."

"당신은 술에 취해서 다이브 이상의 일을 했었잖아요! 어느 쪽이 파렴치――."

그때였습니다. 땅바닥이 쿵쿵 흔들리기 시작했습니다. 멀리 있는 트렌트의 마왕이 뿌리를 꿈틀거리며 스피드를 올린 모양이군요.

"이제 시간이 없어! 각자 산개!"

"응."

"뭐, 열심히 해 봐. 셀렌 양."

"점심에는 최고였는데! 이제 이렇게 됐으니 해 주겠어요!"

필로, 리호에 이어 셀렌이 투덜투덜하면서 방파제 쪽으로 달리기 시작했습니다.

자갈이 많은 호숫가. 촤아아 경쾌한 소리를 내면서 셀렌이 메나가 가리킨 위치에 멈춰 섰습니다.

"아아아아! 이 덩치! 이쪽으로 와라, 랍니다!"

그리고 목이 찢어져라 커다란 소리로 매도하기 시작했습니다.

"어~이, 좀 더 해야지 셀렌 양. 더 매도해야 미끼가 될 수 있다고!"

리호가 가까운 나무 위에서 셀렌을 부채질했습니다.

"그으…… 바, 바보 자식아! 랍니다!"

"네 매도력은 그 정도냐! 호숫가에서 '바보 자식아!' 하고 외치면 그냥 실연한 녀석밖에 더 돼! 좀 더 궁리해 봐!"

매도력이란 건 리호가 더 위인 것 같군요.

"그 매도력이라는 건 뭔가요……. 진심으로 교대하고 싶답니다……."

셀렌은 가진 어휘력을 모두 구사해서 거목을 계속 도발했습니다.

"그…… 덩치! 굼벵이! 얼간이! 느림보!"

"굼벵이랑 느림보는 좀 겹치잖아, 감점 대상이야."

"나무 위에서 제멋대로 말하네요! 이 막대기! 구제불능! 그리고 저기…… 대머리!"

그때였습니다. 전혀 안 듣고 호텔에 일직선으로 가던 트렌트가 기민한 움직임으로 셀렌 쪽을 돌아보았습니다.

"이건 「이마」 다아아아!"

그 경사가 급격한 부분, 신경 쓰고 있었군요. 트렌트 마왕은 어마어마한 기세로 셀렌을 향해 돌진했습니다.

"왔다아아아! 리호 씨! 메나 씨! 부탁이랍니다! 정말로!"

뒤돌아보지도 않고 전력질주로 도망치는 셀렌, 그 도망치는 모습을 본 리호는 씨익 웃었습니다.

"헷헷헤, 오늘 좋은 일 있었던 벌이야. 그러면…… 이번에는 이쪽이 일을 해야지."

사악한 웃음을 이번에는 거목으로 보내면서, 리호는 술식을 전개하기 시작했습니다. 미스릴 의수가 점점 빛나기 시작했습니다.

"——업화를 내 손에."

그때였습니다.

"——플레! 어, 뭐야!"

마지막으로 플레임이라고 해서 영창을 완성하기 직전이었습니다. 뭔가가 리호가 서 있던 장소에 박혔습니다. 황급히 나뭇가지를 이동하는 그녀.

"위험해라……. 저건…… 나뭇잎?"

그 모습을 멀리서 보고 있던 메나가 혀를 찼습니다.

"칫…… 마력에 반응하는 오토가드인가?"

메나는 시험 삼아 간단한 술식으로 불 마법을 전개하려고 했지만, 놓치지 않고 그 거대한 나뭇가지가 떨리면서 나뭇잎이 날아왔습니다.

"우와앗! 안 되겠어! 짧은 영창에도 반응하네!"

메나의 마법을 못 써먹는다고 판단하자마자, 필로는 셀렌에게 달려가서 거목을 걷어찼습니다.

"——하앗!"

쿠웅…… 커다란 소리가 울렸지만 트렌트의 기세는 멈출 것 같지 않았습니다.

"…………그럼, 연타."

필로의 연타에 트렌트의 기세가 약간 꺾였지만 그걸로도 멈출 것 같지 않았습니다.

리호는 씁쓸한 표정으로 뭔가 없는지 주머니를 뒤졌습니다.

"위험한데. 로이드가 오기 전에 상당한 피해가 날 거야……. 뭔가……."

주머니에 있는 건 룸서비스용 성냥 정도였습니다.

"젠장, 이런 걸로는…… 불은 유효하겠지마안."

언 발에 오줌 누기 수준의 방법이 아닌, 다른 책략을 생각하고 있는 리호의 발치에 트렌트의 뿌리가 몰래 다가왔습니다.

"리호 씨! 발치!"

"위험해라."

리호의 아래쪽에서 뿌리가 기어올랐습니다. 반사적으로 피해 나무줄기에 매달렸습니다.

리호의 시선 끝, 아까 서 있던 가지는 트렌트의 뿌리에 뭉개져 버렸습니다.

"젠장…… 받침을 하나씩 없애서 궁지에 몰 셈인가……. 오지 마! 오지 말라니까!"

일단 줄기를 기어 올라가 뿌리의 맹공을 회피했지만 물러설 기색이 없습니다. 드디어 리호는 나무 정상에 몰렸습니다.

"어떻게 도망치지……. 마법은 효과가 없── 우오!"

반사적으로 반응한 리호였지만 점프와 동시에 트렌트의 뿌리에 걸려 공중에서 자세가 흐트러졌습니다.

나무 꼭대기 근처까지 피난했던 리호는 상당한 높이에서 낙하했습니다.

까딱하면 죽겠는데…… 떨어지면서 리호가 그런 것을 생각했을 때였습니다.

호텔 부지에서 뭔가 어마어마한 기세로 달려오지 않겠어요? 그 정체는.

"히히~잉!"

놀랍게도 말입니다. 리호가 헌신적으로 보살펴준 말이 마차를 끌고 리호의 낙하지점으로 미끄러져 들어왔습니다.

펄럭! 소리와 함께 리호는 고급 마차의 천막에 떨어졌습니다.

"마차 천막? 날 구해 준 거냐……? 아니, 너는!"

"히히~잉(내가 너무 늦었나!)."

사나이답게 투레질하는 말, 듬직하며 눈빛이 날카로운 그 검은색 말이었습니다.

"묶여 있었을 텐데 어떻게…… 아아!"

리호가 마구간 쪽을 돌아보자 울타리가 부서져 있지 않겠어요? 게다가 그 주위에는 리호가 헌신적으로 돌봐준 말들이—
— 게다가 다들 이마가 조금 붉었습니다.
아마도 모두 협력하여 리호를 위해 울타리를 부순 거겠죠.
"…………역시 말은 최고라니까!"
천막에서 내려와 말의 목덜미를 더할 나위 없이 쓰다듬는 리호.
"——응? 이 냄새는?"
그때였습니다. 기름 같은 독특한 냄새가 리호의 코를 간지럽혔습니다.
냄새의 근원을 찾아서 천막 안을 확인하는 리호. 시선 끝에 있는 것을 보고 경악했습니다.
"……화염병이잖아!"
게다가 세 박스 정도. 거친 마차의 움직임으로 몇 갠가 안의 기름이 새어 나왔는지 천막 안은 휘발된 기름으로 가득 차 있었습니다.
"셀렌 양…… 아무리 그래도 지나치게 발주했잖아…… 헷."
오늘은 나이스야. 딱 오늘만. 리호는 입에서 말을 흘리고 박스를 끌어안더니 트렌트 쪽으로 달리기 시작했습니다.

"……응!"
한편 필로는 뿌리의 맹공을 비껴내면서 어떻게 버티고 있지만 이제 그만 한계에 도달한 모양입니다.
"……하나하나는 약해. 하지만, 양이."

하나를 찢으면 또 하나가 옆에서, 그걸 흘려도 위, 아래, 정면, 온갖 각도에서 뿌리가 날아옵니다.

"……조금만 물러나 주면."

시간을 들여서 혼신의 일격으로 넘어뜨리는 것 정도는 할 수 있지만 그것이 용납되지 않는 현재 상황에 답답함을 느끼고 있었습니다.

"필로 씨? 괜찮은가요?"

"……점점 몰려…… 틈만 생기면."

그때였습니다. 트렌트의 중간 부분에서 갑자기 폭발음이 들렸습니다.

"마법? 영창을 못할 텐데!"

두 사람의 시선 끝에 불타오르는 불꽃이 보였습니다. 그 장소에 더욱이 쨍그랑쨍그랑 유리가 깨지는 소리와 굉음이 울렸습니다.

"…………화염병이다. ……그것도 강렬해."

경악이 섞인 어조의 필로. 평소 무표정한 그녀가 놀라는 것도 무리가 아닙니다. 보통 화염병은 이런 식으로 폭발하지 않습니다. 이건 특수한 기름과 마석의 조합으로 만든, 인지를 넘어선 화염병이니까요. 무시무시한 콘론…… 아니, 쇼우마로군요.

"대체 누가?"

화염병이 날아오는 곳에 두 사람이 시선을 돌리자…….

"잘도 날뛰었겠다 이 썩은 트렌트! 화전 농업 개막이다아아아!"

참으로 신바람이 난 기색의 리호가 화염병에 성냥으로 불을 붙여 솜씨 좋게 던졌습니다. 이런 네이팜 봄 같은 화염병으로 화전 농업을 하면 지형이 바뀌어서 농업 이전의 문제겠네요.

"…………."

완전히 테러리스트 같은 무언가, 참 어울리는군요. 그 모습에 눈길을 빼앗겨 잠시 멍하니 있던 두 사람이었지만.

"…………승기."

필로는 기세가 줄어든 나무뿌리 사이를 파고들어 줄기에 다가갔습니다.

"…………흡! 하아아아!"

듬뿍 허리를 낮추고 뿜어낸, 전력을 담은 발차기가 트렌트의 중심을 무너뜨렸습니다.

쿠구구구궁…….

비틀거리는 트렌트. 그러나 쓰러지지 않도록 뿌리를 버둥거리며 간신히 버티고 있었습니다.

"잠깐, 아직도 안 쓰러지는 건가요? 아아!"

갑자기 트렌트가 도약했습니다. 넘어질 뻔한 아저씨가 고육책으로 점프해서 구르는 걸 회피하는 그런 느낌입니다. 하긴, 알맹이가 나이 먹은 그 비서니까요.

그러나 제대로 착지하지 못했는지 성대하게 밸런스가 무너져서── 호텔을 짚었습니다.

"……저기는…… 식당."

필로가 말한 순간, 셀렌이 큰 소리를 냈습니다.

“——아버님!”

생각할 틈도 없이, 셀렌은 곧장 식당으로 달려가는 것이었습니다.

호텔의 식당, 마리의 엉터리 추리는 굉음과 흙먼지와 잔해가 덮쳐서 억지로 폐막했습니다. 상당히 억지스러운 폐막이네요.

깨닫고 보니 벽은 무참하게 무너지고, 커다랗고 수상쩍은 색의 거목이 호텔에 기대고 있었습니다.

“우, 우와~! 내, 내 호텔이! 요전에 막 개수한 참인데!”

코바는 눈앞에서 일어난 사태에 비명을 질렀습니다.

“젠장…… 배짱 좋구나……. 이 무훈으로 이름을 날린 지방 귀족, 스레오닌 토인 리도카인을 얕보지 마라!”

스레오닌은 가까운 의자를 들더니 트렌트에게 돌격하고자 했습니다.

“잠깐 기다리세요! 그런 의자로! 위험하니까 일단 떨어져요!”

마리의 차분한 대응에도 스레오닌은 전혀 들을 생각이 없습니다. 내민 손을 억지로 뿌리칩니다.

“시끄럽다! 이 녀석 탓에, 게다가 리도카인 가문을 사칭하다니! 절대 용서 못한다!”

“아버지! 위험하니까 떨어지라고!”

의자를 던진 스레오닌, 그러나 강철 같은 나무껍질은 상처 하나 안 났습니다.

“스레오닌 씨! 지금은 일단 도망쳐서 군이나 경찰에 맡겨요!”

"젠장! 그렇지! 비서는 어디 갔나! 경찰을 부르러 간다고 하더니 아직도 시간이 걸리는 건가 그 바보 같은 것은!"

커다란 소리로 비서를 부르는 스레오닌. 그때, 트렌트 줄기가 쩍 열리더니 안에서 그 비서가 나타났습니다.

"부르셨나요오?"

"""""…………."""""

그 자리가 터무니없이 어색해졌습니다. 결혼식 친구 스피치에서 신랑의 여성편력을 폭로한 수준이군요. 스레오닌은 간신히 이것저것 쥐어짜 말을 이었습니다.

"비, 비서! 어떻게 된 거냐! 트렌트에 붙잡혀 버린 건가!"

그 말에 비서는 담담하게 대답했습니다.

"아니, 아닙니다."

"그, 그러면 비서여, 어째서 그런 곳에서!"

"그것은 내가, 트렌트 불법재배를 하고 있었기 때문입니다."

갑자기 그 말을 들은 스레오닌은 아무 말도 못하고 굳어 버렸습니다.

"몰랐던 건가요? 당신은 언제나 그렇지. 부하를 보지도 않고 자기가 뭐든지 해 버리고……. 그래서입니다, 그래서 나는 이 계획을 꾸민 겁니다. 들키지 않으면 나는 엄청난 부를 얻고, 들켜도 당신을 궁지에 몰 수가 있죠."

"그렇다고 이런 바보 같은 짓을."

"바보 같은 짓? 나도 그렇게 생각합니다! 앞길이 끊어진 남자의 마음! 당신에게도 알려주고 싶어! 자, 양분이 되어라, 스레오닌!"

트렌트의 뿌리가 스레오닌을 향해서 박히려는 그때였습니다.

"위험해!"

알란이 반사적으로 스레오닌을 밀어냈습니다. 그리고 공격해 오는 뿌리를 끌어안아 움직임을 막았습니다.

"아버지, 도망쳐! 크아!"

"멍청한 자식, 생명력을 내놔라."

끌어안은 뿌리가 희미한 빛을 띠었습니다. 아무래도 알란의 체력을 빼앗은 모양이군요.

발이 꼬인 알란은 어떻게든 버티면서 끌어안고 있던 뿌리를 내던져 자세를 바로잡았습니다.

"알란 군! 괜찮아?!"

마리의 걱정에 알란은 씨익 웃었습니다.

"조금 아찔했지만, 체력 하나는 자신 있어서 이 정도는 대단치 않습니다! 그리고 아자미 사관학교에선 비무장인 사람들을 버리라고 가르치지 않았거든요."

"아, 알란……."

"분명히 한심스러운 아들놈이지만 말이지……. 일단 몬스터가 무섭다는 건 극복했다고."

그렇습니다. 알란은 사람과 싸우는 것만 익혀서 몬스터와 싸우는 것에 공포를 느끼고 있었습니다. 그래서 난처해진 그는 몬스터와 싸우지 않고 승진할 수 있는 아자미 군에 들어간 겁니다.

그 경위를 알고 있던 스레오닌은 어딘가에서 아들을 얕보고 있던 부분이 있었나 봅니다. 그는 미안한 기색으로 작게 중얼거렸습니다.

"그런가……. 성장했구나, 이 바보 아들놈."

"그리고 내 스승은 이럴 때 절대 사람들을 버리지 않아!"

사납게 웃는 알란을 보고, 트렌트의 코어가 된 비서가 얼굴을 일그러뜨렸습니다.

"비키지 못해! 그 남자를! 죽이겠다!"

"아니 안 비킨다! 이럴 때 물러나는 건 수업에서 배운 적 없거든! 자! 이 도끼잡이 알란이 네놈을 벌채해 주마!"

알란은 허리춤으로 손을 옮겨 자랑하는 도끼를 집으려고 했습니다—— 그리고, 허전.

"아, 비무장이었지."

사우나에서 쓰러진 다음 여기에 오기까지 목욕가운 차림이었던 알란. 비무장이라는 걸 지금 이 순간까지 깨닫지 못한 모양입니다.

"…………."

기묘한 침묵이 방에 떠돌았습니다.

"죽어라!"

"잠깐만! 비무장으로 몬스터랑 싸우는 것도 못 배웠단 말이다! 젠장할!"

"역시 너는 바보 아들이다아아아!"

스레오닌의 노호, 알란은 필사적으로 피하면서 손에 잡히는 대로 방에 있는 물건을 던졌습니다.

의자. 테이블. 벽에 걸려 있던 회화…… 그리고——.

"이놈! 이놈! 이 자식!"

"하하하, 우스꽝스럽군요."

자신이 가져온 냄비―― 그 향초가 들어간 수프를 비서에게 뿌렸습니다.

"하하하……하?"

불명료한 소리로 웃고 있던 비서. 그러나 자신의 몸이 서서히 뜨거워진 모양입니다. 그의 몸에서 수증기 같은 것이 뿜어져 나왔습니다.

"하? 하? 하아아?"

밸런스를 잃은 걸까요? 호텔에 기대고 있던 트렌트가 후방으로 쓰러집니다. 그리고――.

쿠구궁…….

중심을 잃은 것처럼 쓰러진 트렌트의 마왕은 나약하게 시들어 버렸습니다. 가지와 잎은 힘없이 늘어졌군요.

"……어이어이. 진짜로 저 수프 만든 사람 누구야? 절대로 인간한테 먹일 게 아니잖아."

"아하하, 정말, 그 향초 페이스트 대체 뭐였을까?"

만든 사람 옆에 있습니다. 마리가 메마른 웃음을 지었습니다.

갑자기 거목이 물러나자, 내던진 수프의 존재에 놀라긴커녕 반대로 냉정해지고 말았습니다.

"이파리가 말라 죽기 시작했다! 리호! 지금밖에 없어! 내 물 마법 다음에 얼음을 쏴!"

절박한 메나의 커다란 목소리가 주위에 울렸습니다.

Nao Watanuki

"얼음? 그렇구나!"

리호는 납득하고, 화염병을 던지던 손을 멈추고 말에 올라탔습니다.

"마차에서 푼 다음……. 너, 갈 수 있겠어?"

"히힝(맡겨만 둬라)."

힘차게 갈기를 흔든 말의 목덜미를 쓰다듬었습니다.

"정~말로 마차에 매어 두긴 아깝다니까 너는……. 그러면, 내 신호랑 동시에 저 트렌트를 빙글 한 바퀴다."

"히힝(쉽지)."

올라탄 말과 대화를 나눈 다음, 호수의 물이 갑자기 물보라를 일으키며 모이기 시작했습니다.

"그러~면, 욕구불만이 쌓여 있어서 말이지!"

여유를 보이기 시작한 메나는 아까까지의 어조는 어디 갔는지 장난스러운 느낌으로 돌아왔습니다.

"미즈노오로치!"

메나의 영창과 함께 모이기 시작한 호수의 물이 커다란 뱀의 형태를 만들었습니다. 그 커다란 뱀은 꿈틀거리며 수면을 기어서 트렌트를 향해 나아갔습니다.

그리고 시들해진 트렌트는 그대로 물의 뱀에 뒤엉켜 묶여 버렸습니다.

"으랏차! 간다!"

힘차게 고삐를 움직이는 리호. 말이 호응하듯 투레질을 했습니다.

힘차게 트렌트 주위를 달려가는 말 위에서, 리호는 미스릴 의수를 들기 시작했습니다.

"다이아몬드 더스트!"

얼음 입자가 주위를 식히면서 트렌트 쪽으로 들러붙기 시작했습니다.

빠직빠직 메마른 소리를 내는 트렌트. 말은 주의 깊게 그 주변을 달렸습니다.

그리고 순식간에 나무 얼음처럼 되어 버렸습니다.

"해치웠나!"

말 위에서 기뻐하는 리호, 그때 메나의 목소리가 날아왔습니다.

"플래그 세우지 마~아~! 아직이야! 아직 코어가 안 나왔어! 그걸 어떻게든 해야 돼!"

굳어진 트렌트, 그 발치에서 뿌리가 기어 나왔습니다.

"으엑! 끈질겨!"

"이동은 못하지만 무차별로 생명력을 빨아들이기 시작하니까 서둘러서 코어를 찾아 파괴하자!"

"마무리 단계구나! 해치워 주겠어!"

리호의 목소리에 반응한 말이 오늘 제일 용맹한 울음소리를 냈습니다.

셀렌은 서둘러서 호텔의 식당 부근으로 달려왔습니다.

기댄 것처럼 쓰러져 있던 트렌트는 어째선가 약화되어 물러났고, 방치된 꽃처럼 색채를 잃고서 시들었습니다.

그곳으로 달려오는 사이에 메나와 리호의 마법으로 구속에 성공한 모양입니다. 셀렌은 안도했지만 호텔 식당 부근이 무너졌으니 속단할 수는 없는 상황입니다.

"……도망 못 간 사람은."

벨트를 써서 재주 좋게 식당층으로 올라가는 셀렌. 테라스가 부서져서 오픈 카페처럼 밤바람이 들이치고, 사람 없는 의자와 테이블이 옆으로 쓰러져 있었습니다.

"여기는 괜찮아 보이네요……. 아버님이 있던 장소는……."

셀렌이 보는 곳에는 와인 저장고 같은 곳이 드러나 있었습니다. 벽이 무너지고, 술이 피처럼 바닥에 쏟아져 있었습니다.

그리고 그곳에서 옆으로 쓰러진 술통이나 잔해에 묻혀 있는 셀렌의 아버지를 발견했습니다. 아무래도 바닥에 구멍이 뚫려서 그만 아래층으로 떨어진 모양입니다.

"아버님!"

황급히 달려가는 셀렌, 딸의 목소리에 아버지는 약한 목소리로 반응했습니다.

"셀렌인가……."

"아버님! 지금 구해드리겠어요!"

셀렌은 가구를 치우고자 필사적으로 들어 올리려고 했습니다. 그러나 중후한 술통이나 잔해는 꿈쩍도 안 했습니다.

"……안 된다. 얼른 피난하렴."

아버지의 거친 호흡을 듣고, 셀렌은 더욱 절박한 소리를 질렀습니다.

"무슨 말씀을 하시는 건가요! 이대로는!"

"천벌이겠지……. 억지로 맞선에……."

"무리해서 말하지 마세요!"

"……벨트의 저주, 풀려서 다행이다……. 오랜만에 만나서 어떻게 말을 해야 할지를 몰라서 말이다……."

"…………."

셀렌은 비통한 표정으로 말없이 잔해를 치우려고 했습니다.

그때였습니다――.

"뭔가요……. 뿌리가!"

구속된 트렌트는 발버둥 치듯 뿌리를 뻗어 생명력을 빼앗으려고 했습니다. 아마도 구속을 풀기 위한 힘을 보충하려고, 본능에 따라 무차별로 뻗고 있는 거겠죠.

사람의 기척을 느낀 건지 꿈틀거리며 뻗어오는 뿌리.

"칫!"

셀렌은 레이피어와 벨트를 구사하여 그것을 튕겨냈습니다.

튕겨나간 뿌리는 다음으로 셀렌의 아버지를 덮쳤습니다.

그것도 벨트를 구사하여 전력으로 막았습니다.

그러는 사이에 뿌리의 수가 늘어나, 무너진 저장고를 둘러싸기 시작했습니다.

"어서, 나는 됐으니까……."

가는 목소리를 내는 셀렌의 아버지에게 그녀는 조용히, 그러나 확실하게 말했습니다.

“저, 좋아하는 사람이 있답니다. 그 사람은 자기가 약하다고 하면서도 웃으면서 여러 사람을 구한답니다.”

벨트가 휘감겨 추악했던 얼굴. 그 저주를 풀어준 「그 사람」. 자신뿐만 아니라 마리나 리호도 구한 소년.

“저, 군인이 돼서 여러 사람을 구하고 싶어요. 옛날에 읽은 소설처럼.”

벨트로 다가오는 뿌리를 찢으면서 셀렌은 날카로운 눈매로 외쳤습니다.

“그 사람과 같은 곳에 있고 싶어요! 그 사람이 여러 사람을 지키고 싶다고 한다면! 저도 그에 따를 뿐이랍니다! 그러니까 저는 아자미의 사관후보생! 셀렌 헴아엔으로서 결코 포기하지 않는답니다!”

“셀렌…….”

벨트로 지키고 레이피어를 구사하여 어떻게 노력하고 있는 셀렌이었지만 자신과 움직이지 못하는 사람을 지키는 건 슬슬 한계가 온 모양입니다.

“……윽!”

무릎의 힘이 빠져서 비틀거리고 마는 셀렌.

“아직…… 아직…….”

이제 끝장인가 생각한 때였습니다.

“기다리셨죠!”

밤의 어둠을 찢어내는 것처럼, 한 줄기 바람과 함께 한 소년이 나타났습니다.

마로 된 셔츠에 텐트 천 바지, 밤색 머리칼에 상냥한 눈동자.

"……아아."

아자미 왕국에 막 도착한 셀렌을 구해줬을 때와 마찬가지로, 로이드는 부드러운 웃음을 지으며 그녀를 배려했습니다.

"괜찮으세요? 다친 곳은?"

"…………네! 로이드 님이랑 같은! 사관후보생인걸요! 이 정도는 괜찮답니다!"

로이드는 상냥하게 웃은 다음, 주위의 뿌리를 일축했습니다 ―― 문자 그대로, 발차기 한 방에 날려 버렸습니다.

"에엥?"

흙냄새를 뿌리면서 산산조각 나는 뿌리. 셀렌은 익숙한 기색으로 황홀하게 바라보지만 그녀의 아버지는 놀랐습니다. 무리도 아니죠.

셀렌 아버지를 발견한 로이드는 이번에는 위에 올라가 있는 술통을 가볍~게 들어 올렸습니다. 종이로 만들어진 게 아닌가 싶을 정도로 가볍~게입니다.

"자네는…… 맞선 상대인…… 로이드?"

"그 일은 나중에 설명할게요. 셀렌 씨는 아버님을 피난시켜주세요! 저는……."

구속된 트렌트를 날카로운 눈빛으로 보았습니다.

"저 몬스터를 쓰러뜨릴게요!"

뭐, 마왕이지만요.

그때였습니다. 부서져서 구멍이 뚫린 위층에서 익숙한 목소리가 들리자, 로이드는 돌아보았습니다.

"로이드 군!"

"마리 씨?"

로이드는 뿅 도약하여 간단하게 위층에 도착했습니다. 거기에는 아는 얼굴이 더 있었습니다.

"오오, 로이드 군!"

"오너! 괜찮으세요? 그리고 알란 씨도! 몸 괜찮아요?"

"로이드 공! 대체 어째서 이런 호텔에!"

한 번 펄쩍 뛰어 아래층에서 올라온 그 신체 능력에 스레오닌은 동요를 감추지 못했습니다.

"로, 로이드 군, 자네는 대체?"

"안심하세요. 아르바이트 호텔맨이지만, 이래 보여도 아자미의 사관후보생이니까요."

"자네도…… 아자미."

"아직 새내기지만요. 여기서 누군가를 버리고 도망치는 교육은 안 받았어요."

"로이드 군, 들어보렴. 저 트렌트는 지금 약해져 있어. 앞으로 한 발, 코어 부분을――."

스레오닌이 그 말을 듣고 놀라서 외쳤습니다.

"무슨 말인가! 아무리 점프력이 있어도 이런 어린애한테 그런 무모한…… 안 그런가! 로이드 군!"

"어? 할 수 있는데요?"
"로이드 구우우운!"
태연하게 말하는 로이드를 보더니 스레오닌이 어깨를 붙들고 설득했습니다.
"아니아니, 무슨 말을 하는 겐가! 저 거리, 저 거리인데?"
식당의 위치에서 트렌트까지 거리는 약 100미터 정도. 뭐, 보통은 점프를 해도 안 닿겠죠.
"저 거리는 평범하게 점프하면 닿는데요?"
더욱이 천연덕스레 말하는 로이드.
"로이드 군, 상대는 앞으로 조금이면 쓰러뜨릴 수 있어. 다 함께 저만큼 약화시켰어. 그러니까."
"알겠어요, 열심히 할게요! 트렌트 같은 몬스터라면 쓰러뜨릴 수 있을지도 몰라요."
"어이어이, 잠깐 기다려라! 어어? 에?"
다음 순간, 로이드는 도움닫기도 없이 훌쩍 도약했습니다.
마치 날개라도 달린 것처럼 공중을 걸어서, 쓰러진 트렌트를 향해 가 버렸습니다.
"뭐지? 마법인가? 마법인 건가? 저 애는 마법사인가?"
"유감이지만 스레오닌 씨. 저 애는 마법사가 아닙니다. 순수한 신체 능력이죠."
코바가 차분한 태도로 대답했습니다.
"아버지! 저 사람이 내 스승님이고, 몬스터를 무서워하는 걸 없애 줬어!"

"스승…… 저 애가?"

스레오닌이 동요하는 사이에 로이드는 트렌트의 줄기에 달라붙었습니다. 그리고 간단히 기어올라서, 줄기에 귀를 기울였습니다.

"어~어…… 이 안인가?"

그리고 로이드는 나무껍질을 간단히 찌지직 벗겨내기 시작했습니다. 그 모습을 바라보는 사람들은 안도의 표정을 지었습니다.

"로이드가 왔구나…… 이건 이겼군."

말을 쓰다듬는 리호.

"이야~ 오랜만에 재미있는 어트랙션이었어."

평소의 태도로 돌아온 메나.

"……응."

무표정하게 엄지를 세우는 필로.

"과연 내 스승님!"

알란.

"…………."

황홀한 표정의 셀렌.

동료들이 지켜보는 가운데, 로이드는 트렌트의 강철 같은 껍질을 벗겨낸 다음 두부를 파헤치듯 파내면서 나아갔습니다.

그리고 아까 그 어두운색의 구체—— 경화된 비서를 끌어냈습니다.

"이건가? 좋아……. 하아!"

로이드의 혼신의 일격. 마왕의 핵에 균열이 생겼습니다.
그와 동시에 트렌트의 줄기는 서서히 가루가 되어 밤하늘에 날아갔습니다.
마치 별의 조각이 밤하늘로 돌아가는 것처럼 천천히 올라가서, 참으로 예쁜 광경이었습니다.
그리고 흩어져 없어진 트렌트가 있던 장소에 남겨진 것은── 수액 범벅이 된 비서였습니다. 마치 알에서 갓 부화해 지금 막 태어난 중년처럼 온몸이 끈적끈적. 참으로 지저분한 그림 같은 광경이었습니다.
로이드는 어째서 비서가 여기 있는 걸까 고개를 갸웃거린 다음, 수액 범벅이 된 자기 주먹을 바라보았습니다.
"정말로 한 발이었어……. 마지막의 멋진 부분만 내가 가져가 버린 걸까? 하지만……."
주먹을 꾹 움켜쥐고서, 충족감이 가득한 표정을 지었습니다.
"처음으로 몬스터를 쓰러뜨렸어! 동료들이 있으면! 나도 할 수 있어!"
몬스터가 아니라 마왕인데 말이죠. 뭐 여기서 그런 말을 하는 건 못난 짓입니다.
「동료가 있으면 어떤 곤경에도 맞설 수 있다.」 이 경험은 앞으로 로이드에게 커다란 재산이 될 테니까요.

그러면 외톨이가 된 사람 이야기를 해보죠. 장소가 바뀌어 호숫가입니다.

서늘한 땅바닥의 감촉에 알카는 눈을 떴습니다.

"우오?"

아무래도 땅에 묻혀 있는 모양입니다. 온몸이 차갑고 알몸. 알카는 어째서 자기가 이런 상황이 됐는지 고찰했습니다.

"마리가 평소 울분이라도 풀고자 묻었을꼬……?"

그때였습니다. 높은 곳에서 괜히 상쾌한 목소리가 들렸습니다.

"야호, 촌장."

그리고 배송업자 같은 경장을 한 갈색 청년이 내려섰습니다. 아무래도 나무 위에서 알카를 보고 있었나 보군요.

그 청년을 보고 알카는 험악한 표정을 지었습니다.

"쇼우마…… 어디를 돌아다니고 있었느냐……."

"응? 전 세계."

참으로 상쾌하게 말한 다음, 쇼우마는 웃으면서 말을 이었습니다.

"아하하. 이야~ 전 세계를 돌아봤지만 알몸으로 땅바닥에 엎드려서 자는 사람은 촌장 정도밖에 없었어. 감기 걸리면 가여우니까 땅에 묻어 뒀지."

"네 녀석이냐! 언제나 나에 대한 취급이 심하지 않느냐!"

"아아, 미안. 촌장은 감기 안 걸리겠네, 바보니까. 그리고……."

쇼우마는 상쾌한 웃음 그대로, 그러나 음성은 조용하게 분노를 거느리고 말을 이었습니다.

"불로불사잖아."

Nao Watanuki

"네 녀석, 그걸 어디서…… 설마!"

경악하는 표정. 쇼우마는 곧장 뭔가 통 같은 것으로 알카를 보았습니다.

"응, 좋은데. 뜨거운 표정이야!"

"그 남자와 손잡은 게냐! 그것과 손을 잡다니! 인간이 멸망해도 된다는 게냐!"

"좋잖아! 인간이 멸망한다! 뜨거운 전개야!"

상쾌한 미소, 무시무시함이 느껴지는 쇼우마. 알카는 숨을 내뱉으며 온몸에 힘을 주었습니다.

진동과 함께 땅에 균열이 생겼습니다. 작은 동물들이 지진인가 싶어 초목 사이를 달려 도망쳤습니다.

"어이쿠, 지금 촌장한테 붙잡히면 내 계획을 망치게 되지."

쇼우마는 그렇게 말하고 몸을 돌렸습니다.

"트렌트는 괜찮았지만 그 마왕은 너무 눈에 띄었네. 자기주장이 너무 강한 엑스트라는 사양해야겠어. 성검도 뽑혔고 이래저래 방법이 있을 테니까."

"성검을 써서 뭘 꾸밀 셈이냐! 이 바보 자식이!"

드디어 흙 속에서 뛰쳐나온 알카, 그러나 쇼우마는 이미 모습을 감추었습니다.

"기대하고 있어 촌장! 분명히 뜨거운 전개가 될 테니까! 그러면 로이드한테 안부 부탁해――."

그의 목소리가 어두운 밤의 숲에 울렸습니다.

진흙 범벅의 나체를 드러낸 알카, 진지한 표정으로 쇼우마가 사라진 방향을 보았습니다.

"쇼우마…… 네 녀석 어째서 그 남자와…… 후엣치!"

시리어스가 꽝이잖아요.

예를 들어 뭐든지 귀신 탓이라고 했던 옛날 사람 같은 억지 납득

따스한 햇볕이 호텔의 간소한 사무소에 내리쬐었습니다.

그 햇살과 작은 새가 지저귀는 소리에, 책상 위에 엎어져 자고 있던 코바가 눈을 떴습니다.

"……으아? 젠장, 그대로 잠들어 버렸나."

그 소동 뒤에 코바는 손님의 안부 확인과 사죄를 하고, 로이드를 포함한 종업원에게 정리를 맡긴 후 사고 보고서나 경찰에 낼 피해 보고서를 작성하고 있었습니다. 그 와중에 졸음이 와서 지금에 이른 것입니다.

"다시 써야겠군."

자신의 침으로 문자가 번진 서류를 게슴츠레 보더니, 혼잣말을 하고 구겨서 쓰레기통에 버렸습니다.

시계를 보고 아직 아침 식사까지 시간이 있는 것에 안도한 코바는 무거운 몸으로 라운지에 갔습니다. 머릿속은 무너진 식당 대신 어디서 아침 식사를 낼 것인가, 앞으로의 대응, 방침, 기타 등등으로 가득했습니다.

"기껏 장기 연휴인데 이런 식이 되다니…… 응?"

투덜거리는 코바의 시선 끝에는 스레오닌, 키쿄우 말고도 종업원들이 멍하니 서 있었습니다. 입이 반쯤 벌어진 것이 뭔가 터무니없는 걸 본 것 같은 광경이군요.
또 무슨 성가신 일이 생겼나? 트렌트인가? 서둘러 달려가는 코바. 그리고 그도 눈앞의 광경에 눈길을 빼앗겨 입을 반쯤 벌리고 말았습니다.
"……오너."
"……스레오닌 씨, 이건 대체 어떻게 된 겁니까?"
두 사람은 어제 말다툼했던 일이 없었던 것처럼 사이좋게 눈길을 마주치고 새삼 시선을 돌렸습니다.
시선을 돌린 곳, 그곳은 트렌트가 붕괴시켰던 식당 부근.
그러나 이게 어떻게 된 일일까요? 그 광경이 마치 아무 일도 없었던 것처럼 돌아와 있지 않겠어요? 그 정도가 아닙니다. 이제 막 개장해서 리뉴얼 오픈한 것처럼 깔끔해졌습니다.
더욱이 놀랄 일은 손님들입니다. 코바가 전력으로 사과해도 소송을 하려던 기세로 화를 내던 손님들, 겁을 먹었던 손님도 아무 일 없었던 것처럼 식당으로 발길을 옮겼습니다.
"모르겠다. 다른 종업원도 마찬가지로 놀라고 있어."
그때였습니다. 주방 안에서 부드러운 미소의 소년, 로이드가 빼꼼 나타나서 의도치 않게 정렬한 종업원에게 상쾌한 인사를 했습니다.
"아, 여러분, 안녕하세요!"
그런 로이드 뒤에서 개성적인 면면들이 줄줄 나타났습니다.
"크으~ 지치는구나. 밤새 숙박객을 한 명씩 찾아가서 어제 기억을 지우고 부서진 건물을 수복 마법으로 고치게 되다니."

자그마한 하얀 로브의 소녀, 알카가 기지개를 켜면서 터무니없는 말을 지껄였습니다.

"쉬잇. 이상한 말 하지 마세요. 설명해 달라고 하면 어쩔 건데요. 정말이지. 미왕이 나타났는데 어디 가 있던 스승님이 잘못한 거예요. 엄청 힘들었단 말이에요."

주방에서 나오며, 뾰족한 모자를 고쳐 쓰는 마리.

"이야~ 오랜만에 요리를 했네. 어쨌든지 아침 식사 시간에 안 늦어서 다행이야."

"……응."

메나와 필로 퀴논 자매는 둘 다 입가에 뭔가 소스가 묻어 있습니다. 아마도 이것저것 주워 먹은 거겠죠.

"너희는 먹기만 했잖아……. 뭐, 대부분 로이드가 재료 손질부터 이것저것 다 했으니까 남 말은 못하지만. 접시나 늘어놨지."

퀴논 자매에게 쓴소리를 하는 리호.

"후후후. 나는 로이드 공의 식당을 언제나 돕고 있으니까, 제일 도움이 됐지."

앞치마를 한 알란이 리호 뒤에서 나타났습니다. 좀 어울리는데요.

"아아, 로이드 님과 함께 요리…… 완전히 부부라는 증거랍니다."

그리고 행복해 보이는 셀렌이었습니다.

코바를 포함한 일동은 입을 쩍 벌린 채 그들을 보았습니다.

"오너, 식당이 빨리 정리됐길래 서둘러서 아침 식사를 만들었어요. 어떻게든 시간에 맞췄어요!"

로이드의 밝은 목소리, 그러나 코바는 의문스러운 표정입니다.

"그러나…… 그렇게 붕괴했던 식당이 하룻밤에…… 그리고 손님이 어제 일을 전혀 기억하지 못한다니…… 대체 어떻게 된 거지?"

마리와 알카가 그것을 보고 작은 소리로 대화를 나눴습니다.

(거 봐요……. 그러니까 말했잖아요. 이렇게 노골적으로 터무니없는 기술을 쓰면 의심할 거라고.)

(그치만 싫었는걸. 기껏 호텔에 왔는데, 울적한 분위기의 너덜너덜한 오픈 테라스에서 식사하는 건 싫지 않느냐?)

(그러면 귀찮아하지 말고 여기 있는 종업원의 기억도 날려 버리세요.)

(요즘 마리는 과격해졌구나. 누굴 닮은 것인지.)

당신이라고 생각합니다.

그런 대화 앞에서 코바와 종업원들이 내린 결론은.

"뭐, 로이드 군이라면 이 정도는 해내도 이상할 것 없지!"

사고를 포기한 수준의 로이드 신앙이었습니다. 코바의 말을 시작으로 종업원들은 차례차례 로이드를 찬미했습니다.

"그렇지, 역시 로이드 군 덕분이야!"

"손님도 로이드 군이 사과했으니까 용서해 준 거구나, 이해된다! 나라도 용서할 거야."

"로이드 군이라면 파이팅 포즈만 취해도 뭐든지 본래대로 돌아올 테니까."

리호는 그 모습을 기겁한 표정으로 보았습니다.

"로이드가 단순히 신뢰를 받는 수준을 넘어섰잖아 이거. 새로운 종교의 영역이야."

이곳 종업원들, 로이드가 길어온 물 같은 걸 비싸게 사 주지 않을까요?

그러고 있는데, 잠시 멍하게 서 있던 스레오닌 곁으로 국경 경찰이 달려왔습니다.

"수고하셨습니다, 스레오닌 님. 트렌트가 폭주했다는 연락을 받고 달려왔습니다만…… 건물은 무사했군요."

"그래. 이곳 일대는 잔해가 산더미 같았지만 멋진 소년이 하룻밤 만에 고쳐 주었지."

"……지치신 모양입니다."

명백하게 정신 나간 소리를 지껄이는 스레오닌을 보고 경찰이 빠르게 '아직 혼란스러우신 것 같다' 는 결론을 내렸습니다.

"그래서, 범인은 지금 어디 있죠?"

"지금 술 창고에 감금해 두었다……. 내 비서가 범인이었어."

후회를 드러내면서, 스레오닌이 경찰에게 말했습니다.

"저, 정말인가요! 스레오닌 님이 보시기엔 이곳 오너가……."

"정말이다, 내 섣부른 판단이며 감독이 부족했던 탓이기도 했다. 처분은 돌아간 다음에 받겠네."

스레오닌이 재촉하자 국경 경찰은 지하의 술 창고로 달려갔습니다.
그것을 보고 있던 코바.
스레오닌은 그를 돌아보더니 깊숙이 고개를 숙였습니다.
"오너…… 아니, 코바 라민 공. 의심해서 미안하다."
"고개를 들어 주십시오. 저도 의심했습니다……. 비긴 셈 치지요."
당황하는 코바, 그래도 스레오닌은 계속 고개를 숙였습니다.
"아니, 이번 사건은 내가 부하를 제대로 감독하지 못한 것과 아자미에 대한 편견이 불러일으킨 일이다……."
"그만하시지요. 본 호텔로서는 또 자주 이용해 주시기만 하면 충분합니다."
코바의 겸허한 자세에, 스레오닌은 고개를 들고 코바의 양손을 꼭 쥐었습니다.
"그 정도 일을 겪고도 나를 용서해 주다니…… 고맙네! 아무래도 나는 지금까지 아자미 군을 오해한 모양이다! 또 묵으러 오지. 다음에는 조사가 아니라 관광으로."
"예. 부디 또 오십시오."
굳게 악수를 나누는 두 사람, 그 옆에서 키쿄우가 으음 하는 소리를 냈습니다.
"으~음. 참 잘됐네요. 잘 수습된 모양이라. 스레오닌 나리, 보수 듬뿍 부탁드립니다."
그런 그녀를 보고 스레오닌이 의문스러운 표정을 지었습니다.

"키쿄우…… 너 이번에 뭐 했던가?"
"네?"
"결국 트렌트는 비서에 기생했으니 엉뚱한 사람을 의심했지. 게다가 폭주까지 시키고, 코바 씨가 마치 범인인 것 같은 보고도 올리지 않았나?"
"잠깐, 에에! 저는 그런 보고…… 부, 분명히 기생당한 상대를 틀리긴 했지만요……."
난처해진 키쿄우의 어깨를 이번에는 코바가 단단히 붙잡았습니다.
"다 들었다, 키쿄우. 너, 스레오닌 씨가 고용한 밀정이었다지."
"그, 그렇거든요……. 이것저것 속여서 죄송합니다—— 좀 아픈데요!"
"뭐, 그건 용서해 준다 쳐도 말이다……. 그렇다고 너무 땡땡이를 쳤단 말이다. 절반은 밀정의 일이랑 상관없이 땡땡이쳤지."
"그, 그건 그렇게 주위의 눈을 속여서……."
지론을 전개하는 키쿄우 옆에서 스레오닌이 코바에게 말했습니다.
"오너, 고용주로서 이 여자를 기분 풀릴 때까지 부려먹어도 상관없어. 하다못해 속죄하는 마음이다."
"알겠습니다."
가볍게 승낙한 코바에게 키쿄우는 반론했습니다.

"그게 뭐예요! 속죄라니!"
"어쨌든 오너의 기분이 풀릴 때까지 보수는 없다! 이 쓸모없는 것!"
"땡땡이친 만큼 철저히 일해 줘야겠다……. 이제 밀정 일도 없으니까 절대 땡땡이 안 칠 테지이?"
"보수를 나중에 준다고요?! 아르바이트랑 다를 게 없잖아요오! 최악이야아아!"
코바에게 붙들려 안쪽으로 사라지는 키쿄우를 바라보는 로이드.
"키쿄우 씨는 벌써 일하러 가는구나……. 역시 부지런하네요. 본받아야지."
마지막까지 그녀를 성실한 선배로 착각했습니다.
키쿄우가 끌려가는 걸 지켜본 스레오닌, 이번에는 아들…… 알란을 돌아보았습니다.
"알란……. 성장했구나. 몬스터를 무서워하던 네가, 설마 맨몸으로 그 정도까지 할 줄은 몰랐다."
"아, 아버지!"
"리도카인 가문의 이름과 체면을 신경 쓰느라 아자미 군에 들어갔을 때는 실망했다만…… 아무래도 좋은 의미로 예상을 배신해 줬구나."
갑자기 칭찬을 받은 알란, 눈가에 맺힌 눈물을 앞치마로 닦았습니다.
"그럼. 좋은 동료랑…… 좋은 스승님을 만났으니까."

알란은 로이드를 가리켰습니다.

"로이드 군, 이번 일 새삼 감사하지……. 그리고 우리 바보 아들을 잘 가르쳐다오."

가르친다는 말에 로이드가 당황했습니다.

"그, 그렇게 대단한 걸 가르치지도 않았어요……. 하지만 솔직히 알란 씨는 재능이 좋고 빨리 배우니까, 분명히 언젠가 홀로 설 수 있을 거예요."

"그렇군! 자네가 그렇게 말한다면 틀림없겠지! 잘됐구나, 알란!"

"로, 로이드 공…… 그렇게까지 말해 주다니……."

참고로 로이드가 말하는 건 요리 이야기입니다. 그것도 모르고 알란은 엉엉 울면서 앞치마로 얼굴을 닦았습니다.

"……부엌에 홀로 설 수 있다고 말한 것뿐인데 이렇게까지 기뻐할 일인가?"

로이드는 고개를 갸웃거렸습니다.

그리고 그 모습을 옆에서 보고 있던 셀렌의 아버지가 차분하게 말했습니다.

"역시 자네는 리도카인 가문의 장남이 아니었군."

그걸 깨달은 스레오닌은, 곧장 셀렌 아버지 쪽을 보더니 고개를 숙였습니다.

"속여서 미안합니다. 사실 그는 대역이었습니다."

그리고 스레오닌은 사죄하는 마음과 함께 어째서 대역을 세웠는지 이유를 설명했습니다.

다 들은 셀렌 아버지. 화내긴커녕 온화한 표정이었습니다.

"아니, 괜찮습니다. 나도 딸의 마음을 생각지 않고 혼자 맞선을 신청해 버렸으니…… 그리고."

힐끔 딸…… 셀렌을 보았습니다.

"딸의 본심을 들었으니 나는 만족합니다."

"아버님……."

셀렌이 조용히 말을 흘린 순간, 그녀의 아버지는 고개를 획 돌리더니 어째 손에 든 주스의 라벨을 바라보았습니다.

"아~ 이거 그거다. 낯가리는 사람이 어색할 때 자주 하는 그거다."

리호의 말에 셀렌은 지금까지 아버지의 행동을 돌이켜보았습니다.

벨트가 풀린 얼굴, 그걸 인식한 다음 순간 팸플릿으로 시선을 돌렸다……. 그 밖에도 벽을 보거나 뭔가 다른 곳을 보거나…….

"혹시."

"아마 어색했던 거겠죠. 오랜만에 딸을 만났으니까…… 그렇죠?"

로이드의 물음에, 셀렌 아버지는 작게 고개를 끄덕였습니다.

"민얼굴을 보는 것도…… 몇 년 만이다……. 솔직히…… 어떻게 대해야 할지를 알 수가 없더군."

그렇게 말하며 주스 라벨을 온갖 각도에서 바라봅니다. 완전히 낯가리는 행동 그 자체군요.

"너네 아버지, 너랑 다르게 부끄럼을 타는구만?"

비꼬는 리호의 말도 귀에 안 들어온 셀렌은 아버지 곁으로 다가갔습니다.

"아버님, 저, 아자미 왕국에서 노력하겠어요! 군인으로서, 반드시 대성해서 돌아오겠답니다."

딸의 결심을 새삼 들은 셀렌의 아버지는, 주스를 테이블에 놓고 로이드에게 고개를 숙였습니다.

"로이드 군, 딸을 잘 부탁합니다."

"아뇨, 이쪽이야말로. 늘 도움을 받고 있으니까 그렇게 고개를 안 숙이셔도……."

딸을 잘 부탁합니다. 그 말을 듣고 평소의 셀렌이 돌아왔습니다.

"부모님 공인! 이건 이제 결혼이랍니다! 결혼!"

"정말로 넌 아버지랑 합쳐서 둘로 나눠라! 좀 창피한 줄 알라고!"

리호의 딴죽도 개의치 않고, 평소처럼 폭주하는 셀렌. 그녀의 아버지는 들뜬 딸을 보는, 참으로 온화한 표정을 지었습니다.

"하하하…… 네가 어렸을 때가 떠오르는구나……. 그 무렵은 참 개구쟁이였지."

"셀렌 아버님. 지금도 충분히 그래요."

"리호 씨는 입 좀 다물어 주세요."

리호의 쓴소리가 서로 속내를 터놓은 동료들 사이의 대화인 줄로 생각한 셀렌의 아버지는 어쩐지 즐거운 기색이었습니다.

"너를 제대로 봐 주지 못했던 내가 미안하다……. 다음부터는 확실히 아버지답게, 네가 군인으로서 활약하는 모습을 지켜보마, 셀렌…… 열심히 해라."

"아, 아버님……."

참으로 멋진 부녀의 화해.

그런데, 그때 아까 그 국경 경찰 한 명이 찾아왔습니다. 대단히 진지한 표정입니다.

"아, 죄송합니다. 여기에 셀렌 헴아엔이라는 분 계십니까──."

"아, 그거라면──."

저랍니다, 라고 말하려는데, 국경 경찰이 말을 끊는 것처럼 말했습니다.

"──아무래도 대량의 화염병을 주문해서 이 호텔로 보냈다는 모양입니다…… 아자미에서도 종종 스토커 행위를 하고 있는 요주의 인물이라고 하는데…… 아, 짚이는 사람이 있습니까? 일단 한번 임의로 사정청취를 하고 싶습니다만."

잠시 침묵. 그리고.

"……그 사람이라면 아까 경찰을 보더니 도망쳤답니다. 저쪽 산으로."

"뭐라고요! 정보제공 감사합니다!"

인사를 하더니 국경 경찰이 산으로 달려갔습니다.

"…………."

"눈, 돌리면 안 됩니다, 셀렌 아버님."

리호가 심정이 짐작된다는 표정으로 셀렌 아버지의 어깨를 두드렸습니다.

셀렌 아버지는 조금 전까지 온화했던 표정은 어디로 갔는지, 거래처에 사과하는 영업사원처럼 딱딱한 표정으로 깊숙이 고개를 숙였습니다.

"로이드 군…… 부디 딸을 잘 부탁드립니다."

"어머나 아버님, 아까도 한 번 말씀하셨잖아요. 몇 번이나 말씀 안 하셔도 저와 로이드 님은 깊은 인연으로 맺어져 있답니다."

"아니야, 셀렌 양. 뉘앙스가 달라."

완전히 '딸이 잘못을 저질러 붙잡히지 않도록 감시와 교육을 잘 부탁드립니다' 라는 아버지의 절박한 바람이군요. 하지만 당사자인 셀렌은 참으로 어엿하게 해석했습니다.

그리고, 라운지 구석에서 알카가 쓸쓸한 기색으로 소파에 앉아 다리를 붕붕 흔들고 있었습니다.

"우~음. 기껏 내가 열심히 일했는데 전부 로이드의 공이 됐구나. 어쩐지 쓸쓸해."

로리 할망구 알카는 자기 노력이 보답받지 못해서 불만인 모양입니다.

"죄, 죄송해요, 촌장님. 공을 빼앗을 생각은 없었는데요……."

기특한 로이드. 참고로 여기까지 알카의 작전 그대로였습니다. 그녀는 로이드에게 그 말을 끌어내더니 노골적으로 어깨를 주물렀습니다.

"아~아, 오랜만에 기억조작 같은 것을 했더니 지쳐서 마사지를 받지 않으면 버틸 수가 없구나~."

이 참으로 작위적인 국어책 읽기…… 그러나 순수한 로이드는 의문을 품지 않았습니다.

"그런가요. 그러면 사과의 뜻을 담아서 마사지를 해드릴게요."

"크흐으! 그 말을 기다렸단다!"

한심스러운 표정이 된 로리 할망구는 얼른 가까운 소파에 엎드렸습니다.

"마, 마사지! 잠깐 로이드 군!"

"괜찮은 거냐! 올바른 마사지 맞지?!"

로이드의 잘못된 망측스러운 시술 내용을 알고 있는 마리와 리호가 조금 빨개진 얼굴로 로이드에게 물었습니다.

"네, 괜찮아요. 키쿄우 씨한테 평범한 마사지를 배웠으니까요."

"그, 그럼 됐지만."

그런 대화를 신경 쓰지 않고, 알카는 한심한 표정 전개입니다.

"우후후…… 오랜만에 로이드의 마사지로구나……. 잘 보거라, 이 있으나마나한 것들아! 나와 로이드의 깊은 인연을!"

""""……깊은 인연?""""

갸웃거리는 일동, 로이드는 팔을 걷어붙이고 알카에게 다가갔습니다.

"그러면, 마사지할게요. 사실은 어제 본격적인 마사지를 배웠는데요. 만족해 주시면 좋겠네요."

"본격저억! 이야아, 기대된단다! 이런 일이나 저런 일! 혹은……."

들떠 있는 알카의 허리에 로이드가 팔을 둘렀습니다.

"옷호~! 허리에 손! 본격적이라더니 갑자기 거기부터——."

"영차~!"

그리고 깔끔하게 포물선을 그리면서 백드롭을 시전했습니다.

가벼운 진동과 함께 알카는 *이누가미 일족처럼 복도에 박힌 채 꼼짝도 하지 않았습니다.

"어때요, 리호 씨! 제 마사지!"

"저기~ 로이드."

"네?"

"그거, 다른 사람한테 하면 체포당하니까 하면 안 된다?"

진지한 표정으로 말하는 리호.

"그, 그럴 수가…… 저는 대체 어떤 마사지를 해야 체포당하지 않는 건가요오오!"

호텔 안에 로이드의 비통한 외침이 울렸습니다.

정수리부터 호텔 바닥에 박혀 버린 알카. 살충제를 맞은 파리처럼 다리를 움찔거리고 있었습니다.

"인과응보네."

"인과응보구만."

---

* 이누가미 일족: 긴다이치 코스케(소년탐정 김전일의 할아버지)가 등장하는 추리 소설 시리즈 중 하나. 1976년작 영화판의 포스터가 호수면에 거꾸로 처박혀 다리만 드러나 있는 시체다.

그런 로리 할망구를 쌀쌀맞은 눈으로 바라보는 마리와 리호.

그도 그렇겠죠. 예를 들어 자기가 개발한 병기 탓에 목숨을 잃는 자업자득인 악역 같은, 가련한 말로니까요.

후기

이 작품을 쓰기 전에, 사실은 우주 이야기를 쓰고 있었습니다.

그러나 자료 따위를 뒤지는 사이에 어떤 걸 깨달았습니다.

——우주, 무진장 넓다……라는 걸요.

기본 스펙이 아르마딜로와 똑같은 제가 제대로 된 우주 소재를 쓰는 건 상당히 시간이 걸릴 것 같아서, 그 소설은 일단 창고행이 되었습니다.

그러고 나서 GA문고에 응모하려면 이제 시간이 없다. 워쩐대이. 그럴 때 노트 구석에 적어둔 소재가 눈에 들어왔습니다.

시골 마을 캐릭터가 도회지에서 무쌍—— 결단력이 장점인 저는 즉시 이 소재를 베이스로 한 편을 쓰기 시작했습니다…… 참고로 단점은 판단력입니다.

어쨌든지 웃겨 보려고 이름만이라도 기억하게 하자. 그 한마음으로 쓰고서 투고를 했습니다.

그것이 바로 이 졸작 「예를 들어 라스트 던전 앞 마을의 소년이 초반 마을에서 사는 듯한 이야기」입니다.

곳곳에서 긴 타이틀이라는 말을 들었지만 수상할 거란 생각은 못했고, 어쨌든지 임팩트! 를 노려서 장문의 제목이 되었습니다. 당연히 2권 이후의 이야기 따위 티끌만큼도 생각하질 않았었죠.

그것이 이렇게 3권까지 이어지다니, 정말로 고맙게 생각합니다.

——참고로 제가 처음 쓴 소설인 「전라광전사 시마무라」는 5권 분량에 해당하는 플롯을 생각했습니다. 세상의 위기를 맞이하여 세간의 체면과 자신의 정의 사이에서 흔들리는 마음과 사타구니 사이, 그리고 여동생에게 들키는 정체. "미안하다, 오빠. 전라광전사야." 시마무라는 처음으로 여동생 앞에서 벗는다——.

이런 거 안 팔리겠죠. 상업적인 면만 아니라 윤리적으로도.

수고하셨습니다. 사토토시오라고 합니다. 최근 압박을 느끼다 보니 원형 탈모가 생겨서, 대단히 팬시한 외견이 되었습니다.

먼저 감사 인사부터.

일러스트레이터인 와타누키 나오 님. 이번에도 근사한 일러스트 고맙습니다. 표지의 멋진 셀렌 덕분에 그녀가 히로인 중 한 사람이란 걸 깨달을 수 있었습니다.

그리고 마이조 님. 매번 긴장을 풀면 꽁트 모음이 되어 버리는 제 작품을 소설로 궤도를 수정해 주셔서 정말로 고맙습니다.

편집부 여러분, 영업부 여러분, 그리고 교정과 디자이너님,

언제나 정말 고맙습니다.

근처 피부과 선생님. 멋진 약을 주셔서 정말 고맙습니다. 솜털이 나기 시작했어요. 또 3, 4개월마다 원형 탈모가 생길지도 모릅니다. 앞으로도 잘 부탁드립니다.

이어서 보고입니다.

놀랍게도 라스트 던전의 코미컬라이즈가 결정됐습니다! 강강GA에서 9월말에 게재될 예정입니다.

작화 담당은 후세마치 하지메 씨입니다. 그 카마치 카즈마 선생님의 올스타 노벨인 「어떤 마술의 헤비한 좌부동이 간단한 살인비의 혼활 사정」의 코미컬라이즈를 담당하신 분입니다. 긴 타이틀이랑 인연이 있으신가 봐요.

콘티를 이미 봤습니다만 원작, 문장을 황송할 정도로 배려해 주셔서 정말로 영광입니다. 잘 부탁드립니다.

……처음 코미컬라이즈 소식을 들었을 때, 입에서 나온 말은 "으잉?" 이었습니다.

장부나 정산 같은 걸 보다가 오차가 너무 크면 오히려 냉정해지잖아요? 그거랑 비슷한 현상입니다. 이거 어딘가 틀린 부분 있구나 생각하잖아요. 저는 그 연락이 잘못된 거라고 생각했습니다. 요전까지 생각했습니다.

그래서, 콘티를 받았을 때 무지무지 깜짝 놀라서 다리에 힘이 풀린 기억이 있습니다. 돌이켜보면 그날부터 털이 빠지기 시작한 것 같아요. 개복치처럼 멘탈이 약하군요.

그리하여 독자 여러분, 와타누키 선생님께서 귀엽게 그려 주신 로이드 군 일행이 후세마치 하지메 선생님 손으로 약동하는 코미컬라이즈판 라스트 던전을 부디 잘 부탁드립니다.

저는 정말로 행복한 사람입니다. 그 대가가 모근이라고 해도 행복합니다. 인사를 할 때마다 원형탈모가 보여서 이런저런 분들이 놀라십니다만, 행복합니다.

마지막으로 이 책을 구입해 주신 독자 여러분께도 다시 한번, 정말로 고맙습니다.

4권에서 또 만날 수 있으면 행복할 겁니다……. 이렇게 말할 수 있다는 게 참 기쁘군요.

사토토시오

예를 들어 라스트 던전 앞 마을의 소년이 초반 마을에서 사는 듯한 이야기 3

2020년 05월 25일 제1판 인쇄
2020년 06월 01일 제1판 발행

지음 사토토시오
일러스트 와타누키 나오
옮김 박경용

발행 영상출판미디어(주)
등록번호 제 2002-000003호
주소 21311 인천광역시 부평구 평천로 132 (청천동)
전화 032-505-2973(代) | **FAX** 032-505-2982

ISBN 979-11-6524-508-5
ISBN 979-11-319-9232-6 (세트)

TATOEBA LAST DUNGEON MAENO MURANO SHOUNEN GA JYOBAN NO MACHI DE KURASUYOUNA MONOGATARI vol. 3

구매 시 파손된 도서는 구매처에서 교환하실 수 있습니다.
기타 불편사항, 문의사항이 있으신 독자님께서는 노블엔진 홈페이지 [http://novelengine.com] 에서
Q&A 게시판을 이용해 주시기 바랍니다.

노블엔진(NOVEL ENGINE)은 영상출판미디어(주)의 라이트노벨 및 관련서적 브랜드입니다.

〈카쿠요무〉 이세계 판타지 부문 〈대상〉 수상작!
귀여운 제자 다음은 최강의 『검희』?! 시리즈 제2탄!

공녀 전하의 가정교사

2
~최강 검희와 새로운 전설을 만듭니다~

공녀 전하 티나와 그 친구 엘리의 재능을 필요 이상으로 끌어내 왕립 학교에 훌륭히 합격시킨 앨런.
왕립 학교에 입학하는 제자들과 함께 가정교사로서 왕도로 돌아온 그를 기다리는 것은…… 일찍이 앨런이 마법을 알려준 오랜 악우이자, 지금은 왕국에 그 이름을 떨치는 『검희』 리디야와의 일대일 승부?!
게다가 그 사건의 여파로 학교에서 임시 강사도 맡게 된 앨런은 거기서도 고정 관념을 깨는 수업으로 주목을 받는데…….

자각이 없는 마법 교사의 마법 혁명 판타지
——학교편 개막!

나나노 리쿠 지음 | cura 일러스트 | 2020년 4월 출간
청춘의 상상, 시동을 걸어라!